Muss man Always immer tragen, nur weil sie so heißen? Darf man Fahrradfahrer auf offener Straße bewusstlos schlagen? Kann man schwer erziehbaren Katzen durch antiautoritäre Methoden zu einem besseren Leben verhelfen? Hartmut will es wissen! Der unglaubliche Roman einer unglaublichen Männer-WG.

»Hartmut und ich – hey, die beiden haben es wirklich nicht leicht. Ihrem geruhsamen Zusammenleben kommt ständig König Kontrollverlust in die Quere. Beide haben dennoch ein großes Arsenal, all den Unwägbarkeiten zu begegnen: Sie kontern mit Zwangshandlungen, Bier, Neurosen, zu lauter Musik, Borderline, Party und, das ist das Schönste, immer auch mit guten Absichten. Uschmann glänzt dabei durch verwegene Sprachsicherheit und ein Gespür für Alltags-Skurillität. Kann man nur staunen.« *Linus Volkmann*

Oliver Uschmann, geboren 1977, lebt in Berlin und betätigt sich als freier Autor, Musikjournalist, Geisteswissenschaftler, Kulturveranstalter, Dozent und Theorieadministrator (Haus der Künste). Veröffentlichungen u.a. in Visions, Testcard, Macondo, Am Erker, Weimarer Beiträge; Leverkusener Kurzgeschichtenpreis 2003, erster Preis in Stockstadt, viele Live- und Slam-Lesungen.

Unsere Adresse im Internet: www.fischerverlage.de

Oliver Uschmann

Hartmut und ich

Roman

Fischer Taschenbuch Verlag

Originalausgabe
Veröffentlicht im Fischer Taschenbuch Verlag,
einem Unternehmen der S. Fischer Verlag GmbH
Frankfurt am Main, Juni 2005

Gesetzt aus der Stempel Garamond
Satz: deutsch-türkischer fotosatz, Berlin
Druck und Bindung: Nørhaven Paperback A/S, Viborg
Printed in Denmark
ISBN 3-596-16615-2

Für Sylvia und Nils

Einzug

»Tja«, sagt unser Vermieter und sitzt auf dem Bierkasten in der Ecke wie ein Teilnehmer an einer Referatsgruppe, der zur Gruppenarbeit aber auch gar nichts beizutragen hat. Er zuckt mit den Schultern, die Flaschen aus dem Kasten bohren ihm in den Hintern. Seine Frau sitzt am Küchentisch und hat ihr spitzes Gesicht über die Kaffeetasse gebeugt. Sie seufzt, hebt schwer ihren kleinen Kopf, guckt wie ein getretener Hund und sieht uns unter der losen Glühbirne über dem Tisch an. »Sie sind dann also die neuen Mieter.« Ich weiß nicht, ob dieser Satz bedeutet, dass es schlimmer als mit den alten nicht werden kann, oder ob sie sich vor der Zukunft fürchtet. So oder so: Eigentlich sind wir es, die sich fürchten müssten. Das Haus, in das wir einziehen, steht schief, weil vor einigen Jahren eine alte Leitung aus Kriegszeiten unter der Erde gebrochen ist, Risse ziehen sich durch die Außenwände, und der Keller ist eine Ansammlung verdreckter und zugestellter Räume, die niemandem mehr gehören und die wir mit den Vermietern vor einigen Tagen eilig und gebückt durchhasteten. Hinten am Haus klebt eine Scheune, die mit Relikten so vieler Menschen voll gestellt ist, dass es scheint, als dürfe jeder Bewohner des Stadtteils hier seinen Schutt abladen.

Seit einer Woche sind Hartmut und ich jetzt in dieser Wohnung, die sich wie ein U um den Hausflur zieht und mit ihren mächtigen 120 Quadratmeter für läppische 400 Euro das ganze Erdgeschoss einnimmt. Tagtäglich haben wir gebaut und gestrichen, geräumt und montiert. Jeden Abend sind wir zum Gasthof gegenüber, der vorne raus eine brillante Frittenbude hat, in der tätowierte jugoslawische Kriegsveteranen die Würstchen drehen. Dann haben wir uns im Wohnzimmer auf Matratzen vor den kleinen Fernseher gesetzt und billige Kabel-1-Reportagen geguckt. Der Ketchup suppte auf den Boden, das Werkzeug lag überall verstreut. Wir hatten Feierabend.

»Keine Sorge, Sie sehen ja, wir kümmern uns gut um das Schätzchen«, sagt Hartmut jetzt und ringt der Vermieterin ein gequältes Lächeln ab. Ich glaube, sie hat gar keine Angst, dass wir ihr die Wohnung versauen, sondern ist vielmehr verzweifelt darüber, dass sich überhaupt wieder neue Mieter gefunden haben und sie dieses Haus nicht endlich loswerden können. Hans-Dieter hatte uns bei der Montage der Telefonanlage so etwas erzählt, von wegen, dass sie »dieses Dreckserbe« im Grunde am liebsten abreißen würden, dann aber doch immer wieder Mieter reinlassen, weil die Mutter sonst ausrastet oder so was. Hans-Dieter ist Informatiker und unser Nachbar aus dem kleinen Anbau hinter der Scheune, einem flachen, langen Schlauch mit vergitterten Fenstern, niedrigen Decken und einer Katze. Hinten raus, noch hinter Hans-Dieter, gibt es einen Garten, 350 Quadratmeter, von denen man nur 30 sieht, weil der Rest zugewachsen ist, es ist wie ein Freigehege, es sollen schon Füchse gesichtet worden sein.

Die Vermieterin seufzt wieder, und ihr winziger Mann grinst auf dem Bierkasten dieses blödsinnige, knopfäugige Grinsen, von dem man nicht weiß, ob er sich damit für sich, seine Frau, das Haus oder die ganze westliche Welt entschuldigt.

»Und der Vertrag?«, frage ich, eine Tasse in der Hand und das Weiterbauen an meiner handgefertigten Buchablage neben der Wanne im Kopf.

»Der Vertrag?«, flüstert die Vermieterin, als hätte ich sie unter der Glühbirne nach einem Alibi für eine Mordnacht im Herbst 1974 gefragt. »Den haben wir leider vergessen mitzubringen«, sagt ihr kleiner Mann auf den Bierflaschen, »wir hatten keine Vordrucke mehr, und wir müssen da mal gucken ... wir werfen den einfach mal die Tage in den Briefkasten, dann brauchen wir nicht zu klingeln und stören Sie nicht. Sie können den ja dann irgendwann mal zurückschicken.«

Ich glaube nicht, dass wir den Vertrag in den nächsten Tagen kriegen werden. Hans-Dieter hat einen, hat er uns gesagt. Kirsten, die Polizistin über uns, die eine wackelige Terrasse über der Scheune gebaut hat, auch. Aber die beiden wohnen auch schon seit zehn Jahren hier, da findet sich schon mal ein Vertrag. Das Gothic-Pärchen unterm Dach hat keinen, seit es vor zwei Jahren eingezogen ist. In ihrer Küche merkt man, wie schief das Haus steht, sie haben extra eine Murmel da, um zu demonstrieren, welches Gefälle ihr Boden hat. Wir haben sie wie alle Nachbarn bei unserer Vorstellungsrunde durchs Haus kennen gelernt: Schüchtern waren wir die quietschenden Treppen hinaufgeklettert, eine Flasche Wein und eines dieser bebilderten Bücher mit erbaulichen Sprüchen von Hermann Hesse bis Konfuzius in der Hand. Ich hielt es ja für übertrieben, fremden Menschen zur Vorstellung als neue Nachbarn eines dieser weisen kleinen Geschenkbüchlein mitzubringen, aber Hartmut hatte für alle Nachbarn ein Exemplar gekauft, mit Rabatt.

»Ja, also, was sagt man an so einer Stelle?«, fragt jetzt unsere Vermieterin und lacht so halb ironisch, den Blick abwesend auf den Karton mit Playstation-Spielen gerichtet, die ich noch ins Wohnzimmerregal sortieren muss. »Haben Sie halt Spaß mit der Wohnung und schauen Sie, dass alles vernünftig bleibt.« Während sie das sagt, lacht sie unterschwellig, als wüsste sie, dass sie gerade Unsinn redet und selbst jedes zufällige Abrutschen mit dem Bohrer dieses Haus nur verbessern kann. »Ja!«, sagt jetzt der kleine Mann und steht schwungvoll von dem Bierkasten auf, auf dem er trotz freier Stühle die ganze Zeit gehockt hat. Sein zum Aufbruch animierendes Grinsen wird von einem kurzen Zusammenkneifen der Augen getrübt, da sich beim Aufstehen die Flaschenköpfe stärker in seinen Hintern drücken, doch als er sich wieder gefangen hat, zieht er seine kraftlose Frau sanft aus dem Stuhl und schiebt sie in den Flur. Gelbes Licht fällt aus dem Bad auf unsere Verabschiedung, ich schiele zu meinem Badewannen-Anbau-Projekt und freue mich aufs Weiterbasteln. Als die Vermieter durch den Hausflur verschwinden, sehen Hartmut und ich uns an und schütteln lachend die Köpfe.

Zwei Stunden später ist es so weit. Die Ablage ist fertig, ich habe Kerzen, zwei Romane, drei Comics, Wein und Plätzchen darauf positioniert und gleite in das heiße, gut duftende Wasser. Man muss ein wenig klettern, um in diese Wanne zu kommen, sie ist außerordentlich hoch gebaut, ich throne in ihr wie der König des Hauses. Ich denke an mein Leben, als ich bis zur Nasenspitze in der Wärme versinke, und muss lächeln. Die Außenstelle Herne hat mich angenommen, wir haben diese Riesen-WG für kleines Geld, ich liege in einer herrlichen Wanne, die Playstation im Wohnzimmer ist angeschlossen und die 350

Spiele sind ins Regal sortiert. Ich kann zufrieden sein. Kaum habe ich ein paar Mal tief und entspannend geatmet und will gerade zur Flasche greifen, als die Tür aufspringt und Hartmut vor mir steht. Das Bad ist bei uns ein Durchgangsraum, und Hartmuts Zimmer schließt direkt daran an. Zwar hat Hartmut einen eigenen Ausgang nach draußen sowie eine Tür in den Hausflur durch den Lagerraum hinter seinem Zimmer, aber durchs Bad sind es nur ein paar Schritte zum Flur und in den Ostflügel, wo Küche, Wohnzimmer und ich residieren. »Das glaubst du nicht!«, sagt er und sieht mich mit großen Augen an. Ich seufze und lasse langsam das Heft sinken. Es plätschert.

»Was?«

»Das musst du sehen!«

»Hartmut, ich bade gerade!«

»Aber nicht mehr lange, wenn wir Pech haben!«

Ich stutze. Ist Hartmut wirklich panisch oder tut er nur so?

»Schnell, schnell, komm, du musst dir das ansehen!«

Ich steige aus der Wanne, ziehe mir meinen Bademantel über und folge Hartmut in den Flur, als der plötzlich die Wohnungstür öffnet. »In den Keller, wir müssen in den Keller!«, sagt er hastig und zieht mich hinter sich her, um mich im Bademantel in den Keller zu fuhren. Die alten, schmalen Treppenstufen knirschen. Ich tropfe. Weberknechtleichen bleiben in meinen nassen Haaren hängen. Ich bete für Hartmut, dass er einen guten Grund hat, mich aus meinem ersten Bad in der neuen Wohnung zu reißen.

Er hat ihn.

Hartmut richtet den Spot seiner Taschenlampe auf eine Bombe.

Kaum erkennbar, zwischen alten Autoteilen, zerbeulten

Blechwannen und verrostetem Schrott eingeklemmt, streckt sie uns ihre freche stählerne Rundung entgegen. Wir erkennen so was, da wir eine Menge Trash-Reportagen über Bombenentschärfer gesehen haben.

Eine Bombe.

Ich stehe im Bademantel, mit Weberknechtleichen in den Haaren im Keller meiner neuen Behausung und starre auf eine Bombe. Oben wartet warmes, nach Eukalyptus, Lavendel und blauer Lagune duftendes Badewasser auf mich, und hier unten liegt eine alte Bombe aus einem Weltkrieg.

»Was machen wir jetzt?«, frage ich, doch Hartmut hat schon einen Monolog begonnen.

»Das kann doch nicht sein, dass das noch keiner gesehen hat. Haben die denn alle noch nie in diese Räume geguckt? Benutzen die denn alle nur die Scheune als Abstellraum?« Ich sehe Hartmut an, wie wir hier gekrümmt in einem Keller stehen, dessen Decken nicht mal genug Platz zum Aufrechtgehen lassen und dessen Flure wie grob in die Erde gehauene Stollen wirken. Hartmut nickt. »Ja, gut, aber selbst wenn niemand hier den Keller betritt, ich meine, also … ja Herrschaftszeiten, wir wohnen auf einer Bombe!!!«

Es klingt fast komisch, wie theatralisch er das sagt. Als müsse er mir etwas weidlich Empörendes mitteilen, dessen Tragweite nur er erkennen kann. Ich frage noch mal: »Was machen wir jetzt?«

»Na anrufen!«, sagt Hartmut.

»Anrufen«, bestätige ich nachdenklich.

Am nächsten Morgen ist die Nachbarschaft abgeriegelt, und selbst die tätowierten Kriegsveteranen aus der Frittenbude haben sich überreden lassen, ihr Geschäft kurz zu unterbrechen.

Wir stehen neben ihnen hinter der Absperrung ein paar Straßen weiter; wir wollen wie sie in der Nähe sein, falls die Entschärfung misslingen sollte, und nicht irgendwo bei Kaffee und Kuchen in einer Turnhalle sitzen. Die Veteranen schimpfen leise, dass sie wegen solcher Peanuts jetzt Verkaufsausfälle haben, es ist die bestgehende Pommesbude in Bochum, und ob denn hier niemand von den Zivilisten im Krieg gewesen sei. Neben ihnen stehen Herr Häußler und Frau Klein, die Nachbarn aus den anliegenden Häusern, denen Hartmut allerdings keine Geschenkbüchlein gebracht hat. Sie hörten das erste Mal von uns als von denen, die dafür verantwortlich sind, falls neben »dem Schandfleck« auch die schönen Häuser des Viertels in Schutt und Asche liegen sollten. »Dass die den alten Schrott im Keller nicht einfach ruhen lassen können«, höre ich Frau Klein zischeln, »fünfzig Jahre lang war doch auch nix!«

Zu meinen Füßen steht der Karton mit den 350 Playstation-Spielen. Ich soll verflucht sein, wenn ich die in den Trümmern zurücklasse. Hans-Dieter hockt neben uns und krault seine Katze, Kirsten ist im Dienst, und das Gothic-Pärchen von oben war gestern Nacht noch mit uns unten und hat Fotos von der Bombe gemacht. Sie hatten keinerlei Angst, sondern zeigten sich eher fasziniert von dem Gedanken, zwei Jahre lang auf einer Fliegerbombe gelebt zu haben.

Ich wende mich gerade zu Hartmut, um ihm etwas zu sagen, als ein ohrenbetäubender Lärm das Gemurmel der Leute durchbricht. Für eine Sekunde ist Stille, dann fängt Frau Klein an zu schreien, und Herr Häußler rennt als Erster die Polizeibarriere über den Haufen, hysterisch »Mein Haus, mein Haus!« brüllend, das er schon im Geiste unter den Trümmern unserer Hütte begraben sieht. Ich denke zuerst an den toten

Entschärfer der Bombe und dann daran, dass das schöne neue Leben mit Hartmut in einer WG nun doch nicht gelingen sollte. »Warum auch?«, denke ich plötzlich bitter, »warum auch sollten wir dieses Glück haben?« Dann packt Hartmut mich an der Jacke und zieht mich schweigend hinter sich her. Als wir um die Ecke biegen, sind die Kriegsveteranen und Herr Häußler schon da. »O nein, o nein, o nein«, jammern die Veteranen, als wollten sie so etwas nie wieder sehen, während der Bombenentschärfer mit einem erstaunten Gesicht zwischen Stolz und Überraschung aus unserem intakten Haus heraustritt und die in Fetzen hängenden Fenster der Frittenbude betrachtet, aus denen kleine Flammen züngeln, die von der eigentlich wegen der Entschärfung bereitgestellten Feuerwehr zügig gelöscht werden. »Ich hab das Gas nicht abgestellt«, klagt einer der Veteranen aus der Frittenbude. »O nein, o nein, o nein, ich hab das Gas nicht abgestellt!« Frittierölpfützen glitzern auf dem Bürgersteig.

Zwei Wochen später liege ich wieder in der Wanne. Es ist Samstag, und ich habe die alten Playstation-Magazine rausgekramt. Ich blättere in den Artikeln, als Hartmut ins Bad kommt.

»Irgendwelche Hiobsbotschaften?«, frage ich.

Hartmut schüttelt den Kopf und stellt grinsend eine stinkende, mit grauem Papier umwickelte Schale auf meine Wannenablage. Doppelte Pommes Spezial. Kein Geruch ist vergleichbar.

»Die Bude ist wieder ganz, sah schlimmer aus, als es war, neulich«, sagt er. »Geht aufs Haus!«

Ich lächele, entblättere meine von Mayo und Ketchup durchsetzten Zwiebelpommes, sinke mit der Schale in der Hand tiefer in die Wanne und fühle mich endlich zu Hause.

Der Rosenmann

Ich finde das ja albern. Aber Hartmut wollte es so. »Diese Frau kannst du nur mit Romantik rumkriegen, ganz klassisch, da muss jedes Wort sitzen. Das ist wie ein Schauspiel, und ich will ein guter Darsteller sein, also brauche ich einen Souffleur.« Und so sitze ich nun an der Bar des Restaurants nahe dem Durchgang zur Toilette und spiele den Souffleur. Hartmut sitzt hinten in einer gemütlichen Ecke, den Blick in meine Richtung und seine Angebetete vor sich. Er musste erst ein einziges Mal aufs Klo, um sich einen rhetorischen Rat abzuholen. Er ist wirklich gut. Es ist nicht mal zehn, und die beiden spielen schon gegenseitig mit ihren Fingern über dem Tisch. Ab und zu senkt sie neckisch den Kopf und tut verschämt, dann hebt sie langsam wieder den Blick, verstärkt das Fingerspiel und lächelt über ihre kleine Nase hinweg. Hartmut ist heute gut drauf. Das muss man ihm lassen.

Er hatte aber auch alles perfekt vorbereitet. Die richtigen Zitate rausgesucht, die er spontan in den Raum werfen konnte, um seine Gefühle zu unterstreichen. Herausgefunden, wo sie gerne hingeht, und den Chef des Restaurants gebeten, genau zum Hauptgang im Hintergrund ihre Lieblingsplatte aufzulegen. Leise genug, dass sie es nicht sofort merkt. Laut genug, dass es ihr sachte ins Bewusstsein steigt und dieses langsam ansteigende Erstaunen einsetzt, das dann in Strahlen und den planungsgemäß ersten Kuss übergeht. Wo gibt es schon einen Mann, der sich so viel Mühe gibt?

Nach dem Essen würde er sie zum See führen, an seine geheime Lieblingsstelle. Die kleine Lichtung am Rand des Wäldchens, das plätschernde Wasser, Mondlicht, die Sterne. Wir hatten extra nachgeschaut auf allen Wetter-Seiten im Internet: Diese Nacht würde wolkenlos und sternklar. Im Restaurant riecht es sanft nach Weißweinsauce, der Hauptgang nähert sich und ich nehme meinen dritten Scotch. Es fühlt sich gut an, wenn alles perfekt läuft, selbst wenn man nur Souffleur ist.

Doch dann geschieht, was wir nicht eingeplant hatten. Der Rosenmann! Strahlend betritt er das Restaurant, mit einem pakistanischen Lächeln und einem riesigen Strauß Rosen. Ich sehe ihn zuerst, und ich weiß sofort, was zu tun ist. Niemals darf der Rosenmann den hinteren Tisch mit Hartmut und seiner Angebeteten erreichen. Denn wenn es etwas gibt, das ein Rendezvous mit Sicherheit zerstört, dann ist es der Rosenmann. Als Gentleman kannst du einfach nichts richtig machen, wenn der Rosenmann vor dir steht und fragt, ob du für eine wunderschöne Frau nicht eine wunderschöne Rose kaufen willst, denn dein Problem ist, dass du die wunderschöne Frau erst seit einer Woche kennst. Die Rosenmann-Situation aber gehört zu den anspruchsvollsten Herausforderungen für Paare; sie sind der sicherste Test, ob zwei Menschen wirklich eine Beziehung haben, in der nicht mehr jeder Satz ein Abtasten an der Laune des anderen und ein Umschiffen des roten Knopfes ist, sondern in der eine wahrhafte Symbiose entsteht, eine Verbindung, die selbst den Terror des Rosenmannes überstehen kann. *Solche* Paare haben für diesen Fall schon eine gemeinsame Taktik entwickelt und machen sich einen großen Spaß daraus. Mal kauft er die Rose für fünf Euro und gibt noch fünf als Trinkgeld dazu, wirft sich dann vor sie und sagt, dass diese Rose ihn nun endgültig überzeugt hätte, ihr den Antrag zu machen. Gemeinere Paare verwickeln den Rosenmann in ein floristisches Gespräch über Pflanzenzüchtung und Pestizide, und akademische Beziehungsteams beginnen plötzlich, die Kulturgeschichte der Rose abzuklappern, bis der Rosenmann entnervt und ohne Profit weiterzieht. Doch Hartmut und seine Angebetete gehören nicht zu diesen Paaren, bei denen eine lange gemeinsame Zeit mit dem Erreichen jenes Stadiums zusammenfallen muss, in dem man nicht mehr nur keinen Souffleur, sondern auch kein Theater mehr braucht. Kurzum: Der Rosenmann muss weg. Und ich bin plötzlich kein Souffleur mehr, sondern ein Ablenker. Ich muss den Rosenmann ablenken. Ich muss ihn aufhalten. Ich stehe von meinem Hocker auf und gehe auf ihn zu. »Achmed!«, rufe ich, weil ich nicht weiß, wie Pakistaner heißen, und öffne meine Arme. »Mensch, alter Kumpel, wie lang ist das jetzt her?!« Mein Geschrei und die Tatsache, dass ich die Bar verlassen habe, lassen Hartmut aufsehen. Er bemerkt den Rosenmann. Er verschluckt sich an der Weißweinsauce und sagt etwas, um die Aufmerksamkeit nicht auf mich zu lenken. »Was? Wie? Ich kenne Sie nicht!«, sagt der Rosenmann.

»Doch, klar, weißt du nicht mehr? E-Technik-Studium, viertes Semester, Fachschaft?« Ich höre mich sagen, dass wir zusammen E-Technik studiert hätten, weil ich bei dem Namen Achmed an Terroristen denke. So ticke ich also, wenn ich nervös bin und mich nicht konzentrieren kann? Zeigt sich hier mein wahres Ich? Verbirgt sich *das* hinter dem Schleier meiner

Selbstkontrolle? Ich werde langsam sauer auf Hartmut. Der Abend war doch keine so gute Idee.

»Sehe ich etwa so aus, als ob ich studiert hätte?«, fragt der Rosenmann unverblümt. »Müsste ich dann Rosen verkaufen?«

»Ähhhh …«, sage ich, und der Rosenmann will weitergehen.

»Halt! Stopp! Einen Moment noch!«

Er dreht sich um und blickt so finster, als würden meine Terroristen-Vorurteile zutreffen.

»Ich wollte eigentlich … es ist … also gut«, sage ich, »ich bin einfach total nervös, weil ich eigentlich Rosen kaufen wollte und tierisch verknallt bin und nicht wusste, wie ich Sie ansprechen sollte und …«

Der Mann sieht mich skeptisch an und bewegt sich wieder zu mir.

»Wer ist denn die Angebetete?«, sagt er nun und setzt wieder sein pakistanisches Lächeln auf.

Hastig blicke ich mich im Raum um und suche nach Frauen, die ohne ihre Männer da sind. Es gibt keine. Nur Paare. Was mache ich bloß? »Die da hinten!«, sage ich und zeige auf Hartmuts Angebetete. Ich weiß nicht, warum ich das tue. Ich will nach Hause. Der Rosenmann grinst wieder.

»Na denn mal ran, was?«, sagt er. »Wie viele Rosen wollen Sie denn haben?«

»Alle!«

»Alle!!!???«

Der Rosenmann erweitert seinen Augenumfang.

»Wie viele haben Sie denn da?«, frage ich.

Der Rosenmann täuscht Zählen vor.

»Zirka fünfundzwanzig!«, sagt er.

»Alles klar, nehm ich!«, sage ich.

Der Rosenmann vergisst zu atmen.

»Glauben Sie nicht, dass das etwas übertrieben wäre?«, fragt er.

»Wollen Sie ein Geschäft machen und schnell Feierabend haben oder was?«, frage ich zurück.

»Ich mein ja nur ... das sind dann aber 125 Euro«, sagt er.

Jetzt atme auch ich nicht mehr. Ich muss Hartmut retten. Ich fummle die letzten Scheine aus meiner Geldbörse und gebe sie unter Schmerzen dem Rosenmann. Der überreicht mir den ganzen Strauß. Er ist schwer.

Plötzlich steht Hartmut mit seiner Angebeteten neben uns. Sie hat ihn an den Händen zur Theke gezogen und sagt: »Oh, kaufst du mir eine Rose, Hartmut?« Hartmut macht ein entschuldigendes Gesicht und versucht gleichzeitig, so zu tun, als ob er mich nicht kennt.

»Moment mal«, sagt der Rosenmann amüsiert, »ich glaube, dieser Mann braucht Ihnen keine Rosen mehr zu kaufen, weil der da schon ...« Ich winke ab und fuchtle mit den Händen.

»Was hat der da???«, sagt Hartmuts Angebetete und mustert mich wie Schimmelgemüse im Kühlschrank.

»Alle Rosen gekauft, um Sie Ihnen zu überreichen, glückliche Frau!«, sagt der Rosenmann, und ich denke an Mord.

»Hartmut!«, sagt die Angebetete jetzt, und Hartmut weiß nicht, was er machen soll. Aus der ohnehin schon schweren Situation »Rosenmann und Paar« ist die unfassbar schwere Situation »Rosenmann, Paar und armer Irrer, der für eine Fremde alle Rosen kauft« geworden. Erschwerend kommt hinzu, dass Hartmut diesen armen Irren kennt und das nicht zeigen darf. Was erwartet sie jetzt? Was soll er tun? Jetzt brauchte Hartmut dringend einen Souffleur.

»Hören Sie«, sagt Hartmut jetzt, »das können Sie leider nicht machen, denn diese wundervolle junge Dame gehört mir!«

»Wie bitte, *gehören*? Bin ich jetzt dein Besitz oder was? Kann man mich kaufen wie so 'ne überteuerte Rose?«

Der Rosenmann blickt finster.

Hartmut wird rot. Ich würde gerne soufflieren.

»Nein, nein, so meinte ich das doch nicht!«

»So, wie meintest du es denn?« Die Angebetete stemmt ihre kleinen Hände in die Seiten.

»Du wolltest doch, dass ich jetzt zeige, dass dieser Eumel da dich nicht einfach anmachen darf?«

»Ach ja, wollte ich das? Bist du etwa eifersüchtig? Regt es dich jetzt schon auf, wenn fremde Männer mich attraktiv finden? Na, das fängt ja gut an!«

Der Rosenmann guckt, als bekomme er langsam Spaß an der Szenerie.

»Ja, was soll ich denn machen?«, sagt Hartmut jetzt und klingt weinerlich.

»Jaaaa, da haben wir's doch, plötzlich kommt der hilflose kleine Junge raus, das ist immer dasselbe bei euch Männern. Weißt du was, es hätte mich nicht mal gewundert, wenn du heute Abend hier einen Kumpel zur heimlichen Unterstützung hingesetzt hättest, aber auf die Idee muss dich wohl erst eine Frau bringen.«

»Also ich für meinen Teil trete Ihnen gerne ein paar Rosen ab, und dann ziehen Sie mit Ihrem Liebsten halt weiter«, sage ich.

»Ach komm, nicht nötig«, sagt Hartmut jetzt und setzt sich auf den Hocker neben meinen verwaisten Scotch.

»Vanessa, das ist mein Mitbewohner. Mitbewohner – Vanessa. Er hat das Drehbuch für diesen Abend geschrieben und war mein Souffleur. Eigentlich.« Dann stützt Hartmut seinen Kopf auf die Hände und hängt über der Bar wie in einem Film Noir. Der Rosenmann ohne Rosen hat sich derweil gesetzt und einen teuren Whisky bestellt. Ich stehe unbequem mit dem Riesenstrauß.

Vanessa setzt sich an die Bar neben Hartmut, nimmt meinen halb vollen Scotch und trinkt. Dann sieht sie mich an: »Was steht als Nächstes im Drehbuch?«

»See im Mondschein«, sage ich. »Aber das hat Hartmut geschrieben.«

Vanessa trinkt langsam aus, stellt das Glas ab, wartet eine Sekunde, sieht Hartmut in seiner Leidenspose an und sagt: »See im Mondschein ist gut, komm!« Dann hüpft sie vom Hocker, huscht an uns vorbei und verlässt das Restaurant. Hartmut hebt seinen Blick, grinst, klopft mir auf die Schulter, sagt »Danke!« und flitzt hinterher.

Ich seufze, stehe mit meinem Strauß Rosen für 125 Euro vom Hocker auf und sehe den Rosenmann an, der seinen zweiten teuren Whisky bestellt. Er nickt mir aufmunternd zu. Ich setze ein Lächeln auf, gehe zum erstbesten Tisch und frage, ob der Herr nicht eine wunderschöne Rose für eine wunderschöne Frau kaufen will.

Spam

Es begann an einem Montag. Ich betrete mit verkniffenen Augen das Bad und sehe Hartmut, wie er nackt vorm Waschbecken steht und seinen erigierten Penis in den Händen hält. In beiden Händen. So wie Buschmänner die Stöckchen halten, die sie zum Feuermachen auf einem Stein reiben. Ich will wieder ins Bett, aber ich kann den Blick nicht abwenden. »Subversion durch Affirmation«, sagt Hartmut, und aus seinem Mund ist es das Passendste, was er morgens um halb sieben in dieser Lage sagen kann. »Ich probiere jetzt alles aus, was sie mir anbieten. Alles!« Er grinst. Er hat augenscheinlich gute Laune, wie er da nackt mit seinem Riesenständer vor mir steht. Der Plastikschrank mit eingebauter Lampe über dem Becken taucht den Raum in fahles Licht. Draußen ist es fast noch dunkel. Auf der Ablage neben der Wanne liegt ein Buch von Walter Benjamin.

»Spam!«, sagt Hartmut jetzt, als er merkt, dass ich abgelenkt bin. »Diese Werbemails! Ich mache jetzt genau das, was die gerade nicht erwarten. Ich antworte. Ich kaufe. Bei allen.« Ich verstehe nicht ganz. Es ist einfach zu früh. Ich nehme mir vor, nach der Arbeit wieder ins Bett zu gehen und den ganzen Tag melancholische Musik zu hören. Bis ich wieder ins Bad gehen kann und dort kein Mann mit Ständer mehr vor dem Becken steht. »Seit letzter Woche habe ich mich schon bei sieben verschiedenen Glücksspielen angemeldet. Free Lotto, Big Casino, Win A Million Dollars …« Ich hebe die Hände vor den Kopf und wippe hin und her: »Stopp! Stopp! Stopp! Jetzt warte mal. Du meldest dich bei diesem Online-Lottoscheiß an? Mit deinen echten Daten?«

»Ja, und die Penisverlängerungspillen sind auch schon gekommen. Siehst du?«

Ich will nicht sehen und schnell an etwas anderes denken. Toast mit Eiern kommt mir als Erstes in den Sinn. Auch nicht gut. Ich trage eine Jogginghose und fühle mich zerschlagen. Ich stinke. Ich muss mich bald waschen. »Wär gut, wenn du heute Mittag da wärst, da kommt das Paket mit den 3D-Brillen.«

»Und wo bist du?«, frage ich.

»Ich muss noch in die Stadt, einen Premiere-Decoder holen.«

»Was?«

»Na ja, die haben mir ein gutes Angebot geschickt!«

Ich gebe erst mal auf. »Könnte ich vielleicht an das Waschbecken?«, frage ich.

»Klar!«, sagt Hartmut und gibt die Hygiene frei. Samt Ständer verschwindet er in seinem Zimmer. Ich drücke gut duftendes Sea Extract aus der Duschgelflasche und seife mir das Gesicht ein.

Als ich am Mittag von der Arbeit heimkomme, sitzt Hartmut am Küchentisch und hat ein paar Dutzend kleine Zettel ausgebreitet. Ich gehe zum Kühlschrank und nehme einen Schluck Milch. Für einen kurzen Moment fühle ich mich wie in einer amerikanischen Sitcom. »Was machst du?«, frage ich, halte dabei die Milchtüte halb vor den Mund und bleibe im Licht des geöffneten Kühlschranks stehen. Immer noch wie Sitcom.

Meine Stimme hat plötzlich diesen runden, klaren Sound, den man auf Hörspielkassetten vernimmt oder wenn man die Kopfhörer von der Anlage in den Fernseher steckt. Dann ist es weg. »Ich verliere langsam die Übersicht darüber, wo ich alles kaufen muss ...«, sagt Hartmut und konzentriert sich dabei weiter auf seine Zettel. »Rossmann, Quelle, Amazon, Otto ...« Er fuchtelt mit den Händen über dem Tisch wie eine Mutter, die nicht weiß, wo ihr der Kopf steht. »Ich kaufe bei allen. Ich lasse keinen aus, der mir was schickt. Ich habe keinen Filter. Sie werden schon sehen, was sie davon haben!« Ich stelle die Milch wieder in den Kühlschrank und nehme mir eine Flasche Bier heraus. Es ist Mittag, aber ich habe gearbeitet. Hart. Ich setze mich nebenan auf die Couch, mache den Fernseher an, schalte auf den externen Anschluss und starte die Playstation. Grollend materialisiert sich der Startbildschirm von *Resident Evil 3* auf der Mattscheibe. Ich öffne das Bier. »Wie lange willst du das machen?«, frage ich in die Küche rüber. »Bis sie es verstehen. Bis ich alle durchhabe. Das wird ihnen eine Lehre sein!« Ich frage mich, wo er das Geld herhat. Ich frage lieber nicht. Ich erinnere mich an den Samstag, als Hartmut und ich auf dem Trödelmarkt waren und uns vornahmen, an ausnahmslos jedem Stand was zu kaufen. An jedem *richtigen* Stand, versteht sich. Familien mit altem Porzellan, zerkratzten Drehscheibentelefonen, abgewetzten He-Man-Figuren mit fehlendem Arm und Platten von James Last und Jethro Tull. Die Klamottenmarokkaner, Elektrotürken und Militariadeutschen zählten nicht. Es war einer der spaßigsten Vormittage unseres Zusammenlebens. Ich erschieße einen Zombie, der gerade um die Laternenecke biegt, als Hartmut die Mikrowelle anmacht. Wenigstens isst er noch, denke ich.

Am späten Abend gehe ich in die Wanne, lese Marvel-Comics und atme den Duft des Schaumbads ein. Plötzlich höre ich Geräusche aus Hartmuts Zimmer. Hartmuts Schreibtischstuhl quietscht fast rhythmisch, und leise höre ich ihn schneller und schneller atmen. Bläuliches Licht fällt durch das Schlüsselloch. Im Bad ist kein Licht außer meiner Lesekerze neben der Wanne. Hartmut wird langsam lauter, und nach zirka drei Minuten schreit er, und der Stuhl macht einen Ruck. »Ich bade hier!«, rufe ich durch die geschlossene Tür herüber. Hartmut öffnet sie, grinst, streckt seinen nackten Oberkörper ins Bad, versteckt sein Unterteil dezent hinter dem Türrahmen und fischt sich ein Handtuch von der Stange. Ich schüttele den Kopf, blättere meinen Comic um und tauche ein wenig tiefer ins Wasser. Nach fünf Minuten geht das Gequietsche wieder los. Hartmut wackelt, Hartmut zappelt, Hartmut schreit. Leiser, aber er schreit. »Das Handtuch hat er ja schon«, denke ich. Bleibt nur die Lärmbelästigung. Als Hartmut wenig später zum dritten und vierten Mal kommt, frage ich ihn, wie viele Pornoanbieter er schon durchhat und ob er bei den Spam-Mails nach den Firmen oder sogar nach den einzelnen Frauen geht. Es mag ja zu schaffen sein, in ein paar Monaten alle Grundanbieter durchzuhaben, aber wenn er auf jede einzelne Natalie, Steffi, Bettie, Maja, Anja, Tanja und Vivien antwortet, die mit einer exklusiven Videobotschaft auf ihn wartet, wird er bald mehr als nur Penisvergrößerungspillen brauchen. »Kein Problem, ich hab schon ein Durchhaltepräparat bestellt!«, ruft er zurück. »Apropos – weißt du, ob wir noch Kamillosan im Haus haben?«

Nach knapp drei Wochen hat Hartmut das Experiment »Subversion durch Affirmation« eingestellt. Einem Fernsehsender oder dem *Spiegel* wollte er nicht erzählen, wie viel Geld er in dieser Zeit ausgegeben hat und dass wir einen Stapel neuer Handtücher kaufen mussten, während Hartmut mit ständig wachsendem Penis und einer 3D-Brille auf dem Kopf vor dem Fernseher saß und teuer bestellte TimeLife-Videos glotzte. Hartmut hält nichts von Öffentlichkeit. »So erhält meine Aktion ja doch nur wieder Einzug in die symbolische Ordnung und wird unter K wie Kuriosum abgebucht«, sagt er dann. Meinetwegen hätten die Journalisten aber ruhig kommen können. Wir hätten ihnen erzählt, dass Hartmut tatsächlich alle Kosten wieder dadurch reingeholt hat, dass er bei FreeLotto.de 40 000 Euro gewann. *Das* allerdings ist wirklich ein Kuriosum.

Samstag bei Jochen

Hartmut und ich sind auf dem Weg zu Jochen, Hartmuts altem Schulfreund. Es ist heiß, und an den Trinkhallen kaufen die Kinder Wassereisstangen, während die Säufer sie dabei melancholisch ansehen. Es gibt viele Trinkhallen in Dortmund.

Ich gehe das erste Mal mit zum Samstag bei Jochen, und seit wir daheim in die S-Bahn gestiegen sind, erzählt Hartmut von ihm. Wie ich das so höre, denke ich mir, dass die beiden viel besser in eine WG gepasst hätten als Hartmut und ich. Jochen hat mal studiert und lebt jetzt davon, Flaschenpfand einzusammeln. Es kommt ihm zugute, dass heutzutage jeden Abend irgendwo eines dieser alternativen Konzerte stattfindet, bei dem junge Menschen auf dem Parkplatz kleiner Clubs oder umfunktionierter alter Industriehallen stehen, saufen und sich ansehen, welche Bands die anderen auf ihr T-Shirt gedruckt haben. Jochen hält nichts von diesen Sachen, er kauft ausschließlich Original-Musikkassetten auf Flohmärkten, weil er findet, dass es ein ganz anderer Ansatz sei, wenn man sich einfach mal vorstelle, man hätte gar kein Geld für Musik und es gäbe auch kein Radio und man wäre in irgendeiner armen Stadt in Südafrika, und dann fände man eine Kassette für ein paar Cents. Dann wäre einem egal, ob das Mozart sei oder Metallica oder

U2 oder gar Volksmusik. Man würde alles zu schätzen wissen, und darauf käme es doch letztlich an, etwas zu schätzen zu wissen.

Als wir die vierte Trinkhalle passieren, sagt Hartmut »Jetzt reicht's aber!«, rennt hinüber und kommt mit einem ganzen Kranz Wassereis wieder. »Das kann man ja nicht mit ansehen!«, sagt er, und ich nehme mir Waldmeister und Kirsch. Ich frage mich, was ich nachher hier erleben werde. Das typisch samstägliche Event stünde wieder an, hat Hartmut gesagt. Ich könne ihn und Jochen als eingespieltes Team erleben, aber vorher solle ich mir unbedingt seine Filmsammlung ansehen, betont Hartmut jetzt zum siebten Mal. Das ist so ein weiterer Spleen, den Jochen hat und der ihn Hartmut so ähnlich macht. Er sammelt und interpretiert Filme. Aber nicht etwa Hitchcock oder Godard oder irgendwelche polnischen Kunstregisseure, über die man sonst so ganze Ordner mit Deutungen vollschreiben könnte. Nein, Jochen sammelt B- und C-Filme aus der Videothek, VHS-Originale mit Hülle, Actionreißer mit Jeff Wincott, Michael Dudikoff oder anderen Heroen, unsägliche Horrorfilme, Prügelstreifen, bei denen oben das Mikro ins Bild hängt. Er ist fest davon überzeugt, es bei diesen Produktionen mit einer rundum unterschätzten Kunstform zu tun zu haben. »Das ist genial«, sagt Hartmut und schlürft an seinem Wassereis. »Jochen sieht darin die ›Selbstinszenierung des Films als Film‹, verstehst du? Bei Hollywood musst du den Kindern immer sagen, dass da niemand in echt stirbt, während du selbst vor Schmerzen zuckst, weil da jemand hyperrealistisch die Bombensplitter in die Hand genagelt bekommt oder dem Soldat ein Bein wegfliegt. Das vergisst du doch nicht. Da bist du doch voll drin, wie ein Zeuge. Aber bei den Trash-Filmen, da kannst du die Rampen sehen, über die die Autos springen, und du siehst, wie einer schon zurückfliegt, kurz bevor die Faust ihn getroffen hat, und die Schauspieler spielen so schlecht, dass man das Spielen als Spielen wahrnimmt. Der Film zeigt auf sich selbst und sagt, dass er ein Film ist. Nicht durch so blöde Ironie, sondern durch ernsthaftes Schlecht-Sein. Da hat Jochen Recht, das ist doch ganz ganz groß, das ... oh, wir sind schon da!«

Wir stehen vor einem alten Mietshaus in einer Straßenschlucht, die auf beiden Seiten von lückenlosen Häuserreihen gesäumt wird. Nur schräg gegenüber gibt es eine kleine Pizzeria mit einem Hinterhof und einer Mauer, die zu einem Wall führt. Am Ende der Straße, wo die Schlucht den Stadtring trifft, ist eine Barriere aufgebaut, und ein paar Polizisten versammeln sich und machen Small Talk wie Fußballspieler drei Stunden vor dem Anpfiff. Ich frage mich, ob der Samstag bei Jochen doch nicht so gemütlich wird, wie ich erhoffe. Der Türsummer geht, und wir klettern hoch.

Jochen wohnt im vierten Stock, hoch oben über der Straße. Die Balkontür steht auf, und die sommerliche Brise weht herein. Jochen trägt gerade einen Bierkasten auf den Balkon und ächzt dabei vergnügt. »Hallo, ihr beiden!«, ruft er. Die Wohnung ist relativ klein, und wir stehen bei der Ankunft direkt im Wohnzimmer. Vorne steht tatsächlich eine Schrankwand mit dem Fernseher und endlosen Reihen originaler Videohüllen mit bunter Schrift auf schwarzem Einband. Geradeaus sieht man in die Küche. In einer Ecke stehen Kisten und große Müllsäcke mit Pfandflaschen. Es müssen Hunderte sein. »Das ist mein Mitbewohner mit dem Wassereis, das ist Jochen!«, lacht Hartmut, und ich grinse und reiche Jochen die restlichen Lutschstangen, auf dass er sie ins Eisfach legen möge.

»Geht's heute zur üblichen Zeit los?«, fragt Hartmut, als Jochen gerade mit dem Kopf im Eisfach steckt. »Hmmm«, tönt es aus dem Fach, und als er den Kopf wieder rauszieht, sagt er: »Klappstühle und Bier stehen auf dem Balkon, Kassettenrecorder auch. Die Besenkammer ist aufgeräumt, der Decoder bereit.« Sie grinsen sich an und genießen meinen fragenden Blick. »Wart's nur ab, wart's nur ab«, sagt Hartmut.

Bis »es« losgeht, trinken wir Kaffee und essen Kuchen aus Fertigpackungen. Ich gehe die Reihen der Filme ab und kann mich kaum davon losreißen. *Beyond Enemy Lines, Karate Warrior, Cybertracker, American Fighter, Last Man Standing* ... in einer kleinen Ecke links unter dem Fernseher finden sich sogar TV-Reportagen über Schwertransporte und Fernfahrer, augenscheinlich direkt beim Sender als bezahlte Kopie bestellt. »Was ist denn mit den Dokus hier?«, rufe ich in die Küche, wo Jochen Hartmut gerade erklärt, wie das Dosenpfand seine Einkünfte rasend gesteigert hat, seit die Kids jetzt alle mit Pfandflaschen zum Konzert gehen und tonnenweise Pfandwert auf den Wiesen liegen lassen. »Die sind für Hartmut!«, ruft Jochen zurück, und Hartmut gibbelt freudig. »Originale???«, frage ich.

»Alles bezahlt!«, sagt Jochen. »Ich weiß so was zu schätzen.« Ich nicke leise. Sie passen wirklich zusammen.

Am späten Mittag – ich lese gerade in ein paar von Jochens fein abgehefteten Interpretationen – höre ich draußen merkwürdige Geräusche. Es klingt ein bisschen wie ein Karnevalszug von ganz weit weg, wie Marschmusik, von der man nur den Rhythmus hören kann.

Hartmut und Jochen sind noch ins Gespräch vertieft. Ich trete auf den Balkon. Zu meinem Erschrecken hat sich auf der Straße einiges getan. Ich hatte ganz vergessen, dass dort unten

Barrieren stehen und dass es heute ja noch eine Überraschung geben sollte. Die Barriere ist mittlerweile gut mit Polizei besetzt. Ein untersetzter Mann mit Schnäuzer und erfahrenem Blick spricht in ein Funkgerät und hält Ausschau wie die Vorhut im Krieg. Auf dem Ring hinter der Barriere marschiert eine Demo heran, noch ist kaum was zu erkennen, aber dieser Marschrhythmus kommt deutlich von dort. »Ja geht es denn schon los?«, fragt Jochen jetzt, der plötzlich hinter mir aufgetaucht ist, sodass ich ein wenig zusammenzucke.

»Was geht los?«, frage ich und sehe wieder die Klappstühle und das Bier auf dem Balkon.

»Nazidemo. Jeden dritten Samstag im Monat«, sagt Jochen und beißt noch ein Stück vom Schokokuchen ab.

»Normalerweise müssten mal langsam die Gegner kommen, oder?«, sagt Hartmut, nimmt sich klimpernd ein Bier aus dem Kasten und setzt sich in den Klappstuhl. »Ah, da kommen sie ja«, sagt er. Und tatsächlich: Am anderen Ende der Straßenschlucht platzt plötzlich eine Menschentraube herein. »Die müssen erst mal bei zwei, drei anderen Straßen die Sperren durchbrechen, bis sie es bis hierher schaffen«, sagt Jochen und zieht nun zwei Bier aus dem Kasten, wovon er mir eines reicht und kauend auf den Stuhl neben Hartmut deutet. »Setz dich!«, sagt er. Die Gegendemonstranten rennen in die Straße unter uns, die Polizisten klappen ihre Halfter runter, und die Nazis auf der anderen Seite sind nun nah genug herangekommen, sodass man ihre Fahnen und die ersten Gesichter erkennen kann. Ein paar Meter vor dem eng und diszipliniert gehenden Pulk von Glatzen spazieren ein paar Gestalten in Anzügen und weißen Hemden. Sie tragen in der Tat schmierige Seitenscheitel. Was vorher nur ein stumpfer Rhythmus war, kann man jetzt verstehen. »Hier marschiert der nationale Widerstand!«, brüllen sie, und unter uns fließen immer mehr Gegendemonstranten in die Schlucht. »Erst mal Musik«, sagt Jochen und schiebt eine Kassette in den alten, eiernden Recorder. Ein wenig Gejubel erklingt, und einer dieser kernigen und doch zugleich gebremsten Rock'-n'-Roll-Akkorde, wie man sie auch bei *Wetten, dass ...?* spielen kann. Jochen grinst und hält die Hülle hoch, auf der ein winziges Schildchen mit »0,50 DM« draufklebt. Peter Maffay *Live 82.* Ich sitze am Samstag im vierten Stock auf dem Balkon eines jungen Mannes, der vom Flaschenpfand lebt und Trashfilme interpretiert, während unten Neonazis und Antifa-Menschen auf eine Polizei-Barriere treffen, und höre Peter Maffay. Was sonst hätte ich von Hartmut erwarten können?

Die Gegendemonstranten sind jetzt an der Barriere angekommen und fangen auch an zu brüllen. »Nazis raus! Nazis raus!«, schreien sie, und ein paar Punks in der ersten Reihe keifen: »Ein Baum, ein Strick, ein Nazi am Genick!«

Peter Maffay singt: »Liebe wird verboten, denn Liebe birgt Gefahr für den neuen Staat, und Gefühle stören da nur.«

Der Beamte mit dem Schnäuzer geht jetzt zwischen den Reihen der Polizisten her und instruiert seine Leute. Ein fit aussehender Autonomer in schwarzen Klamotten legt den Kopf schief, hält sich ein Handy ans Ohr und drückt sich das andere zu. »In der Welt von morgen wird alles wunderbar, ja du wirst schon sehen, morgen funktionierst dann auch du«, singt Peter Maffay.

»Die werden wieder kesseln«, sagt Jochen jetzt und sieht sich nachdenklich und erfahren das Spiel an.

»Hmm«, nickt Hartmut. »Wie immer.«

»Die schaffen es einfach nicht, eher durchzubrechen«, sagt Jochen. »Einmal haben welche schon um sechs Uhr morgens auf dem Ring ein Picknick abgehalten. Ältere Herrschaften. Die konnten sie nicht wegjagen. Die Nazis konnten nicht marschieren. Das ist schon länger her.«

»Die Jüngeren stehen halt nicht früh auf«, sagt Hartmut. »Die haben auch kein Verständnis von Strategie.«

»Da kommt den Älteren zugute, dass sie noch im Krieg waren, was?«, sagt Jochen, und beide lachen jetzt so ein bescheuertes, trockenes Lachen wie die Muppet-Opas in ihrer Loge.

Ich sitze dazwischen und bin leicht irritiert. Peter Maffay singt »Rock 'n' Roll«. Die Gegendemonstranten sind in der Tat sehr jung. Es sind viele Mädchen darunter mit Rastas und Aufnähern auf zerschlissenen Jacken. Viele der Jungs sind schmächtig und tragen enge Trainingsjacken, Cordhosen und Chuck's. Man wünscht ihnen nicht, dass es der Demo gelingt, die Barriere zu durchbrechen und direkt vor den Nazis zu stehen. Es gibt nur wenige, die wirklich wie Autonome aussehen, und selbst der schwarze Telefonmann sieht so aus, als würde er privat lieber Tai Chi im Unisport machen, als sich mit Skinheads anzulegen. Nur die Punks ganz vorne kann man sich im Boxring vorstellen. Sie haben ein breites Kreuz und eine Art Malocher-Haltung, einer läuft mit nacktem Oberkörper herum und trägt seinen Bierbauch vor sich her. Man hört sein Gegröle bis hier oben. Er ist ziemlich betrunken. »Geh fort, geh doch fort, dorthin, wo kein Mensch dich mehr kennt, geh fort, geh doch fort, und suche dir ein neues Ziel!«, singt Peter Maffay.

Dann geht es ganz schnell. Ein paar Eier fliegen aus der Straße zu den Nazis rüber, auch Tomaten und anderes Staudengemüse. Es wird auf beiden Seiten lauter, bis man das Gebrülle kaum noch unterscheiden kann, und am anderen Ende der Straße fährt jetzt ein LKW der Polizei in die Schlucht und zieht eine Kette Polizisten hinter sich her, die die Straße abriegelt.

Peter Maffay singt allen Ernstes »Wer wirft den ersten Stein?«, und Jochen grinst verschmitzt, bevor er Hartmut mit einem professionellen Blick ansieht und »Kessel!« sagt.

»Du Kammer, ich Fußball?«, fragt Hartmut.

Jochen nickt.

Ich verstehe nicht so ganz und bleibe auf dem Balkon stehen, als ich unten sehe, wie die Gegendemonstranten auseinander stieben und sich einige wenige über die Mauer hinter der Pizzeria retten können, bis zwei Beamte den Zugang zu dem Hinterhof abriegeln. Zwei der kleinen Rastamädchen bremsen nicht rechtzeitig ab und prallen gegen die Polizisten. Der autonome Telefonmann treibt sie von ihnen weg und gestikuliert hektisch herum, als könne er das wilde Gewusel in geordnete Bahnen lenken. Einige Demonstranten rennen jetzt zu den Hauseingängen, als es auch bei uns klingelt und Jochen schnell die Tür aufmacht. »Hier oben!«, brüllt er ins Treppenhaus, und wenig später fallen drei junge Männer und ein Mädchen in die Wohnung und atmen schwer. »Hi, Jochen«, sagt einer der Jungen und sieht ihn abgehetzt an, »das sind ...«

»Keine Zeit für Vorstellungsrunden!«, sagt Jochen, »ihr müsst schnell in die Besenkammer. Los, los! Gleich klingelt es wieder!« Hartmut hat derweil den Fernseher angeschaltet und den Premiere-Decoder justiert. Die Bundesliga-Konferenz erscheint auf dem Bildschirm. Die Spiele wurden gerade erst angepfiffen. »Er hätte den Decoder nie gekauft, wenn es diese Demos nicht gäbe«, sagt Hartmut und dreht sich zu mir um. Ich sehe ihn an wie ein Kalb. »Er mag doch kein Fernsehen. Er kauft doch nur diese Filme. Aber er musste Premiere besorgen, wegen der Bullen.« Es klingelt an der Tür. »Ah, da sind sie ja schon.« Im Augenwinkel sehe ich, wie Jochen die Tür der Besenkammer schließt, nachdem er den vier Demonstranten Kuchen und Saft hineingegeben hat. Hartmut steht derweil an der Wohnungstür und ruft eine Begrüßung ins Treppenhaus. Es hallt. »Na, da kommen ja die Herren Wachtmeister!« Es schnauft noch ein wenig, dann erscheinen zwei Polizisten in der Tür. Der ältere Mann mit dem Schnäuzer von unten und ein junger Kollege mit gelocktem blondem Haar. »Tach, Klaus. Tach, Benedikt«, sagt Hartmut.

»Tach«, japsen sie und ziehen ihre Mützen ab.

»Kaffee ist fertig, Verpflegung wartet, Anpfiff war vor fünf Minuten«, sagt Jochen, der mit einem Spültuch in der Hand aus der Küche kommt und auf den Fernseher deutet.

»Prima!«, pustet Klaus weiter, wischt sich etwas Schweiß von der Stirn und setzt sich auf die Couch. »Zwanzig Minuten haben wir, die dürften wir offiziell brauchen, um dieses Haus hier gründlich nach Chaoten zu durchsuchen«, lacht er und nimmt dankbar die Tasse Kaffee entgegen. Benedikt entblättert derweil den Kuchen. Ich frage mich langsam, ob Jochen davon immer gleich 500 Packungen kauft. »Dann wollen wir mal hoffen, dass Dortmund in der Zeit ein Tor macht, was?«, lacht Jochen, und ich stehe immer noch hilflos im Zimmer, bis ich den Beamten vorgestellt werde.

Dortmund macht sein Tor. Als die Polizisten wieder gehen, lassen wir die Versteckten aus der Besenkammer. Sie gehen vorsichtig zum Fenster und müssen mit ansehen, wie unten nach und nach die Leute aus dem Kessel heraus abgeführt werden.

Ihr ohnehin schon melancholischer Trainingsjackenausdruck verfinstert sich noch mehr.

»Kommt Leute, jetzt mal kein schlechtes Gewissen, weil ihr hier oben seid und die nicht. Nächstes Mal werdet ihr vielleicht geschnappt und vier andere stehen hier oben, also Kopf hoch!« Jochen knufft dem Jungen in die Schulter, und ein gequältes Lachen geht durch die Runde. »Ich weiß ja nicht, ob es euch aufmuntert, aber St. Pauli führt gerade gegen Bayern München!«, sagt Hartmut von der Couch, und ein spontaner, kindlicher Jubel bricht aus den Kids heraus, bis sie merken, dass sie sich nicht freuen dürfen. Trotzdem wird es danach besser. Jochen öffnet eine Schublade und holt ein wenig wohlriechendes Dope heraus. »Ich denke halt an meine Gäste«, sagt er und baut uns allen eine große Tüte.

Gegen Abend ist die Straße unten leer, und wir verlassen zusammen mit den Kids das Haus. Jochen kommt mit runter, um die Haustür abzuschließen. »Bis nächstes Mal«, sagt Jochen und meint uns alle damit. Dann drückt er Hartmut seine Tüte mit den Fernfahrer-Reportagen in die Hand, lächelt und schließt die Tür.

Nachtprogramm

Ich kann nicht schlafen.

Ich liege in meinem Bett und starre in das orange Licht der Plastiklampenkette an der Wand. Nebenan im Wohnzimmer läuft der Fernseher. Ein kaum gedämpfter Singsang von Stimmen und Kanalwechseln dringt durch die dünne Tür aus Spanholz, die wir damals manuell in den offenen Durchgang zwischen den beiden Zimmern eingefügt haben. Die Vormieter hatten den Raum nebenan als Esszimmer genutzt, und meine Bude war die Heimat ihrer Couch, ihrer Sessel und ihres Fernsehers. Wo jetzt mein Kopf liegt, summte ihre Bildröhre. Und wo jetzt Hartmut sitzt und zappt, saß die Familie beisammen und hörte sich Vaters Klagen über die Arbeit im Dampf von Knödeln und Kohlrouladen an.

Ich drehe meinen Kopf zum Radiowecker. Es ist halb vier. Die blaue Stunde. Tiefste Nacht. Hartmut hört nicht auf zu zappen, schaltet sich durch die Programme und seufzt gelegentlich. Es klingt, als wären die Seufzer die einzigen Momente, in denen er überhaupt atmet.

Ich stehe auf und öffne leise die dünne Tür, die wie der Eingang zu einem Wohnwagen aussieht. Ich schaue ihn an. Er blickt nicht zurück, bemerkt mich natürlich, hält seinen Blick auf den Bildschirm gerichtet und wartet, bis ich was sage oder wieder verschwinde. Ich stöhne leicht. Er dreht den Kopf. »Kannst du nicht schlafen?«, fragt er, und schon bin ich entwaffnet und wütend. »Weißt du«, sage ich, »es soll mal einer die Theorie aufgestellt haben, dass sich zwischen den Kanälen eine andere Dimension befindet, die man nur erkennen kann, wenn man so schnell wie irgendmöglich zappt. Eine Dimension, die Erlösung verspricht. Ich vermute, du bist auf der Suche nach ihr.« Hartmut grinst und schweigt. Auf dem Bildschirm sind jetzt zwei Männer zu sehen, die im Wettbewerb Baumstämme durchhacken. »Guck mal, Lumberjack!«, sagt Hartmut und fügt hinzu: »Das ist doch wirklich mal was Feines, oder!? Nicht gut?« Hartmut hat so einen speziellen Blick drauf, wenn er in dieser Stimmung ist. Es ist, als würde er seinen Körper nur benutzen, um durch ihn zu sprechen und Dinge zu sagen, die er unmöglich so meinen kann, die aber vollkommen glaubwürdig klingen, als würde die Person dort auf der Couch, in der irgendwo Hartmut drinsteckt, es wahrhaftig so meinen. In diesen Momenten kann man nichts tun, es sei denn, man würde den Körper auf der Couch aufreißen und in seinem Inneren herumwühlen, bis man den lichtscheuen Hartmut rausgezerrt und mit ihm gemeinsam den Fernseher und die Couchkörperhülle ein für alle Mal entsorgt hat. Ich schüttele den Kopf, gehe aufs Klo, schleiche in mein Zimmer zurück, sehe, wie Hartmut auf dem Teppich kniend die Videosammlung im Regal durchsucht, und gehe wieder ins Bett.

Am nächsten Abend trägt mich die Hoffnung. Hartmut und ich sehen gemeinsam zwei Filme. Hintereinander. Wir trinken Bier und essen Chips, lachen an den falschen Stellen und beobachten nebenher, wie draußen vor dem Fenster Hans-Dieter mit seiner Katze zu den Mülltonnen geht und seine Säcke wegschmeißt, während die anmutige Haustigerin oben auf der Betonbehausung der Mülltonnen im Laternenlicht herumstolziert wie eine Diva auf dem Laufsteg. Gegen ein Uhr läuft der Abspann des zweiten Films, und als ich mit betont selbstverständlicher Geste aufstehe, um den Fernseher auszuschalten, sagt Hartmut die Worte, vor denen ich mich die ganze Zeit fürchtete: »Nee, lass ma' noch 'n bisschen an.« Ich stehe drei Sekunden still vor dem Bildschirm und schaue ihn an. Er lässt sich nichts anmerken, trinkt an seinem Bier und tut, als wäre nichts gewesen. Als ich ins Bett gehe, läuft *Angriff der Klapperschlangen* auf RTL. Mit den Jingles der Telefonsexnummern in der Werbepause im Ohr schlafe ich ein.

Nach wenigen Tagen hat sich meine Wahrnehmung umgekehrt wie ein Schattenbild. Ich schlafe ein in dem immergleichen Gemurmel von Hartmuts Nachtprogramm und wache schweißgebadet auf, wenn er irgendwann den Fernseher ausschaltet und Stille eintritt. Die Stille bricht dann herein wie ein leiser Schreck und zerschneidet mit den plappernden Geräuschen des Fernsehers auch den Antriebsriemen meiner Träume. Die Bilder versiegen und der Motor kommt abrupt zum Stehen, ich wache auf mit einem Sausen in den Ohren und kann bis zum Morgen nicht mehr schlafen, weil ich mich plötzlich verwundbar fühle, so ganz ohne Geräuschwand um mich herum. Ich beginne zu verstehen, warum Hartmut nicht mehr aufhören kann. Doch bevor ich diesen Gedanken zu Ende bringe, schlafe ich doch noch mal ein.

Am Samstagnachmittag suche ich nach einem Buch, das bei Hartmut herumliegen muss, und gehe durch unser großes Bad zu seinem Zimmer. Ein Berg Wäsche liegt neben der Maschine.

Alte Barthaare kleben in einer Lache aus Seife auf dem Waschbecken. Ein Handtuch liegt auf der Schwelle zwischen Hartmuts Raum und dem großen Bad, es schlängelt sich durch die halb offene Tür, als wolle es aus seinem Zimmer flüchten. Ich trete leise heran und klopfe.

»Hartmut?«

Nichts.

»Hartmuuut?«

Ich horche. Kein Schnarchen. Keine Geräusche vom Rumdrehen auf dem Bett. Ich will die Tür öffnen, doch sie klemmt ein wenig. Ich schiebe sie auf und sehe einen weiteren Berg Wäsche, der dahinter liegt und zwischen Tür und Kleiderschrank klebt. Der Schrank ist offen. Auf dem Boden liegen Ordner und Bücher durcheinander. Hartmut ist nicht da. Sein Computer ist an und flimmert leise, eine völlig obskure Homepage ist angewählt, irgendein belangloses Klatschmagazin, das Hartmut eigentlich nie lesen würde. Hartmut würde allerdings auch nie seine Ordner auf der Erde liegen lassen, ein paar Blätter herausgerissen. So zerstreut er auch meistens ist – er bringt seine Dinge in der Regel in Ordnung, zumindest seine Papiere, seine Bücher. Es gibt ein paar Dinge, die macht er einfach nicht. Klatschmagazine im Internet lesen. Handtücher in der Tür liegen lassen. »Neues von der Königsfamilie« steht auf dem Bildschirm. Ich beginne, mir Sorgen zu machen.

Am Sonntagmorgen höre ich das »Pfump!« des Fernsehers schon im Halbschlaf. Ich blinzele auf den Radiowecker. Es ist kurz vor zehn. Es muss erst fünf Stunden her sein, dass Hartmut ins Bett gegangen ist. Die Glotze muss noch warm gewesen sein, als sie wieder ansprang. Ich höre die überbetonten Stimmen von Figuren aus einer Kindersendung. Sie hüpfen durch meinen Schlaf wie kleine Wichtel, die um meinen Kopf schwirren und mich an Ohren und Augenlidern zupfen. Ich stehe mit verklebten Augen auf.

»Was soll das!?«, maule ich ins Wohnzimmer.

Hartmut sitzt in einer Unterhose im Sessel und ist unrasiert. Es tut mir weh, es zu sagen, aber er stinkt. Die Unterhose stinkt. Das kann doch nicht sein.

»Willst du nicht noch ein bisschen schlafen? Und überhaupt, was ist denn los mit dir?«, sage ich.

Hartmut verzieht ganz leicht die Augenpartie, als wolle er sagen, dass man ihn nur noch ein bisschen triezen muss, bis er mit allem herausrückt. Aber er rückt nicht raus. Stattdessen sagt er: »Ich weiß, dass dich das wahnsinnig stören muss, aber lass mich nur noch ein bisschen, okay? Nur noch ein bisschen!«

Ich weiß nicht, was ich sagen soll. Ich kratze mich am Sack, als wolle ich eine gewisse Solidarität mit seinem Zustand ausdrücken. Es fühlt sich so an, als sei er das Opfer und ich würde ihn unter Druck setzen. Ich hasse das. »Hartmut, das ist eine Kindersendung und wir haben früh am Morgen!«, sage ich, und Hartmut macht jetzt ein Gesicht, als hätte ich gerade den Grund geliefert, warum ich ihn weitergucken lassen soll. In diesem Blick wird es zur Selbstverständlichkeit, dass er morgens um zehn Uhr Kindersendungen guckt, und selbst ich höre plötzlich den Satz »Was soll man denn sonst tun?« in mir und fühle mich wie ein illegitimer Störenfried, der einem kleinen Jungen seinen Teddybären weggenommen hat. Verstört trete ich zurück in mein Zimmer und versuche, noch ein wenig zu schlafen.

Um 15 Uhr werde ich vom Ausschalten des Fernsehers wach und schnelle hoch. Ich schwitze wieder. Mein T-Shirt klebt an mir wie bei einer fiebrigen Grippe. So kann das nicht weitergehen. Ich stehe auf und sehe Hartmut über die Straße zur Pommesbude gehen. »Er hat fünf Stunden ferngesehen und holt sich jetzt Currywurst Pommes spezial«, denke ich. Das scheint alles so selbstverständlich zu sein. Es macht mich schrecklich traurig. Ich schleiche mich aus dem Haus, bevor Hartmut zurückkommt, und fahre mit dem Rad raus. Ich will einige Stunden Abstand gewinnen. Ich trage immer noch mein verschwitztes Schlafhemd.

Ich schaffe es tatsächlich, bis zum späten Abend Rad zu fahren. Ich komme in Orte, die ich noch nie gesehen habe, entdecke Häuser, Waldstücke und Landstraßen, die sich fast wie Urlaub anfühlen. Ich drehe einfach nicht um, weil ich nicht nach Hause zurückwill, nicht in die WG zu Hartmut und seinem Fernseher, ich sage schon »sein« Fernseher, und es kommt mir so vor, als wäre die ganze Wohnung mit beiden Flügeln schon Hartmuts Reich, als habe sich Hartmut ausgebreitet wie ein Erdrutsch, der mich in die kleine restliche Ecke meines Zimmers drängt und schon an die Zimmertür drückt, die dieser Kraft nicht standhalten können wird, so dünn und improvisiert, wie sie ist. Dabei hat Hartmut gar nichts getan, außer sich gehen zu lassen, und ist dabei zerflossen wie eine Welle, die alles und sich selbst zermalmt. Ich habe Angst vor ihr. Ich trete in die Pedalen. Doch irgendwann muss ich zurück.

Es ist dunkel, als ich um 22 Uhr das Rad in die Scheune schiebe. Es hat angefangen zu regnen, und die kalten Tropfen prasseln auf das Dach des Anbaus und fließen glitzernd an der Lampe draußen vorbei. Eine Spinne hält sich in ihrem wackelnden Netz wie ein Segler im Sturm. Aus dem Wohnzimmerfenster flackert bläuliches Licht. Ich gehe hinein.

»Nimm jetzt den Fernseher und trag ihn in dein Zimmer!«, schreie ich. Ich habe mich auf die Wut verlegt, weil ich eigentlich Angst habe. Ich komme ja nicht an Hartmut ran, er ist immer noch versteckt in diesem Körper, und solange er da drin ist, tut es mir weniger Leid, wenn ich ihn anbrülle wie ein Tier. »Aber da hab ich doch keinen Anschluss!«, fleht der Körper, in dem Hartmut steckt. »Dann nimmst du dir eben die ganzen Videos mit rüber, es sind doch Dutzende, Hunderte!«, brülle ich, fange an, unser Regal mit den Videos auszuräumen und werfe sie Hartmut auf den Schoß, beobachte mich selbst bei meinem Anfall und bin entsetzt, fühle mich wie eine hysterische Frau in einem schlechten Film und kann doch nicht aufhören. Ich brülle: »Es ist doch völlig egal, *was* du siehst, oder etwa nicht!? Es geht doch nur darum, *dass* es weiter aus der Kiste fließt!«

Plötzlich wird Hartmut ganz still, als hätte ich die Weltformel auf den Punkt gebracht. Er sieht mir seit Tagen das erste Mal wieder in die Augen und sagt: »Du hast Recht!« Dann trägt er nach und nach den Fernseher, den Videorecorder und die Kassetten in sein Zimmer. Und zum ersten Mal weiß ich, was Traurigkeit ist.

Ich traue mich erst nach einigen Stunden, zu seinem Zimmer zu gehen. Ich habe ihn vertrieben. Ihn, den Süchtigen. Es ist drei Uhr nachts, als ich zu seiner Tür gehe und vorsichtig horche. Der Fernseher läuft immer noch. *Star Trek 7.* Der Bösewicht Dr. Soran sagt: »Es heißt doch, die Zeit ist das Feuer, in dem wir verbrennen!« Leise werden Streicher im Hintergrund eingespielt. »Und jetzt, Captain«, sagt Soran, »läuft mir die Zeit davon!« Ich öffne die Tür und gehe hinein. Hartmut sitzt auf dem Teppich, die Videos und Hüllen überall um ihn verstreut. Das Zimmer sieht schlimmer aus als je zuvor. Es erinnert mich an die Reportage über Messies, die wir zusammen gesehen haben, gleich nach Jochens Schwertransporten. Da konnte Hartmut noch abschalten. Es scheint lange her. Er drückt auf Pause und sieht mich an. »Es reicht nicht!«, sagt er. »Es ist nie genug! Es reicht niemals!« Er rückt sich ein wenig zurecht und dreht seinen Körper in meine Richtung. »Die Dimension, von der du gesprochen hast, die Dimension zwischen den Kanälen«, fährt er fort, und das erste Mal sehe ich Feuchtigkeit in seinen Augen, »sie existiert nicht. Ich habe sie gesucht, so oder so. Ich habe mich immer wieder auf die nächste Sendung gefreut, verstehst du? Immer die nächste. Wenn es ein Uhr nachts ist und du liest in der Fernsehzeitung, dass um zwei Uhr noch mal dieser Film mit Arnold wiederholt wird oder dieser klasse Krimi, dann, dann …«, er zögert ein wenig, als wäre es ihm peinlich, »dann freust du dich so, verstehst du? Dann bist du irgendwie zu Hause.« Auf, unter und neben seinem Schreibtisch liegen die offenen Ordner. Der Kleiderschrank ist leer, die Wäsche liegt überall. Er muss seit Wochen nicht gewaschen haben. »Weißt du, was Dr. Soran gleich sagen wird?«, fragt Hartmut und zeigt mit dem Finger auf das Standbild. Ich sage: »Irgendwas über die Zeit.« Hartmut lächelt traurig und antwortet: »Er sagt: ›Wir lassen in unserem Leben so viele Dinge unerledigt zurück.‹« Dann steht Hartmut auf, geht zu seinem Schreibtisch, öffnet eine Schublade und holt einen Stapel Zettel heraus. »Weißt du, was das ist?« Ich schüttele den Kopf. »Ideen! Lose, unfertige Ideen! Haben sich alle angesammelt! Liegen hier drin und lachen über mich! Lachen mich aus!« Er rupft den Stapel auseinander. »Roman, Roman, Kurzgeschichte, Aufsatz, Gedicht, Hausarbeit … ach, und sieh mal, hier steht ›Trödelstand machen‹, und hier ist eine Liste, was ich alles mal lesen wollte, und hier, noch ein Buch, das ich mal schreiben wollte und ...«, er lässt die Schultern sinken und zeigt auf den Boden, »waschen muss ich ja auch noch!« Dann lacht er bemüht. Er kommt wieder zu mir, sieht mich an und sagt: »Ich hab mir oft gewünscht, ich könnte so sein wie du. Aufstehen, arbeiten gehen, Rad fahren, essen, spülen, Playstation spielen, in die Wanne gehen, eine Platte hören, ein Buch lesen, einen Film sehen. Aber ich kann nichts mehr zu Ende machen. Weil ich nichts mehr anfangen kann. Deshalb kann ich nicht mehr aufhören.« Er deutet auf den Fernseher. »So kann ich mich immer auf den nächsten Film freuen. Irgendwie hat das Struktur. Und ich sage mir dann immer: ›Alles andere mache ich danach, in einem schönen großen Abwasch!‹« Er lacht makaber und zieht die Nase hoch. Ich brauche ihn nicht mehr aus diesem Körper zu zerren. Hartmut ist wieder da.

Ich beuge mich zum Fernseher runter, schalte ihn aus, hole die Kassette raus und packe sie in ihre Hülle, knipse den Videorecorder ab, nehme das Verbindungskabel, gehe ins Wohnzimmer, hole das Kabel, das zur Anschlussbuchse führt, baue mich vor Hartmut auf, der leise protestieren will und doch wieder Glanz in den Augen hat, und frage: »Haben wir noch irgendwo im Haus Kabel, die mit Fernsehprogramm und Videorecorder zu tun haben?«

Hartmut schüttelt den Kopf.

»Ganz sicher nicht?«

»Nein«, sagt Hartmut. Dann geht er zu seinem Computer und gibt mir sein Modemkabel, um auch das Internet zu kappen. Ich lächele. »Und jetzt Augen zu!«, sage ich und gehe aus der Wohnung ums Haus in die Scheune und verstecke die Kabel dort sorgfältig in einer alten Kühlbox. Als ich zurückkomme, steht Hartmut in der Küche und gießt sich ein Glas Milch mit Kakaopulver ein. Ruhig rührt er in dem Glas herum. Die Lampe über der Spüle wirft ein gemütliches Licht.

»Hab sie versteckt!«, sage ich.

»Danke!«, sagt Hartmut. Es wirkt fast so, als wolle er sich von seinem Milchglas wegdrehen und mich umarmen. Doch er rührt weiter.

Dann sagt er: »Playstation zählt nicht, oder?«

Ich schüttele den Kopf. Die Station bleibt stehen. Spiele kann man nicht anschauen. Spiele muss man spielen. Hartmut nimmt das Glas mit Kakao und geht in Richtung seines Zimmers. Ich laufe hinterher und fange ihn im großen Bad ab.

»Was machst du jetzt?«, frage ich.

Er stellt das Glas auf den Schreibtisch, nimmt einen der Zettel von seinem Stapel, blickt auf und sagt: »Ich schreibe eine Geschichte!« Dann beugt er sich über seinen Schreibtisch und fängt einfach an.

Lösungen

Hartmut hat eine neue Freundin. Susanne. Susanne kniet in der Küche vor der Spülmaschine und spricht. Ihre Stimme klingt feucht und hohl, weil ihr Kopf in der Maschine steckt. Sie sagt: »Hier. Es war der Filter. Bah! Wie lange habt ihr den denn nicht mehr sauber gemacht?« Hartmut druckst herum. Ich sitze nebenan im Wohnzimmer und spiele *Oh No! More Lemmings*. Ich grabe einen Gang, damit meine Lemminge die Stampfpresse umgehen können. Ich sage: »Den haben wir noch nie gereinigt!« Ich kann hören, wie Hartmut nebenan rot wird, während er da neben seiner Freundin steht, die mit dem Kopf in der Maschine kniet und den Sudfilter herausholt. Ich glaube, er hasst mich.

Hartmut ist unausgeglichen geworden, seit Susanne bei ihm ist. Für Hartmut sind gewisse Zustände existenzieller Teil unserer Wirklichkeit, feststehende Faktoren, die man interpretieren, ertragen, deuten, aber doch nicht verändern kann. Dass unsere Dusche schimmelt, wird ihm hin und wieder zur Metapher des Verfalls, und wenn er sich in der zerkratzten Teflon-Pfanne Eier brät und seufzend über den zu erwartenden Krebsbefall im Rentenalter spricht, dann mag man ihm gar nicht sagen, dass man neulich im *Globus* ein schönes neues Exemplar für schlappe fünfzehn Euro gesehen hat. Ohne Kratzer. Ohne Krebs. Hartmut ist existenzialistisch. Susanne nicht.

Neulich saßen wir zu dritt im Wohnzimmer und sahen Videos. Als Hartmut zum dritten Mal aufgestanden und über den Teppich gerobbt war, um die Kassette per Hand vorzuspulen, atmete sie, setzte ein tatkräftiges Lächeln auf und fragte, warum Hartmut zum Recorder robbe, anstatt wie jeder moderne Mensch von der Couch aus den Spulvorgang vorzunehmen. »Fernbedienung kaputt!«, nuschelte ich, Kartoffelchips im Mund. Und Hartmut nickte auf dem muffigen Teppich. »Wie?«, sagte sie. »Wo ist die denn? Zeig mal her! Da finden wir doch bestimmt eine Lösung!« Hartmut stöhnte leise, als ich ihr den schwarzen Knüppel rüberreichte, doch das hörte nur ich. Hartmuts leises Leiden bemerkt man nur, wenn man ihn gut kennt. »Ah hier, korrodiert!«, sagte Susanne und deutete mit dem Finger auf die Kontaktspiralen für die Batterie. »Habt ihr 'ne Zange? Schere reicht auch schon!« Ich griff hinter mich auf die Ablage in der Ecke zwischen dem Sessel und der Couch, die wir aus vierzehn kleinen Paletten zusammengestapelt hatten, und friemelte die Schere aus einem Karton. Dreißig Sekunden später hatte Susanne die korrodierte Spitze der Spirale abgeknipst. Sie startete über Hartmuts Rücken hinweg das Video vom Sessel aus. Hartmut fuchtelte noch ein wenig mit den Fingern vor dem Recorder herum, als könne er nicht fassen, dass die Bedienung des Heimkinos fortan nicht mehr in kniender Position vonstatten gehen muss, und kroch dann geschlagen zum Sessel zurück.

Meine Lemminge sind der Todespresse entkommen. Susanne beugt sich durch den Perlenschnurvorhang ins Wohnzimmer und zeigt mir den siffigen Filter. Es tropft heraus und fließt in die Ritze zwischen Teppich und Fliesen. »Da!«, sagt sie, als solle uns das eine Lehre sein, aber sie weiß, dass bei mir nicht viel zu holen ist, dreht sich wieder zu Hartmut und schüttelt den Kopf. Nicht ich bin das Problem. Ich arbeite. Ich könnte, wenn ich wollte. Das weiß sie.

Am Wochenende repariert sie die Tischtennisplatte in der Scheune. Ich erfahre es von Hartmut, der in kurzer Hose im Wohnzimmer steht und schweigt. Es ist das Schweigen, das er voranschickt, wenn er etwas Aufwühlendes zu berichten hat. Ich warte und hebe den Blick von meinen Lemmingen. Er spricht: »Sie repariert die Tischtennisplatte.« Ich schweige. Er spricht lauter: »Sie repariert die Tischtennisplatte.« Der Pausenbildschirm flimmert. Die Musik läuft weiter. Easy Listening. »Was sagst du denn dazu?«, fragt er jetzt. Ich seufze: »Was soll ich dazu sagen?«

»Sie repariert die Tischtennisplatte!!!«, wiederholt er erregt.

»Das sagtest du schon«, sage ich.

Wir haben die Tischtennisplatte einst vom Sperrmüll an der Kreuzung rübergeschoben. Da, wo wir auch die Teppiche herhaben. Als wir sie in der Scheune hatten und das Licht anmachten, wussten wir, dass man damit nicht ernsthaft Tischtennis spielen konnte. Sie war von hinten wie von vorne verzogen und krumm. Man konnte sie nicht mal verkaufen. Doch wir können so was nicht einfach stehen lassen. Zumindest nicht an einem Montagabend, im Herbst, wenn es wenige Gründe gibt, rauszugehen und nach getaner Arbeit erst mal ein Bier zu trinken. Susanne repariert die Tischtennisplatte. Susanne baut die Tischtennisplatte auf. In der Scheune. Ich weiß, was Hartmut denkt. Hartmut denkt, dass unsere Scheune nicht dafür geschaffen wurde, in ihr Tischtennis zu spielen.

Sie wurde dafür geschaffen, bis an die Decke mit dem Schrott aller Hausbewohner voll gestellt zu werden. Stinkende Möbel. Sandsäcke. Alte Mopeds. Bretter. Abgelaufene, volle Bierkisten. Spiegel. Teppiche. Sie wurde dafür geschaffen, dass man sein Rad nur ganz knapp hineinmanövrieren kann, dass einem die Bewegung, mit der man das Vorderrad einschlagen muss, damit das Rad überhaupt hineinpasst, in Fleisch und Blut übergeht und zum täglichen Denken und Fühlen gehört. Sie wurde dafür geschaffen, dass man über die Gerümpelberge klettern muss, um hinten an den Trödel zu kommen, und dass man jeden Schritt dieser Besteigung bis ins Kleinste beherrscht. Sie wurde dafür geschaffen, dass einem riesige Spinnen auf den Kopf fallen und man schreiend in altes Bauholz stürzt, während der andere sich im Tor stehend totlacht. Doch damit ist jetzt Schluss. All die Verrenkungen, all die Bewegungen, all die Verkrümmungen, die monatelang Teil unseres Lebens gewesen waren, hat Susanne nun aus unserer Wirklichkeit gerissen. Susanne hat den Sperrmüll angerufen. Susanne hat dafür gesorgt, dass Hartmut, Hans-Dieter und ich die Scheune freiräumen und die Spinnen wegmachen bis auf das letzte Netz. Hans-Dieter hat geschwitzt bei der Aktion und gelacht. »Es ist doch gut, wenn man das endlich mal macht!«, hat er gesagt und: »Herrlich, so viel Platz auf einmal. Und kumma hier, meine alten Creedence-Platten, ich glaub's ja nicht! Ja, gerade wenn man nicht sucht, findet man's! Ach, ist das schön, hier in dem Kabuff wieder Übersicht zu haben. Datt ist doch gut, wenn einen einer da mal in den Hintern tritt, was?« Und dann hat er Hartmut auf die Schultern geklopft wegen seiner Susanne, und Hartmut hat stur in den Raum gestarrt, als sehe er immer noch die Schuttberge in der freien

Luft. Ich öffne eine Flasche aus dem drei Jahre alten Bierkasten. Es stimmt. Man kann es nicht mehr trinken.

»Dann wirst du wohl gleich da rübergehen und Tischtennis spielen müssen«, sage ich jetzt und blicke demonstrativ an Hartmuts Hüfte vorbei, um ihm zu signalisieren, dass er den Bildschirm freimachen soll. Hartmut seufzt. Hartmut geht Tischtennis spielen.

Die Scheune, die Spülmaschine, die Tischtennisplatte und die Fernbedienung waren nicht alles. Susanne machte keinen Halt. Sie richtete das Fenster im Lagerraum, von dem wir ausgingen, es nie mehr öffnen zu können. Das Rollo war immer unten. Für uns war es gar kein Fenster mehr, sondern nur ein schwarzes Loch in der Wand, ein auf ewig geschlossenes Auge des Hauses. Den Benzinfleck im Boden des Lagers sägte sie mitsamt der Spanplatte aus dem Boden, notierte die Maße, fuhr zum Baumarkt, kam mit einem perfekten Stück zurück und setzte es ein wie die Familienväter in den Werbefilmchen, denen selbst das Einbauen von drei Meter breiten und einen Meter dicken Holzwolle-Stücken in Dachstühle mit einem zur Kamera geworfenen Lächeln leicht von der Hand geht. Dabei erläuterte sie jeden Handgriff und konnte genau erklären, warum sie was tat. Einmal fuhr ich sogar mit in den Baumarkt, weil Baumarkt mit Susanne wie Museum mit Führung ist. Ich wurde dadurch besser beim Lemming-Spielen, Hartmut starrte still durch die Gänge und versuchte zu verbergen, wie sexy und geil er es eigentlich findet, eine Bauhaus-Freundin zu haben.

Der linke Flügel der Wohnung hörte auf, nach Benzin zu stinken. Hartmut machte das schwer zu schaffen. Susanne reparierte Hartmuts Computer, defragmentierte die Festplatte und optimierte das Benutzersystem. Sie entschimmelte die Dusche mit Chemie. Als sie eines Tages auch noch seinen Druckkopf manuell ausbaute und reinigte, kam Hartmut weinend ins Wohnzimmer und konnte nur noch dadurch beruhigt werden, dass das Küchenradio immer noch keine CDs abspielte. Er nahm es und versteckte es im Keller, bevor sie es bemerken konnte. Als Susanne fragte, ob es wirklich nichts mehr zu tun gäbe, hielt er kurz inne und sagte auf diese neckische Weise »Nein«, die Frauen dazu bringt, Männer auszukitzeln und zum Verhör mit in ihr Zimmer zu nehmen. Am nächsten Morgen sahen beide sehr glücklich aus.

Das Objekt, das schließlich doch zur Trennung führte, hatte 200 Seiten und hieß *Lösungen.* Verfasst wurde es von Paul Watzlawick. Dieser Mann hatte einfach für alles eine Lösung. Ging es nicht geradeaus, dachte er um die Ecke. Hatte sich das »Bewährte« jahrelang als falsch erwiesen, schlug er einfach etwas Neues vor. Das Geheimnis seines Denkens war, dass er wirklich ans Ziel wollte. Kein Watzlawick würde monatelang über den Flokati zum Recorder robben. Und sein Kapitel über das »Utopie-Syndrom« ließ Hartmuts gesellschaftliche Visionen zu Staub zerfallen. »Verstehst du nicht, Schatz?«, sagte Susanne dann. »Ein utopisches Ziel ist immer ein Ziel, das man zu Lebzeiten niemals erreichen kann. Und das weiß man auch. Denn man setzt es sich ja nur, damit man immer darüber jammern kann, dass es noch nicht erreicht ist. Weil man nicht ankommen will. Du hast Angst vorm Glücklichsein, mein Herz!« Dann legte sie das rote Bändchen beiseite und wartete auf Hartmuts Gegenrede. Der beobachtete nur noch, wie meine Lemminge sich mit einem lauten »Yahey!« in die Luft sprengten.

Susanne kommt nicht mehr. Hartmut hat sich schwer getan

mit seiner Entscheidung, doch es ging ihm nicht gut und er ist immer blasser geworden. Jetzt blüht er langsam wieder auf. Er hat einiges Gerümpel in die Scheune geworfen. Er hat es extra vom Sperrmüll im nächsten Ortsteil angekarrt. Das Radio in der Küche spielt immer noch keine CDs, und Hartmut freut sich jeden Morgen darauf, es zu versuchen. Den Filter der Spülmaschine hat er geplättet, indem er einen halb vollen Topf Nutellanudeln mitgespült hat. Nur der Schimmel in der Dusche lässt noch etwas auf sich warten, und dass der Benzinfleck weg ist, scheint ihm sogar zu gefallen. Die Fernbedienung des Videorecorders habe ich versteckt. Immer, wenn er danach fragt, sage ich, ich weiß nicht, wo sie ist, und er kriecht dankbar lächelnd zum Videorecorder, den Mund extra dicht über dem muffigen Flokati. Nachts, wenn Hartmut schläft, ziehe ich die Fernbedienung unter meinem Kissen hervor und spule in der neu gewonnenen Freiheit Videos hin und her, bis ich coole Standbilder gefunden habe. Wenn's Hartmut mal ganz dreckig geht, weil sein Computer einfach nicht mehr abstürzt und kein Virus sich auf seinen Rechner verirren will, obwohl er sämtlichen Schutz deinstalliert hat und sich Post von obskuren Seiten kommen lässt, geht er einfach in den verwilderten Garten und liest zwischen dem undurchdringlichen Gestrüpp philosophische Bücher. Dann kommt er um Mitternacht wieder rein und macht ein seliges Gesicht. »Es gibt keine Lösung für den, dem sich das Sein nicht eröffnet!«, sagt er dann, seufzt und geht glücklich ins Bett.

Nur einmal hat er triumphiert in der Zeit, als Susanne bei ihm war. Er hatte sie im Tischtennis geschlagen. Hinten. In der Scheune.

Krank sein

Hartmut ist krank.

Wenn ich jemals gewusst hätte, was das bedeutet, wäre ich nie mit ihm zusammengezogen.

Jetzt ruft er wieder aus seinem Zimmer, wo er bis an die letzte Haarspitze eingemummelt in seinem Bett liegt und die Heizung auf die höchste Stufe gedreht ist. Ich gehe durchs große Bad, wo seine durchgeschwitzte Wäsche mit extra starken Portionen Hygienespüler in der Maschine brummt, und betrete den Raum. »Das ist ja Nektar! Das ist nicht mal industriell gepresster Orangensaft, das ist Nektar!«, sagt er und hält mir vorwurfsvoll das Glas entgegen.

»Mit Vitamin-C-Pulver drin!«, erwidere ich, aber er verzieht das Gesicht und schüttelt das Glas wie einen Becher mit Insekten, den ich ihm schnell abnehmen soll. Ich nehme es. Es ist so heiß in seinem Zimmer, dass mir der Schweiß nur von dieser kleinen Bewegung herunterläuft. Er hat zwei Oberbetten übergeworfen und eine Wolldecke. Er macht ein grimmiges Gesicht. »Willst mich wohl vergiften, den nervigen alten Kranken«, sagt er und dreht sich mit einem Ruck gegen die Wand. Ich mache laut »Hrrmpf!« und stampfe aus dem Zimmer.

Im Wohnzimmer krame ich in der Playstation-Bibliothek

und suche ein Spiel, bei dem man mit seinen Schüssen auch den Hintergrund zerstören kann. Ich finde nur *Time Crisis*, krame die alte Plastiksensorpistole heraus, verkabele alles, justiere auf dem Testbildschirm die Kanone mit dem Fernseher und starte die Ballerei. Ich erinnere mich daran, wie Hartmut damals ganz außer sich war, als diese Pistolenspiele erfunden wurden. Das war zu der Zeit, als er noch Zivi war und ich beim Bund Saufspiele spielte, bei denen man in der Kaserne nicht den Boden berühren durfte. Wir liehen uns damals diese technische Sensation aus der Videothek und luden uns bei Björn ein, einem älteren Bekannten, der schon ein eigenes Haus hatte und sich Vogelspinnen in Terrarien hielt. Wir bugsierten den Fernseher auf Stehhöhe, verbanden die Konsole mit der Stereoanlage und schossen unter unglaublichem Getöse die halbe Nacht aus allen Rohren, bis selbst die gehörstabilen Spinnen sich verkrochen hatten. Nach dem Bund begann ich, bei UPS zu arbeiten, und Hartmut vollendete sein Vorhaben, das gesamte hintere Drittel der Stadtbibliothek zu lesen. Man reservierte ihm einen Sessel und brachte ihm Kaffee aus der Teeküche der Angestellten. Nebenbei half er Besuchern bei der Büchersuche und beriet Kids aus der Schule, für die der Typ im Sessel schon Kult geworden war. Als er alle Bücher durchhatte, beschloss er, in Bochum Philosophie und Literatur zu studieren, ich ließ mich an das Paketband in Herne versetzen, und wir suchten nach einer gemeinsamen Wohnung.

Ich bin gerade erst in der Lagerhalle des ersten Levels angekommen, als Hartmut wieder nach mir ruft.

»Ja?«, sage ich ruppig, als ich meinen Kopf durch seine Tür stecke.

»Wie kannst du es eigentlich zulassen, dass es hier so heiß

ist?«, fragt er. Er hat alle Decken von sich geworfen und liegt nackt vor mir, bloß seine kleine, gelbliche Schiesser-Unterhose bedeckt sein Gemächt. Er sieht aus wie ein russischer Drogenabhängiger auf Entzug in einer unserer Trash-Reportagen. »Ich komme doch nicht an die Heizung ran, ich bin der Hitze hier hilflos ausgeliefert!«, jammert er. »*Du* wolltest doch, dass ...«, setze ich meckernd an, breche dann aber ab, als Hartmut ein Gesicht macht, als würden sich meine Worte wie glühende Eisenstäbe in seinen Leib bohren. Ich fühle mich wie ein Sadist und beginne zu glauben, dass ich tatsächlich *gegen* seinen Wunsch die Heizung hochgedreht habe. Ich drehe sie runter auf zwei und sehe ihn mit einem »Bist du jetzt zufrieden?«-Blick an. Hartmut hebt und senkt unmerklich den Kopf, als raube ihm selbst das Nicken bei weitem zu viel Kraft, und zieht die Decken wieder über seinen gekrümmten Junkie-Leib, als wögen diese mehrere Tonnen und er müsse sich mit einem ganzen Waldboden bedecken. Ich drehe mich um zum Gehen, als ich seine Stimme leise aus dem Deckengewirr höre. »Was machst du denn gerade?«, fragt er. Ich bleibe in der Tür stehen, weiß nicht so recht, was ich sagen soll, und sage dann die Wahrheit. »Aha«, sagt Hartmut nur, aber dieses »Aha«, diese drei Buchstaben, schwappt in einem Ton aus dem Krankenbett, dass er auch direkt der Tageszeitung hätte erzählen können, wie skrupellos sich sein Mitbewohner den höchsten Playstation-Vergnügungen hingibt, während er leidet, schrecklich leidet. Ich drehe mich noch mal um und sehe ihn an. Schon wieder halb zur Seite gedreht, winkt er ab und sagt: »Neenee, ist schon gut, ist schon gut. Mach du nur ...« Dann verschwindet sein Kopf so langsam und vorwurfsvoll in den Decken wie der Kopf einer Schildkröte in ihrem Panzer.

Nach einer Stunde – ich habe mittlerweile die Lagerhalle, den Innenhof und die Loggia zu Klump geschossen – ist es Zeit für Essen und Antibiotika. Ich gehe in die Küche, rühre eine Mischung aus Joghurt, Bananen und Äpfeln in kleinen Stückchen an, stelle ein Glas Wasser dazu und lege die Tablette daneben. Als ich Hartmuts Zimmer betrete, döst er gerade. Langsam dreht er sich um, murmelt etwas, verwandelt seine Schlitze langsam in Augen und lächelt, als er mich sieht, bis ihm wieder einfällt, dass er krank ist, und seine Miene sich verfinstert. »Jaja, weck du nur den kranken Mann, Schlaf ist bloß schädlich.«

»Du musst essen«, sage ich. »Wenn du jetzt nichts isst, kommst du wieder nicht auf drei Mahlzeiten und somit nicht auf drei Pillen. Du brauchst aber drei Pillen am Tag.«

»Pillen, immer nur Pillen«, grummelt er und dreht sich langsam um. Als sich kurz seine Decke hebt und senkt, weht mir ein Lüftchen entgegen, das sich in trockengelegten Sümpfen, in die ein Gülletransport hineingefahren und aufgebrochen ist, nicht kräftiger entfalten könnte.

Ich räume den Radiowecker, die Uhr, die Zettel, das Etui und die Bücher vom Nachttisch und stelle ihm das Tablett hin. In Zeitlupe wuchtet er sich auf die Seite und ächzt. Er schiebt sich die Joghurt-Obst-Pampe mit missmutigem Blick in den Mund, den er nur gerade so weit öffnet, wie es nötig ist. Ein Stück Apfel mit Joghurt-Schmiere drauf fällt erst auf die Bettkante und dann in den Teppich. Die Milben fressen es sofort auf. Hartmut stößt nach ein paar Bissen einen Laut aus, der mit einem tiefen Seufzer beginnt und dann beim Ausatmen in ein langes »Hööoooooaoaooo« ausklingt. Ich frage mich, ob ihm klar ist, dass er nur eine Grippe hat. Als er die Pille nehmen muss, geht es wieder los. »Mach sie kleiner«, sagt er, obwohl ich das weiße, einen Zentimeter lange Breitband-Antibiotikum schon in zwei Hälften gespalten habe. »Hartmut, es ist nur ein winziger Krümel. Ein Stück Currywurst ist achtmal so groß!«

»Mach sie kleiner!«, sagt er wieder, und ich nehme das Küchenmesser, das zu diesem Zweck schon lange vor Hartmuts Bett liegt, und zerhacke die Filmtablette in Viertel. Ein paar Ecken davon springen unter das Bett und zu den flüchtenden Milben. Wenn man all diesen Verschnitt zusammenzählt, hat Hartmut in den letzten Tagen doch keine drei ganzen Pillen täglich genommen. Er nimmt einen Viertelkrümel und das Glas, legt ihn sich auf die Zunge, will schnell das Wasser hinterherkippen, aber beginnt schon mit dem Würgen, als das Glas nicht mal seine Lippen erreicht hat. Bevor er sich auf mich und den Milbenteppich erbrechen kann, spuckt er das Tablettenviertel in hohem Bogen aus. Es landet kurz vor seinem Schreibtisch, prallt am Stuhl ab und vergräbt sich in den Zotteln des Teppichs, der schon ganze Supermarktketten-Inhalte an Nahrung, Getränken und Medizin in sich aufgenommen haben muss. Dann spült Hartmut seinen Mund aus und macht kehlige Geräusche. Im Bad nebenan schaltet die Waschmaschine mit lautem Getöse in den Schleudergang. »Es kann doch nicht so schwer sein, eine Tablette zu schlucken!«, sage ich, der ich dieses Schauspiel nun schon seit vier Tagen erleben muss. Ich habe mir freigenommen, weil Hartmut am ersten Tag Kirsten aus der Wohnung über uns herunterbrüllte. Ich renne in die Küche, komme mit einer neuen Pille und der Wasserflasche zurück, baue mich vor Hartmut auf, lege die Tablette auf meine Zunge, nehme die Pulle Wasser und schlucke die Tablette, ohne zu zögern. Dann mache ich »Ahhh!« wie ein Sportler nach der Erfrischung und sehe ihn an. Hartmut hebt leicht die Augenbrauen und sagt: »Dir ist bewusst, dass es nicht gut ist, als gesunder Mensch Antibiotika zu schlucken? Ich könnte es als Verhöhnung meiner Lage betrachten, dass du meine lebenswichtige Medizin zum Vergnügen verzehrst.« – »Ja, natürlich, alles nur zum Vergnügen!«, brülle ich jetzt und ahne, dass ich wieder etwas Blödes sagen werde. »Ich knalle mir auch manchmal eine Chemo rein, weil das so schön zwiebelt!«, sage ich, und schon ist es geschehen. Hartmut braucht gar nichts zu sagen, ich schäme mich auch so. Ich sage: »Ich hänge jetzt erst mal deine Wäsche auf«, gehe ins Bad, ziehe mitten im Schleudergang den Stecker aus der Dose und rupfe die Wäsche aus der Maschine. Als ich ein paar Minuten die wohlriechenden Schlafanzüge aufgehängt habe, sagt Hartmut, ohne zu rufen: »Es ist doch wegen meines Traumas. Ich kann diesen Geschmack einfach nicht ertragen.« Hartmut hatte mir bereits von diesem »Trauma« erzählt. Als Kind hatte er einmal einen Milchzahn mit der Zunge losgefummelt und sich dann an ihm verschluckt. Nur die beherzte Bauchwürgetechnik seiner Mutter konnte ihn vor dem Erstickungstod bewahren. Kurze Zeit später musste er diese weißen Antibiotika-Tabletten nehmen, die ihn beständig an seinen verschluckten Zahn erinnerten. Als er sie dann auf der Zunge hatte und der Geschmack der Pillen so ungefähr zwischen galligem Aufstoßen, Eisen, Rost und Blutzahn pendelte, kotzte er die Küche der Mutter so allumfassend gründlich voll, dass diese noch zwei Tage später Bröckchen im Besteck fand. Und da die Antibiotika-Firmen ihren Geschmack nie ändern …

»Ich hab's geschafft!«, ruft Hartmut jetzt aus dem Zimmer, und ich gehe hinein, sehe eine Lache Wasser auf dem Nachttisch, ein paar Krümel der klein geschnittenen Pillen und einen schwer atmenden Hartmut, der auf seinem Bett liegt, als sei er gerade von einem Wrestler auf die Matte gedroschen worden. Ich lobe ihn, sammle die Sachen zusammen und bin froh, dass ich keine Bröckchen Erbrochenes aus dem Teppich fummeln muss.

»Himmel, hilf!!!«, höre ich Hartmut plötzlich schreien, als ich mich eine halbe Stunde später in den nächsten Level vorgekämpft habe. Ich muss das Spiel mitten in einem offenen Feuergefecht auf Pause schalten, springe auf und finde Hartmut mit weit aufgerissenen Augen in seinem Bett. »Was ist jetzt?«, frage ich, er sieht mich langsam und entsetzt an und sagt: »Ein Traum. Ein schrecklicher Traum. Ich lag in einem Bett auf der Straße in Litauen, draußen, vor dem Krankenhaus. Es war total kalt, und ich konnte sehen, wie drinnen andere Patienten im Warmen lagen, allerdings wurden die in ihren Betten unter Lampen einfach so auseinander genommen. Wie Androiden, verstehst du? Teil für Teil. Und ich lag da draußen und kam nicht weg, und ständig kamen junge Soldaten vorbei und stopften mir diese Pillen in den Mund, und dann sind mir alle Zähne ausgefallen.« Ich stehe in der Tür und sage: »Warum Litauen?« Sein Blick hellt ein wenig auf, die alte Neugier kehrt für eine Sekunde in seine Augen zurück, und er sagt: »Ja, das wüsste ich auch gern!«

Nach drei weiteren Tagen hat der Spuk ein Ende. Hartmut ist wieder auf den Beinen, liest und schreibt Abhandlungen, übernimmt ohne Kommentar ein wenig mehr von der Hausarbeit und kocht ab und zu für zwei. Ich gehe wieder arbeiten und spüre nach einigen Tagen, wie ich nachlasse, mir Pakete runterfallen, die Knie weich werden und die Konzentration nachlässt.

Wenig später liege ich im Bett. Ich habe Fieber, meine Brust ist mit japanischem Heilöl eingeschmiert, und ich muss Antibiotika nehmen, die Hartmut mir ans Bett bringt. Ich bedanke mich, bestelle frisch gepressten Orangensaft, bekomme ihn in wenigen Minuten und lasse mir das Fenster öffnen, damit frische Luft reinkommt. Dann schließt Hartmut vorsichtig wie ein Pfleger die Türe, und ich höre von nebenan, wie das Geballere losgeht.

Closeline

Es ist Freitagabend. Hartmut und ich gehen in einem Nebenarm der Fußgängerzone spazieren. Es ist warm. Ich kann mit Sandalen durch die Gegend laufen, was meine Laune beachtlich hebt. Hartmut pfeift leise vor sich hin. Ein Radfahrer rollt gemächlich in unsere Richtung, als es plötzlich passiert. Hartmut fängt an zu schreien, fährt seinen rechten Arm aus, sodass er wie eine Schranke von seinem Körper absteht, und rennt auf den Radfahrer zu. »Closeline!«, schreit er. »Closeline!« Und kaum, dass ich mich versehe, semmelt er den Radler mit seiner ausgefahrenen Schranke vom Sattel. Der junge Mann fällt mit voller Wucht auf den Boden, sein Rad kratzt ein Stück über den Asphalt, und ich fühle dieses Ziehen im ganzen Körper, als ich sehe, wie sein Hinterkopf aufschlägt. Das Kratzen hört auf. Der Mann bleibt stumm liegen. »Was war das denn!!!???«, schreie ich Hartmut an. Der dreht sich mit großen Augen zu mir um, zieht die Schultern hoch und sagt: »Eine Closeline! Weißt du nicht, was eine Closeline ist?«

»Sicher weiß ich, was eine Closeline ist«, schreie ich weiter, »ich habe sieben Jahre Wrestling gesehen! Aber du kannst doch nicht einfach diesen Typen da von seinem Rad rammen!« Ich schreie selten mit Hartmut. Vielleicht ging es mir auch einfach nur zu schnell. Ich mag es nicht, wenn ich nicht mitkomme. »Eben!«, sagt Hartmut. »Ich zeige ihnen die ganze Absurdität dieses Diskurses auf! Stärke. Männlichkeit. Immer bereit sein, das Unerwartete zu erwarten. Prepared to fight. Licence to kill. Der ganze Scheiß. Siehst du«, sagt er und deutet mit der Nase zu dem hingestreckten Radfahrer, »der sieht jetzt, was das heißt, immer prepared zu sein! Damit hat er nicht gerechnet!« Ich schweige erst mal und erwische mich dabei, wie mein Blick die Gegend nach möglichen Zeugen absucht. Ich denke ans Gefängnis. Ich bin ganz und gar nicht prepared. »Und was machen wir jetzt mit dem Typen?«, frage ich. Fast hätte ich gesagt: »Was machen wir jetzt mit der Leiche?«, weil man diesen Satz in solchen Situationen aus dem Fernsehen gewohnt ist. Ich beuge mich runter, fühle nach seinem Puls und versichere mich, dass der Satz nicht gesagt werden muss. Es scheint, als würde die Beule am Hinterkopf schon zu wachsen beginnen. Kein Blut. Hartmut sieht auf mich herunter als sei er empört und bemitleidet mich zugleich für die totale Abwesenheit von Verständnis für seine Aktion. Ich fühle mich wie die Putzfrau, die im Museum Beuys' Fettecke weggewischt hat. Hartmut seufzt und stellt sich an die Enden der Beine. Ich nehme die Arme. Es sieht fast routiniert aus. Wir schleppen den Typen in einen tiefen Hauseingang und stellen das Rad ordentlich an eine Laterne, als sei es geparkt. Da sitzen wir jetzt in dem kleinen Tunnel. Rechts von uns ein türkischer Gemüseladen. Links ein Nudelhaus. Mein Blick klebt an riesigen Pepperoni, als Hartmut mich über dem Körper des Radfahrers anstupst und »Guck mal!« sagt. Er hält etwas in der Hand, das er dem Mann aus der Hose gezogen hat. Die Taschen hängen noch raus. Ich sehe genauer hin. Ein weißer Beutel. Koks. »Ja herzlichen Glückwunsch!«, sage ich und hebe meine Stimme so sehr, dass Hartmut sich duckt und mit den Händen herumfuchtelt. *Jetzt* will er auf einmal nicht mehr gesehen werden. »Herzlichen Glückwunsch!«, sage ich noch mal. »Von allen Vögeln in dieser Stadt musstest du ausgerechnet den örtlichen Koksdealer vom Zweirad holen!« Hartmuts Augen fliegen über den bewusstlosen Körper. »Der sieht gar nicht wie ein Dealer aus, oder?«, sagt er. »Das schicke Hemd, die Hose wie vom Familienkatalog. Gut, ein bisschen jung und Gel in den Haaren, aber guck mal, die Rasur. So gut warst du noch nie rasiert!«

»Das tut doch jetzt gar nichts zur Sache!«, sage ich und schreie wieder. Wenn das so weitergeht, kriege ich Kopfschmerzen. »Glaubst du, wenn man uns jetzt so findet, denken die, du hast den Mann bloß aus Spaß oder zur Subvertierung der symbolischen Werte von Kraft und Stärke von seinem Rad geschmettert!? Die werden denken, dass wir ihn kennen und ihm den Stoff abnehmen wollten, weil wir ... weil wir selber süchtig sind und keine Kohle mehr haben und gerade niemand hingesehen hat und wir wussten, dass er hier langkommt und ...« Hartmut hebt beruhigend die Hände. »Kokskunden sind reich. Da gibt es keine Beschaffungskriminalität!«, sagt er, als wäre damit alles geklärt und wir könnten jetzt nach Hause gehen. »Koksdealer fahren aber normal auch nicht mit dem Fahrrad, oder besucht dein Vater seine Kunden etwa auf Inline-Skates?«, schreie ich wieder. Ich verrate hier alle meine Prinzipien mit der Brüllerei. Monate von Gemütsruhe sind für die Katz. Es scheint, als holte ich jetzt alles nach. Hartmut atmet einmal tief ein und aus, bevor er antwortet. Dann sagt er: »Du solltest dich wirklich beruhigen und einen heißen Teller Nudeln essen oder so! Mit Steinpilzen.«

»Was machen wir mit dem Mann hier!!??«, sage ich. Es klingt drängelnd. Wir sitzen in einem Hauseingang zwischen Nudelhaus und Gemüseladen mit einem bewusstlosen Drogendealer und ohne optische Deckung. Ich glaube, ich darf drängeln. Hartmut bleibt ruhig. »Wir nehmen jetzt einfach den Stoff hier, gehen zu dem Polizeiwagen da drüben und klären die Sache!« Ich schaue in die Richtung, die Hartmut beim Sprechen eingenommen hat. Auf der anderen Straßenseite steht tatsächlich ein grünweißes Auto. Ich will nach Hause. »Lass, ich mach das schon!«, sagt Hartmut, steht auf und geht den Bullen entgegen. Auf halber Höhe treffen sie sich und beginnen zu sprechen. Ich sehe Hartmut gestikulieren, erklären, mit dem weißen Tütchen wedeln. Er ist ganz ruhig. Ich hocke weiter neben dem Dealer, die Pepperoni über mir im Schaufenster, und hoffe, dass er nicht aufwacht. Wenn er aufwacht, wird er an die Closeline denken, und ich glaube, dann sehen wir schlecht aus. Er wird nicht aufwachen. Ich weiß das, weil Hartmut so ruhig ist. Wenn Hartmut so ruhig ist, ist er sich sicher. Und wenn Hartmut sich sicher ist, dann läuft die Welt nach seinen Regeln. Nach fünf Minuten kommt Hartmut mit den Beamten in meinen Flur und nickt mir unmerklich zu. Die Männer sagen »Guten Abend!«, »Gut gemacht!« und »So was bräuchte man öfter!« und haben den Krankenwagen verständigt. Zwanzig Minuten später finde ich mich mit Hartmut auf der Wache wieder, und wir geben das Protokoll auf. Ja, der Typ habe uns Drogen angeboten, wir wissen nicht mehr genau, was, wir haben uns einfach erschrocken, so mitten auf der Straße in unserer Stadt harte Drogen. Wir nehmen so was nicht. Klar, mal ein Bierchen hier und da, sicher, haha, wir verstehen uns, Herr Oberwachtmeister, das kennen wir doch alle. Aber so was. Er wurde jedenfalls richtig zickig und hat uns beschimpft, so was hat man bislang nur in Amsterdam als Tourist erlebt. Er ließ uns nicht weitergehen, es gab diese Rangelei und plötzlich ist er eben gefallen und ungünstig mit dem Hinterkopf aufgeschlagen. Jaja, üble Sache, aber man ist ja nicht auf so was vorbereitet. Nein, stimmt, kann man auch nicht, Herr Wachtmeister, niemand kann auf so was vorbereitet sein, da haben Sie Recht. Na, ist ja dennoch beruhigend, dass er wieder auf die Beine kommt, auch wenn es ein Dealer ist, ich meine … ja. Ja, vielen Dank auch, Herr Wachtmeister. Nein, keine Umstände. Ja. Ja. Alles klar. Wiedersehen!

Am Montagmorgen schiebt mir Hartmut über den Zimtos die Zeitung zu. Er nickt wieder nur, als wüsste er nicht, was er davon halten soll. Im Regionalteil steht:

Dreiste Geschichte
Drogendealer beschuldigt Passanten

Am vergangenen Freitag erwehrten sich zwei unbescholtene Passanten den Zudringlichkeiten eines Drogendealers, der ihre Weigerung, von ihm Stoff zu erwerben, mit Pöbeleien und Handgreiflichkeiten quittierte. Die Passanten wehrten sich, der 33-jährige Mann stürzte und erlitt eine schwere Gehirnerschütterung. Doch jetzt kommt's: In der Vernehmung beteuerte der Mann, einer der beiden Passanten sei aus völlig heiterem Himmel auf ihn losgestürzt und habe ihn schreiend vom Rad geworfen. Den Drogenbesitz wolle und könne er nicht leugnen, wenn auch die mitgeführte Menge zum Eigenbedarf gedacht war, was mittlerweile von der örtlichen Polizeibehörde widerlegt werden konnte. Dennoch poche er auf sein Recht, sagte der Mann. Er verfolge die Absicht, Anzeige wegen schwerer Körperverletzung zu erheben. »Mangels Zeugen würde ein solcher Prozess keinerlei Chance haben«, kommentierte Kommissar Rück von der zuständigen Kommission die Version des angeblichen Opfers mit einem Schmunzeln. »Zumal der gute Mann jetzt erst mal genug mit seiner eigenen Anklage zu tun hat.« In der Wohnung des Mannes wurden Mengen von Crack gefunden und mittels Computerdateien und Notizbüchern ein Handelsring ausgemacht. »Diese Sache ist klein, aber oho!«, so Kommissar Rück weiter. »Wir können dankbar sein, dass es noch Bürger gibt, die in der Not Manns genug sind, sich zu wehren. Das sind noch die Helden des Alltags, die unseren Helden auf der Leinwand gerecht werden!« Vom weiteren Verlauf der Ermittlungen werden wir berichten.

Ich senke die Zeitung und sehe Hartmut über den Rand hinweg an. Er macht ein »Sag jetzt nichts!«-Gesicht, doch ich kann nicht anders. »Tja, mein Held des Alltags, da bist du wohl den toughen, starken Vorbildern auf der Leinwand gerecht geworden, was?«, sage ich. So viel muss sein. Hartmut deutet ein Grinsen an, um mir zu sagen, dass ich diesen Spott einmal bei ihm guthatte, steht auf, atmet und geht ins Wohnzimmer. Diesmal macht *er* die Playstation an.

… UND UM UNS TANZTE DER LUMP

Wir sind unterwegs. Hartmut hat seine neue Freundin mitgenommen. Bettina. Bettina ist nicht wie Susanne. Bettina ist anders. Bettina ist ein Mäuschen. Man sieht ihr nicht an, dass sie fünfundzwanzig ist, sie könnte genauso gut fünfzehn sein und gerade vom Ballett-Unterricht kommen, wie sie da in beiger Seidenhose und Bluse im Rückspiegel neben Hartmut sitzt und die Hände in den Schoß gelegt hat. Ich fahre den Wagen, trage eine abgeschnittene Armeehose und ein T-Shirt der Descendents. Ich habe mich angemessen gekleidet für den Abend, an dem Hartmut seine Bettina das erste Mal in den Freundeskreis einführt. Wir fahren zum Konzert unseres Kumpels Hanno, der das erste Mal mit seiner neuen Band auf der Geburtstagsparty eines Unbekannten auftritt. Der Unbekannte ist ein Punk und bewohnt mit acht anderen Exemplaren ein riesiges altes Haus in Recklinghausen, das sie vor vier Jahren erfolgreich besetzt haben. Hannos neue Band heißt *Angry Souls*, und wie Hanno mir am Telefon sagte, sollten wir Wasser und Cola selbst mitbringen, denn dort gäbe es nur Bier. Bettina sitzt im Rückspiegel und guckt mit ihren Mäuschen-Augen ängstlich links und rechts aus dem Fenster, als sei Recklinghausen eine Western-Stadt und sie warte auf die beiden Cowboys, die sich gleich quer über den Weg hinweg duellieren. Ich frage mich, ob es klug von Hartmut war, Bettina ausgerechnet heute Abend mitzunehmen.

»Und genau darum geht es! Selbstbestimmung! Eine Alternative aufmachen! Abseits der normalen Verhältnisse leben!« Als ich den Wagen passgenau zwischen zwei Eichen setze, beendet Hartmut seinen Vortrag über die Vorteile der autonomen Lebensweise in besetzten Häusern, die bewundernswerte Konsequenz libertärer Aktivisten und die Bedeutung dieser letzten Oasen abseits der kapitalistischen Welt, in der es nur um Profit geht. Er erzählt davon, als würde er seiner Freundin das Angeln erklären und darauf warten, dass sie von ihren Pferden erzählt. Bettina hat mittlerweile ihren Blick um eine kleine Nuance verändert. Zu der stillen Angst, die der begeisterte Hartmut nicht bemerkt, ist jetzt ein Hauch von Panik hinzugetreten. Wir schließen den Wagen ab, betreten den Weg zum Hinterhof und balancieren vorsichtig an Matschpfützen vorbei, die sich in Schlaglöchern des alten Betons gebildet haben. Am Rand des Weges wuchern Büsche mit giftigen Beeren. Hinter dem großen Haus, an dessen Fassade lose Kabel von Fenster zu Fenster führen, zeigt sich ein kleiner Flachbau mit wackeligem Dach und Stahltür, vor der auf einem breiten Treppenabsatz die ersten Leute stehen. Ein riesiger junger Mann mit verfilzten Rastas, nacktem Oberkörper, Tattoos auf den Armen und diesen Knöpfen im Ohrläppchen, die an die Lippenringe afrikanischer Eingeborener erinnern. Die Bierflasche in seiner Hand sieht schmierig aus, und mir steigt dieser unverwechselbare Geruch in die Nase, der sich langsam zwischen Stahltür, Rastamann und Gemäuer bemerkbar macht. Schimmel, Bierlachen, Staub, kalter Schweiß und ein Hauch von zart abgestandenem Urin, abgeschmeckt mit Schimmelpilzen und Schwamm in der Wand sowie einem Schuss Muff aus Omas Mottenkiste. Die Army-Hose des Rastamanns stinkt, als sei er damit aus dem Grab gestiegen. Neben ihm hockt ein winziger Punk, auf dessen Lederjacke Bandnamen wie *OHL, Daily Terror* und *Exploited* mit weißem Stift aufgemalt sind und dessen Iro mit der Spitze an einem der Äste kratzt, die halb über den Treppenabsatz wachsen. »Durch zerschlissene Klamotten, unperfektes Aussehen und mangelnde Hygiene zeigen die selbst ernannten ›Zecken‹ ihre Verletzlichkeit und geben sich als gescheiterte Verlierer der Leistungsgesellschaft zu erkennen. Im Gegensatz zur affirmativen Zelebrierung von Männlichkeit und Stärke im konservativ-proletarischen Heavy Metal ging es dem Punk darum, durch die eigene Kaputtheit Schwäche zu zeigen und den alltäglichen Chauvinismus zu unterlaufen.« So steht es im Lehrbuch, und so oder so ähnlich hat Hartmut es schon oft erklärt, wenn keiner es hören wollte, und ich frage mich, ob er nun leise damit anfangen wird, diesen Sachverhalt auch Bettina ins Ohr zu flüstern, während wir uns den Exponaten auf der Treppe nähern. Theorie hin oder her: Ich für meinen Teil habe auch ein wenig Angst vor den autonomen Legionären, wie sie da so selbstverständlich im Gestank des Eingangs und im Muff ihrer eigenen Hosen stehen. Im Moment bin *ich* es, der sich verletzlich fühlt, weil meine Army-Hose so sauber ist, dass man das Frosch-Waschmittel noch an ihr riechen kann. Mein Punkrock-T-Shirt hat keine Löcher. Ich komme mir vor wie ein Sozialpädagoge, der auf Jugendlook macht. Bettina bleibt mit der Seidenhose an einem Busch hängen. Die Büsche hier sind stachelig. Sie sagt nichts, aber atmet einmal kurz durch ihre winzige Nase aus und senkt dabei für eine Millisekunde die Augenbrauen. Meine Laune hebt sich, weil ich heute Abend nicht Hartmut bin. Ich winke die beiden mutig wie ein Scout an der Treppe vorbei in den Garten und gehe zielstrebig auf eine Gruppe von zwanzig Leuten und acht Hunden zu, die sich um ein Lagerfeuer versammelt haben. Am linken Gartenzaun steht ein ausrangierter, grüner Wohnwagen. Es riecht nach Dope und Bier. Aus einem kleinen Radio bellt Crustpunk über die Grashalme. Ich frage, wo wir Hanno und die Band finden, und ein langhaariger junger Mann mit schmalen Lippen winkt mit der Bierflasche in Richtung Treppenabsatz zurück. Bettina versucht derweil, einen schwarzen Köter loszuwerden, der an ihrer Seidenhose herumlecken will. Hartmut ist stiller geworden. Wir gehen zum Treppenabsatz zurück, quetschen uns an den Legionären vorbei und finden Hanno in einem Raum, der wie ein Partykeller aussieht. Eine Bühne ist dort aufgebaut, und auf einem Betttuch steht in Sprühschablonenschrift *Angry Souls* an der Wand. Der Geruch der Pilzwände drückt von links und rechts auf unsere Wangen. Hanno liegt zufrieden auf einer durchgesessenen Couch in der Ecke und springt auf, um uns zu begrüßen. »Ahhh, da seid ihr ja, hi! Na, wie geht's?«

»Das ist Bettina!«, sagt Hartmut. »Hanno – Bettina, Bettina – Hanno!«

Bettina tritt nach vorne und gibt Hanno die Hand. Es sieht fast so aus, als wollte sie einen Knicks machen und konnte es sich gerade noch mal verkneifen. Ich habe vergessen, was Bettinas Vater macht. Jedenfalls leben sie am Stadtrand, haben ein irrsinnig großes Haus und ein paar Pferde auf dem Hof, an dem ich hin und wieder mit dem Rad vorbeikomme, wenn es mich weit hinaus verschlägt und ich so lange fahre, bis ich vergessen habe, dass ich irgendwann mal umdrehen muss. »Ich hoffe, ihr habt euch was zu trinken mitgebracht, wenn nicht, gibt's da hinten Bier.«

»Ich nehm eins!«, sage ich. Hartmut nimmt keins, zieht eine Flasche Apollinaris Lemon aus der Tasche und lächelt stolz. Bettina nimmt die Flasche, ohne ihn zu loben. Irgendjemand macht eine CD an, und aus den Boxen dröhnt plötzlich Hardcore-Gebrüll. Bettina zuckt ein wenig zusammen und gibt Hartmut die Flasche zurück. Einen Schritt neben der Bar ist das Klo, nur durch eine dünne Holzwand vom Rest des Raumes getrennt. Wenn man geradeaus von der Bar hinfällt, landet man mit dem Kopf direkt in der Schüssel. Klobrille und Deckel fehlen. Eine Klobürste steht knietief in braunem Wasser, das sich in dem Plastikständer angesammelt hat. Ich öffne mein Bier.

Eine halbe Stunde später beginnt Hannos Band. Der Raum hat sich mittlerweile mit Menschen gefüllt, die allesamt schon betrunken sind oder nach dem Schimmel riechen, der sich durch die Wand gefressen hat. Bettina und Hartmut stehen in der Menge wie zwei blühende Tulpen auf grauem Asphalt. Hartmut hat heute seine Cordhose und ein schlichtes Hemd angezogen, was er immer tut, wenn er Freundinnen ausführt, die nicht gerade blaue Haare und schwarze Latexhosen tragen. Ich stehe vor ihnen am Rand des leeren Moshpits und nippe an meinem Bier. Nach drei Songs betritt ein grauhaariger Mann das leere Rund vor der kleinen Bühne und fängt an, undefinierbare Gymnastikübungen zu machen. Er trägt nur eine Jeans, und ziemlich schnell bilden sich große Schweißperlen auf seinem tätowierten Oberkörper. Er hält die Arme weit vor sich, als umarme er einen Medizinball, geht halb in die Knie und beginnt dann mit Fauststößen in achtfacher Zeitlupe. Hanno ist irritiert und hat Schwierigkeiten mit dem Greifen der Akkorde, und die Umstehenden fangen an zu grinsen. Der Mann erinnert mich an Robert De Niro in *Taxi Driver*. Sein zähes Schattenboxen wirkt wie unter Wasser gebremst. Ich stelle mir vor, wie er sich plötzlich umdreht und mir mit einem altmodischen Trommelrevolver die Birne wegpustet. Ich trinke schneller. Als der Taxi Driver die Tanzfläche verlassen hat, betritt ein schlaksiger junger Mann den Laufsteg vor der Bühne und beginnt, sich langsam auf dem Boden zu wälzen. Draußen hat es angefangen zu regnen, und der Boden ist durch die Schuhe der Anwesenden zu einem kieselig-schwarzen Stück dreckiger Erdnussbutter geworden. Der Schlaksige drängt sich wie ein Limbotänzer unter unsichtbare Stangen, lässt sich dann auf den Rücken fallen, steht wieder auf, wirbelt mit der Bierflasche um sich und reibt sich den Dreck mit ekstatischem Blick auf Arme, Achseln, Ohren und Nasenlöcher. Ich höre, wie Bettina hinter mir Hartmut zum ersten Mal etwas ins Ohr brüllt. »Der hat bestimmt Hepatitis!«, schreit sie, und ich verschlucke mich vor Lachen an meinem Bier. Der Limbo-Mann biegt sich weiter im Lärm von Hannos Band und die Flasche hängt an seiner Hand wie ein Sitz am Kettenkarussell, dem bereits eine der Ketten fehlt. Dann lässt er die Flasche fallen und versucht, die Scherben beiseite zu schieben, doch es gelingt ihm nicht. Er ist zu betrunken, und nur das beherzte Eingreifen des muskulösen Rasta-Mannes von der Treppe verhindert, dass er mit offenen Handflächen in die Scherben fällt. Der Rasta-Mann grinst stolz in die Menge, als er den Limbotänzer, dessen Augen für einen Moment weiß geworden sind, auf die Couch befördert.

Gegen halb elf ist der erste Teil des Programms vorbei, und Hartmut muss ganz schnell mit Bettina zum Auto gehen. Ich stehe neben der Bühne und sage nette Sachen zu Hannos Gitarrenspiel, weil es zum Rest der Darbietung nichts Nettes zu sagen gibt. Der Barmann lässt wieder Hardcore von CD laufen, und Hanno sagt, dass sie in einer Stunde noch mal spielen werden. Sie hätten nur schon so früh angefangen, um einmal garantiert ohne Bullenpräsenz spielen zu können. Ich nicke verständig und grinse. »Wo ist Hartmut?«, fragt Hanno, und ich sage: »Diskutieren.«

Ich muss pinkeln, und so rede ich mir ein, dass der Busch ganz vorne am Straßenrand in der Nähe des Autos dazu am besten geeignet wäre, weil ich eigentlich Bettina und Hartmut belauschen will. Ich zwänge mich in das giftige und dornige Geäst, achte darauf, mein bestes Stück nicht von den Stacheln anreißen zu lassen, und halte ein Ohr aus der dichten Gestrüppwand. Die Fenster des Autos sind auf. Bettina spricht:

»Das hättest du mir auch sagen können, dass hier um uns der Lump tanzt!«

Welch ein Satz. Ich muss fast husten vor Lachen, halte mir den Mund zu, ritze mir nun doch den Schwanz an und muss die Luft in die Backen pressen, um nicht bemerkt zu werden. Ich zische ein wenig wie jemand, der mit schmalen Augen eine Verletzung betrachtet, und taste nach dem Ausmaß des Schnittes. Es brennt. Die Diskussion scheint mit diesem Satz aus Bettinas Mund schon ihren Abschluss gefunden zu haben, denn Hartmut kann der Absolutheit einer solchen Bemerkung nichts mehr entgegensetzen. Er kann stundenlang darüber diskutieren, was der wahre Punkrock war und ob Gewalt ein probates Mittel der Politik sein darf. Er hat schon Debatten mit Veganern, Autonomen und Kommunisten ausgefochten, und er weiß innerhalb dieser Welten wirklich jedes Argument wie eine Münze zu drehen und zu wenden. Doch heute Nacht sitzt Bettina neben ihm, hinabgestiegen aus einer anderen Welt, in der die Väter Anzüge tragen und Häuser besitzen, deren drei Etagen nach einem unsichtbaren Raumduft riechen und in denen alles ganz dezent und unmerklich nach Feng-Shui-Prinzipien eingerichtet wurde. Neulich abends durfte Hartmut bei Bettinas Familie den Garten sprengen, als alle im Urlaub waren. Über eine Stunde hat Hartmut gegossen, gesprengt und gepflegt, während ich mit nackten Füßen auf dem Rasen stand und mir vorstellte, bei uns in der WG wäre alles derart in Ordnung. In sanfter, seelenberuhigender Ordnung, die leicht aussieht, aber eine Knochenarbeit erfordert, die nur Angestellte erledigen können, denn wer so ein Haus selber in Ordnung halten muss, der schmeißt ab der zweiten Etage den Feng-Shui-Ratgeber aus dem Fenster und fängt an, Alister Crowley zu lesen. Aus dieser Welt stieg Bettina herab und beschwerte sich über den »tanzenden Lump«, und gegen so was ist Hartmut ausnahmsweise kein argumentatives Kraut gewachsen.

Im Auto wird jetzt zaghaft geküsst und gezüngelt, um den Streit aus der Welt zu schaffen, und als die beiden aussteigen und an meinem Busch vorbeigehen, sagt Bettina, ohne in meine Richtung zu sehen: »Du kannst jetzt rauskommen!«, und geht zielstrebig weiter Richtung Konzertraum. »Wo ich einmal hier bin, will ich keine Spielverderberin sein!«, sagt sie beim Laufen, »aber ich hab einiges gut bei dir, Hartmut! Einiges!« Ich arbeite mich aus dem Busch heraus, grinse Hartmut an, sage: »Oh, oh, das gibt einen Kredit auf Jahre!«, und packe vorsichtig mein Gemächt ein. Hartmut steht starr und sieht vor seinem geistigen Auge Ausritte und Nachmittagskaffees wie in den Filmen von Rosamunde Pilcher. Wir gehen rein.

Auf dem Treppenabsatz warten wir auf die zweite Hälfte des Konzerts. Der Rastamann und der winzige Punk hocken neben einem Busch und diskutieren über Umweltaktivismus. Plötzlich taucht ein junger Mann im Hawaii-Hemd auf und winkt uns zu. Jörgen. Jörgen ist ein Bekannter von uns, sitzt oft auf unserer Couch, wenn ich heimkomme, und sieht Nachmittags-Talkshows oder Sitcoms. Jörgen hat zwei abgebrochene Studien in E-Technik und Biochemie und fährt alle zwei Wochen nach Arnheim einkaufen. Er hat krauses Haar, trägt eine lange Baggy Pant in Khaki und zeigt sein breites Lächeln. Seine Augen stehen weit vor, weswegen wir ihn Krusty nennen, nach dem Clown bei den Simpsons. »Hey, Hartmut, alte Sohle, da seid ihr ja! Is' schon angefangen?« Jörgen erklimmt die angebrochenen Treppen, nickt mir kurz zu und würdigt Bettina kaum eines Blickes. Freundinnen führen in seiner Welt eine Randexistenz. Jörgen setzt sich auf einen mit Bauschutt gefüllten Müllsack und beginnt, einen Joint zu bauen. Beim Drehen hebt er den Blick und sagt: »Samma Hartmut, kiffst du eigentlich noch so viel?« Bettinas Augenbrauen neigen sich wieder über die kleinen Äuglein, und der Kopf sinkt einen Hauch nach vorne. Hartmuts Schulden bei ihr werden immer größer. Als plötzlich einer von drinnen den Bass testet und die Anlage wieder angeschaltet wird, lässt Jörgen vor Schreck den Joint fallen und bricht fast mit seinem Schuttsack zusammen, während Bettina von dem plötzlichen Lärm nicht gänzlich zusammenschreckt, sondern nur Augenbrauen und Lippen noch näher zueinander bringt. Wenn das so weitergeht, werden ihre Augen an diesem Abend noch völlig in diesem Schlitz verschwinden.

Sie würde ein gutes Coverbild für Hannos Band hergeben. Hartmut atmet schwer und geht vorsichtig in den Konzertraum, als wolle er testen, ob ein weiteres Beiwohnen von Hannos Konzert die Grenze zur Misshandlung der kleinen Freundin schon überschreitet. Knapp über der Türschwelle löst er sich aus ihrem Blick und stolpert hinein.

Nach vier Songs des zweiten Sets kommen die Bullen. Ich bin der Erste, der sie durch die Stahltür kommen sieht, und ich kann mir vorstellen, dass Hartmut nun für die nächsten zwanzig Jahre nackt für Bettina spülen muss. Die Band hört auf zu spielen, und ehe der Oberwachtmeister etwas sagen kann, brüllt der Hepatitis-Mann von seiner Couch unverständliche Abneigungsbegriffe in Richtung Beamte. Die Menge erinnert sich daran, dass sie prinzipiell gegen die Bullen sein muss, und ein Raunen macht sich breit, eine Welle allgemeinen Unmuts, aus der nur selten eine klare Beschimpfung hervorbricht. Es klingt eher nach Pflichtraunen. Wer nicht mitraunt, ist ein Spitzel. Die Bullen müssen denken, dass Bettina von dieser Ansammlung Lumpen entführt wurde. Sie ist bei Hartmut eingehakt, aber ich sehe, dass es eher *er* ist, der sich bei *ihr* eingehakt hat. Ich kenne Hartmut. Hartmut will nach Hause. »So, Freunde, Feierabend!«, sagt der Wachmann, und das Geraune wird lauter. Der Rastamann tut so, als würde er wie der Betreuer eines gefährlichen Psychos den Hepatitis-Mann noch eben so davor zurückhalten, von der Couch aufzuspringen und dem Bullen das Gesicht abzubeißen. Der kleine Punk sitzt am Bühnenrand und schweigt, den Iro nach unten geneigt. Hanno beginnt, leise mit dem Beamten zu diskutieren, und so langsam kehrt Stille ein im Raum, alle wollen wissen, wie dieser Machtkampf ausgeht, obwohl es von vornherein klar ist. Plötzlich geht die Tür vom Klo auf, und Jörgen kommt heraus, eine kleine Schwade von Dope-Geruch hinter sich herziehend. Seine Augen sind in der letzten Dreiviertelstunde um einiges dicker geworden, und sein Lächeln ist längst zu Übermut mutiert. »Das glaubt ihr nicht!«, sagt er, und alle hören ihm zu. »Die längste Kackwurst der Welt!« Es wird stiller. Selbst Hanno und der Bulle hören auf zu sprechen. »Ich hock so über dem Klo und als die Wurst mit dem einen Ende schon den Kloboden berührt, steckt das andere Ende immer noch in meinem Leib. Vertikal. Ich musste ganz sachte nach vorne rücken und die Wurst am Rand abstreifen, um mich überhaupt von ihr befreien zu können. Hat mal jemand Papier und Desinfektionsmittel?«

Stille.

Jetzt sind alle in ihrem Erstaunen vereint.

Der kleine Punk, der Rastamann, die Bullen, die Band auf der Bühne, die sich an ihre Instrumente klammert, und sogar der Hepatitis-Mann, der sich auf seiner Couch nach hinten dreht und sehen will, wer ihm da solche Konkurrenz macht. Plötzlich löst sich Bettina von Hartmuts Arm, geht auf die Bullen zu, fragt die Beamten, ob es ihnen was ausmachen würde, sie nach Hause zu fahren, da sie hier niemanden kenne, der sie nach Hause bringen würde, und geht schon mal vor zum grünweißen Wagen, der draußen wartet und sein blau blitzendes Licht durch die Fenster schickt. Die erstaunten Gesichter der Szene werden hell und dunkel, hell und dunkel, hell und dunkel im Geflacker des stummen Blaulichts, und der Gestank im Raum kommt mir wieder in den Sinn. Der Bassist stöpselt mit einem lauten »Pumpf« den Bass von der Box ab und wickelt sein Kabel auf.

Hartmut musste Bettinas Kredit nicht auszahlen. Bettina

kehrte nicht zurück. Sie schickte ihm zwei Taschenbücher, die sie von ihm geliehen hatte, als Büchersendung, »Post darf öffnen«. Hannos Band löste sich drei Wochen später auf, und er schloss sich einer Stoner-Rock-Combo an, die ihre Auftritte fernab der autonomen Szene hatte. Hartmut saß wieder auf der Couch, las den *Spiegel* oder redete von Kant. Von Anarchisten und Punks hatte er erst mal die Schnauze voll. Ich erwischte ihn dabei, wie er an einem Sonntag das Wohnzimmer zu putzen begann, bis hinter die Couch, wo es auch bei uns so aussah, wie es in dem Konzertraum ausgesehen hatte. Hartmut wienerte und wienerte. Das Zimmer begann zu duften. Es war aussichtslos. Seine nächste Freundin war ein Gruftie und brachte eine Ratte mit. Die Ratte kackte hinter die Couch. In vielen kleinen Punkten. Reihe für Reihe. Ich saß im Sessel und spielte *Grand Theft Auto* auf der Playstation.

The Nightfly

Ich wundere mich schon, wie ich hier in der Wanne liege und die Musik aus Hartmuts Zimmer höre. Das klingt eigentlich nicht nach Hartmut. Hartmut hört Jazz, der nicht zu leicht, Rock, der nicht zu berechenbar, und Klassik, die nicht im Bücherclub zu haben ist. Sicher, er mag auch Punk und HipHop, auch die melodischen Sachen, die wir immer hörten, wenn wir mit Anglermützen vor dem VW-Bus am Meer saßen. Aber was auch immer Hartmut hört, er hört es richtig. Was er mit dem Fernsehen nicht kann, das kann er mit der Musik umso besser. Musik läuft bei ihm niemals nur so. Was jetzt gerade läuft, klingt aber wie »nur so«. Das klingt, als läge ich nicht in unserer WG neben Hartmuts Zimmer im großen Bad in der Wanne, sondern in einem Luxushotel, wo Berieselungsmusik zart aus unsichtbaren Lautsprechern plätschert. Das klingt wie Loungemusik beim Empfang, wie ein Radio in einem New Yorker Taxi, wie Easy Listening, das niemandem wehtun will. Ganz sachtes Schlagzeug, Synthesizer, Piano, mehrstimmige »Ohhs« und »Ahhs«, Gitarren, die so behutsam gestreichelt werden wie die Barthärchen von Katzen. Ich finde es angenehm und tauche ein wenig tiefer in meinen Badeschaum mit Wasserzusatz. Es blubbert. Nebenan der nächste Song. Locker groovend, ich sehe Steve McQueen im Anzug die Feier der Besserverdienenden im Wolkenkratzer betreten, draußen die Silhouette der Stadt. Sicher, so eine Musik leitet immer darauf hin, dass später im Film die Katastrophe auf die Feiernden hineinbricht, aber hier in unserer WG passiert heute keine Katastrophe. Ich bade, es ist Samstag, gut, das Haus könnte jederzeit zusammenbrechen, aber damit leben wir hier ja ebenso selbstverständlich wie die Kalifornier mit der Gefahr des großen Bebens. Ich blase in die Schaumberge, es riecht nach Eukalyptus. Plötzlich geht Hartmuts Tür auf.

»Ach du Scheiße!«, sagt er und sieht mich an.

Ich drehe meinen Kopf langsam in meinem Wannenthron. Hartmut spricht weiter: »Ach du Scheiße!«, sagt er. »Jetzt ist es passiert!«

»Was ist passiert?«, frage ich, während in seinem Zimmer ein ganz leichter Calypso gespielt wird.

»Na, hörst du es nicht?«, sagt er.

»Klar. Schön!«, sage ich.

»Schön?«, ruft Hartmut aus und sieht mich an, als hätte ich gerade beschlossen, Gartenzwerge zu kaufen. Er geht in sein Zimmer und kommt mit der Hülle der Platte zurück. Ein junger Mann ist darauf, der in einem engen, alt aussehenden Aufnahmeraum vor einem antiquarischen Plattenspieler sitzt, in ein noch antiquarischeres Mikro singt und demonstrativ raucht. Donald Fagen steht oben auf dem Cover. *The Nightfly*. Ich gucke, wie jemand guckt, der in der Wanne liegend vom bloßen Anblick einer ihm fremden Platte auf etwas scheinbar Empörendes schließen soll. Hartmut bemerkt, dass er Entwicklungsarbeit leisten muss, und sagt: »Donald Fagen. The Nightfly. Das ist übelster Früh-80er-Stoff«, sagt er.

»Das ist schöner Früh-80er-Stoff«, sage ich. »Klingt außerdem mehr nach 50er und 60er.« Gerade beginnt ein Song, der munter swingt, mit Hammond-Orgel. Die Gesangsmelodie erinnert an Sting.

Hartmut zittert mit den Augen. »Verstehst du denn nicht? Ich habe diese Platte heute Mittag im Mensa-Foyer gekauft. Gebraucht. Für vier Euro.«

»Guter Kauf«, sage ich und wasche demonstrativ mit dem Schwamm meinen Arm, um zu signalisieren, dass ich gerade bade. Die Hammond-Orgel erinnert mich an Helge Schneider. Ich muss grinsen. Hartmut seufzt. »Du raffst es nicht, was? Ich habe noch nie, und ich betone, *noch nie*, eine Platte *einfach so* gekauft. Ich kannte Donald Fagen doch gar nicht. Weißt du, warum ich die gekauft habe?«

Ich schüttele mit dem Kopf.

»Weil mir das Cover gefiel!«, schreit er, rollt mit den Augen und spricht es so aus, als sei er augenblicklich auf die Existenzstufe einer Hochhaus-Silo-Mutter ohne Hauptschulabschluss und mit Schalke-Uhr an der Küchenwand herabgesunken. Er dreht die Plattenhülle um und zeigt mir die Rückseite. Zwei alte Vorstadthäuser im Dunkeln, die Silhouetten von Bäumen dahinter, eine Antenne auf dem Dach, Licht aus einem Fenster unter dem Sims. Erstklassig stimmungsvolle Photographie. »Kann ich verstehen, dass du das nach dem Cover gekauft hast«, sage ich und nehme einen Keks von meiner Ablage neben der Wanne.

»Aber denk doch mal«, sagt Hartmut, »seit ich zwölf bin, habe ich mich mit Musik beschäftigt. *Beschäftigt*, weißt du? Ich meine, selbst unsere Punksachen und alles, ich meine, ich habe nie, nie, nie einfach so Musik gehört. Ich höre ja nicht mal Radio. Weißt du, was damals in der Schule mit ein Grund war, dass ich Tina in den Wind geschossen habe?«

Ich sage »Meim«, weil mein Mund voller Kekse ist.

»Sie hat gesagt, was keine Frau sagen darf. Sie hat gesagt, sie höre ›alles‹, aber meistens eben so das, was gerade im Radio läuft. Ich meine, ich bin damals in die Küche gegangen und habe erst mal einen Schluck Strohrum trinken müssen, um mich zu beruhigen.«

»Ich höre Musik auch manchmal nur nebenbei«, sage ich, den Keks runterschluckend. Das Wasser plätschert. Es tropft von den Kacheln. »Ja, aber du bist auch …«

»Was?«, unterbreche ich ihn. »Ein Malocher? Ein Mann? Ein Proletarier?«

»Du weißt, dass es auch *kleine* Plattenfirmen gibt und mehr Musik als die in den Charts, du liest Musikmagazine in der Wanne, du … ach …«

Hartmut scheint verzweifelt.

Ich nehme ihm die Plattenhülle ab und greife mir noch einen Keks. Ich ziehe das Textblatt heraus, überfliege es, tippe mit dem Finger darauf und sage kauend: »Politische Texte!«

In Hartmuts Augen flattert es kurzzeitig hoffnungsvoll auf, er reißt mir das Blatt aus der Hand, sieht es an, senkt es und schaut doch wieder verzweifelt aus der Wäsche. »Und wenn schon«, sagt er, »das habe ich doch vorher nicht gewusst.« Ich schaue ihn an, wie Frauen ihre Männer ansehen, die sich um das Schicksal ihres Fußballvereins mehr Sorgen machen als um den Krebs ihrer Schwiegermutter, und tauche mit Keksen im Mund unter Wasser ab.

Am nächsten Tag poltert die ganze Zeit Free Jazz aus Hartmuts Zimmer, als müsse er seine Schande wieder gutmachen.

Es ist nicht auszuhalten. Ich frage mich, was er dabei macht. Selbst ich kann mir das ja anhören, wenn ich mit der Sekundärliteratur daneben sitze und mir vormache, ich verstünde die Raffinesse dieser Musik. Oder wenn ich mit Jörgen, Steven und Hartmut eine Bong rauche und wir dann wie die Blöden zu John Coltrane oder Cecil Taylor über die Couch hüpfen, Hartmut die runde Papierlampe im Wohnzimmer aus der Fassung reißt und mit dem staubigen Kugelkopf durch das Zimmer hüpft. Aber Free Jazz ist einfach keine Musik für den Alltag. Ich gehe in mein Zimmer, schließe die Tür und kontere mit Manni Breuckmann auf WDR 2. Es ist zwecklos. Am Abend versuche ich, Hartmut zu einer Runde Playstation zu überreden, aber er sagt, er habe keine Zeit. Fiebrig sitzt er auf der Couch im Wohnzimmer und liest ein theoretisches Buch über elektronische Musik. Daneben liegt ein autobiographischer Band zu Bach. Ich schüttele den Kopf und schalte die Playstation an.

Die nächsten Tage bleiben eine Hölle der akustischen Avantgardismen. Hartmut hört Zwölftonmusik von Schönberg, Geräuschmusik von den Neubauten und irgendein elektronisches Gerumpel und Gefiepe, dem ich keinen Namen zuordnen kann.

Er muss *The Nightfly* exorzieren, ich frage mich, ob er die Platte noch in seinem Zimmer hat. Als das Helikopter-Streichquartett von Stockhausen die Tagesschau im Wohnzimmer locker übertönt, gehe ich aus der Wohnung, knalle die Tür und stapfe zur Pommesbude rüber. Das Getöse bolzt noch bis auf den Bürgersteig, ich blicke hoch in den ersten Stock, Kirsten hat Nachtdienst. Als ich die Pommesbude betrete, tönt mir ganz leise Phil Collins entgegen. Im Fernseher auf der anderen

Seite des Schnellimbiss-Tresens, wo die Gaststätte anfängt, läuft irgendeine Gala. Phil spielt, Phil singt, Phil schmeichelt mir die Ohren, wie seine Stimme da so über die Fritteusen und die schwitzigen Körper der Jugoslawen zu mir rübertönt. Einer von ihnen unterbricht meine Konzentration auf den Wohlklang mit seinem typisch zackigen »Bitte?«, das er so intoniert, wie damals seine Wächter im Kriegsgefangenenlager mit ihm gesprochen haben mögen. Eine winzige Frau mit rundem Hut, die hinter mir auf ihre Bestellung wartet, zuckt kurz zusammen. Sie kann das verständige, kumpelhafte Leuchten nicht erkennen, das hinter den schroffen Veteranenaugen steckt. Ich erkenne es. Es ist sein Stammkundenleuchten. Bei ihm habe ich einen Stein im Brett, seit Hartmut und ich damals jeden Tag vom Renovieren rüberkamen, mit Farbe besudelt wie die Affen und absichtlich die Sprache der Malocher sprechend, weil wir sofort erkannten, dass diese tätowierten Pommesfrittierer mit Studenten nicht lange fackeln würden. Gut, nach der Sache mit der Bombe waren sie eine Zeit lang nicht gut auf uns zu sprechen, aber nachdem wir mehrere Wochen täglich drei Mal bei ihnen Futter holten, hatten wir unsere Schuld abgetragen. Ich glaube, sie halten Hartmut bis heute für einen Arbeiter. Gut, dass sie das Getöse von nebenan nicht hören. »Große Pommes Spezial!«, sage ich, und der Jugoslawe wiederholt mein Begehren in kantigem Gesang. Dann senken sich die Stäbchen ins Fett.

Als ich mit meiner das Wohnzimmer wieder auf Tage geruchstechnisch verseuchende Tüte auf unser Haus zugehe, traue ich meinen Ohren nicht. Hartmut muss bemerkt haben, dass ich die Wohnung verlassen hatte. Es läuft Donald Fagen. *The Nightfly*. Leise schleiche ich mich an, stecke den Schlüssel so unmerklich wie möglich ins Schloss, halte die Haustür beim Schließen fest und ziehe noch im Treppenhaus meine Schuhe aus, aber es nützt nichts. Hartmut hat mich bemerkt. Schnell hebt sich die Nadel von der Platte und es poltert wieder Stockhausen. Dass Hartmut so wichtig ist, was ich von ihm denke, macht mir Angst. Ich gehe ins Wohnzimmer, futtere Pommes und stelle Phil Collins laut.

Am darauf folgenden Samstag kommt mir eine Idee. Früh um acht gehe ich ins Bad und lasse laut pfeifend die Wanne ein. Wenig später öffnet Hartmut leise quietschend die Tür und fragt mit verkniffenen Augen, was denn jetzt los wär. »Morgenwanne«, sage ich und lege meine Handtücher zurecht. »Lass dich nicht stören!«

Hartmut schließt die Tür, werkelt ein bisschen in seinem Zimmer herum und macht zehn Minuten später wieder Musik an. Jetzt ist es Klassik, Dvořák, glaube ich. Er will den Tag nicht allzu krass beginnen. Vielleicht ahnt er, dass er lang wird.

Als ich um elf Uhr immer noch nicht die Wanne verlassen habe, fragt er mich, ob mir klar sei, dass ich bereits seit drei Stunden im Wasser liege. »Vollkommen klar«, sage ich und kaue Erdnüsse. Er legt derweil die fünfte Platte auf. Mahler. Es wird komplizierter. Am späten Mittag hebt sich die Nadel von Miles Davis' *Bitches Brew*, der wegweisenden Platte des Jazzrock, die konventioneller hörenden Gemütern allerdings den Weg in die Anstalt weisen kann. Hartmut tut so, als müsse er sich in der Küche etwas holen. In Wirklichkeit will er wissen, ob ich noch immer im Bad liege. »Soll ich den Hautarzt schon mal anrufen?«, fragt er. Ich lache nur. Am späten Nachmittag hat er sich durch barocke Musik und chaotischen Heavy Metal mit acht Taktwechseln pro Sekunde gekämpft. Auf die Idee, einfach gar nichts zu hören, kommt er nicht. Ich liege immer noch in der Wanne und nehme weiter unauffällig einen Wasseraustausch vor. Ich gebe zu, dass ich so viele Stunden Anspruchsmusik auf Dauer nicht ertragen könnte, aber ich habe mich darauf eingestellt. Mein Plan wird aufgehen.

Er geht auf.

Gegen sechs Uhr abends stürmt Hartmut aus seinem Zimmer, rammt seinen Arm zwischen meinen Beinen in das Badewasser und angelt nach dem Stopfen. »Jetzt hör endlich auf, ich kann diese Wichsmusik nicht mehr ertragen!!!«, schreit er und findet den Stopfen nicht, ich zappele und spritze wie jemand, dem man ein Frettchen ins Wasser geschmissen hat, wir kämpfen ein wenig, bis auch Hartmut völlig durchnässt ist, dann halten wir inne, und Hartmut sieht mich mit feuchtem Gesicht hilflos an. Ich warte eine Sekunde ab, weiß, dass ich ihn jetzt endlich habe, und sage: »Hartmut, mein lieber Hartmut, wenn du Donald Fagen hören willst oder Radio oder irgendetwas, das einfach nur schön und angenehm ist, dann darfst du das auch tun, wenn ich daheim bin. Ich werde es auch keinem verraten. Und ich verachte dich nicht deswegen. Ich weiß auch so, dass du dich besser auskennst als all die anderen Stümper da draußen.« Meine Worte sinken in Hartmut ein wie das Wasser in meine Haut, dann erhellt sich ganz langsam sein Gesicht. Er packt meinen Kopf, zieht ihn zu sich ran und gibt mir einen dicken Kuss auf die Stirn.

Dann sagt er: »Komm aus dem Wasser raus«, geht in sein Zimmer und legt Donald Fagen auf. Sachtes Schlagzeug, Synthesizer, Piano, mehrstimmige »Ohhs« und »Ahhs« und Gitarren, die so behutsam gestreichelt werden wie die Barthärchen von Katzen. »Und mach auch schon mal die Playstation fertig, wenn du in dein Zimmer gehst!«, ruft Hartmut jetzt herüber. Ich grinse. »Was soll's denn sein?«, frage ich.

»Egal, irgendwas Leichtes«, sagt Hartmut und dreht die Platte lauter.

Unperfekt sein

Hartmut hat einen Club gegründet. Er hat den Lagerraum komplett vom Trödel befreit, einen blauen Teppich verlegt, Blumen auf die Fensterbänke gestellt, einen Duftstecker in die Steckdose gepackt und die Fenster geputzt. Und er hat Erfolg.

Seit drei Wochen kommen die Leute nun schon zu den Sitzungen, selbst Hans-Dieter schaut ab und zu vorbei. Ich stehe manchmal am Rand und beobachte, bringe den Kursteilnehmern und Hartmut was zu trinken oder schließe das Fenster, wenn jemand das verlangt. Ich sehe Hartmut in seinem Element, und es macht mir Freude zu beobachten, wie er in seiner Aufgabe aufgeht, einer Aufgabe, die er selbst erfunden hat und die auch noch funktioniert.

Zehn Leute sind heute da. Das Sonnenlicht dringt angenehm gedämpft durch die neuen Bambusrollos, und in der Anlage läuft Panflöten-Musik. Die Teilnehmer stehen auf ihren dünnen Matten und machen Vorbeuge, halbe Hebung, Liegestütz und Krieger-1-Yoga-Bewegungen. Plötzlich sagt Hartmut: »So, und jetzt achtet darauf, dass ihr im Krieger alles schön schludrig macht. Das vordere Bein nicht heldenhaft beugen, sondern genauso unschlüssig zwischen ›ein bisschen gebeugt‹ und ›gestreckt‹ hin- und herzittern lassen, wie es sich anfühlt. Den Rücken schön krumm, den Oberkörper ruhig hinten lassen. Seid unperfekt, macht die Bewegungen unsauber! Jaaa, so ist gut.« Die Sekretärinnen, Kaufmänner, Schreiner und Anglistik-Studenten brechen sich einen ab, schludern sich durch die Bewegung und grinsen. Ein junger Mann ganz hinten fängt plötzlich an, wie ein Helikopter mit den Armen zu rudern und »pffffrrrruuuuum!« zu machen, setzt sich dann an die Wand und öffnet erst mal ein Bier. Hartmut jubelt: »Jaaaaa! Jaaa! Ein bisschen sehr übermütig, aber tendenziell genau das, wo ich hinwill! Super!« Die Beteiligten drehen sich aus der Krieger-Haltung mühsam nach hinten und beginnen zu lachen. Einer kippt um und bleibt auf der Seite liegen wie eine Schildkröte. Hartmut hat Erfolg.

Die Idee zu seinem Club kam Hartmut eines Abends beim Playstation-Spielen. Seit Stunden hatten wir versucht, *Rollcage* zu knacken, ohne dabei wahnsinnig zu werden. Das schwerste Action-Rennspiel der Programmiergeschichte ließ uns nicht los. Irgendwann gegen Mitternacht bretterte ich durchs Ziel, die tödlichen Kanten und Absturzecken hatte ich bei Tempo 360 millimetergenau umschifft, die Siegesmelodie ertönte, meine schwitzigen Hände ließen das Joypad sinken, und ich sah Hartmut erstaunt aus dem angefressenen Sessel an.

»Wie hast du das denn jetzt gemacht?«, fragte Hartmut.

»Keine Ahnung«, sagte ich. »Bin einfach drauflosgeschossen. Hab nicht mehr gedacht dabei.«

»Einfach so?«

»Ja.«

»Ohne Konzentration? Ohne Präzision? Ohne Bewusstheit?«

»Einfach so«, sagte ich stolz. »Scheiß drauf, einfach so!«

Hartmuts Augen leuchteten. Es war dieses Leuchten, das eintritt, wenn in Hartmut eine neue Idee entsteht. Die bläulich flimmernden Credits des Abspanns reflektierten in seinen Augen, rasende Wiederholungen meiner Siegesfahrt.

»Das ist es!«, sagte er dann. »Das ist es! Seien Sie unperfekt! Scheißen Sie auf Präzision! Machen Sie es falsch! Einfach so!« Er erhob sich aus dem Sessel und begann, mit der Hand am Kinn auf dem Flokati im Kreis zu laufen. Wenn er sprach, richtete er den Zeigefinger auf mich oder wedelte mit ihm vor seiner Nase herum, bevor er ihn zum Denken wieder am Kinn platzierte, die Arme verschränkt. Ich fühlte mich wie bei Columbo. »Verstehst du, was ich meine?«, sagte er. »Die Leute sollen immer überall perfekt sein. Am Arbeitsplatz, zu Hause, selbst in der Freizeit. Diese ganzen Bücher über Selbstmanagement. Selbst der Büromann im kleinsten, stinkenden Hinterhof-Getränkehandel-Kabuff muss sich heutzutage Gedanken darüber machen, ob sein Büro auch gut genug organisiert ist, aufgeräumt, reduziert, alles an seinem optimalen Platz. Schon Schüler planen ihre Hausaufgaben nach Zeitmanagement-Büchern. Und dann das Bewerbungen-Schreiben. Hast du mal in diese Ratgeber und Karrieremagazine gesehen, worauf man da alles achten muss? Da kannst du Einstein sein, aber wenn du deine Blätter nicht so und so ausgedruckt und dieses und jenes Clip-Mäppchen hast, ungetackert, versteht sich, und ohne ›Betreff:‹ in der Betreffzeile, dann bist du draußen! Draußen!« Hartmut wischte mit seinem Arm einmal durch den Raum und schrie fast aggressiv, als wolle er seine Empörung über diese darwinistischen Machenschaften in Lautstärke umwandeln. »Die Leute werden total bekloppt gemacht!«, rief er weiter, rannte plötzlich aus dem Raum, wuselte hinten in seinem Zimmer, kam zurückgeschossen, ehe der Kordelvorhang ausgeschwungen hatte, hielt mir ein paar Bücher wie Skatkarten vor die Nase und knallte sie dann nach und nach auf den Tisch. *Das effektive Büro*, *Das 1x1 des Zeit-Managements*, *Trau dich, reich zu werden!*, *Die perfekte Bewerbung*, *Die optimale Ernährung*, *Positives Denken*, soll ich weitermachen!?« Hartmut atmete tief ein. »Das soll alles dein Leben erleichtern, aber in Wirklichkeit macht es dich kirre!«, sagt Hartmut. »Wo du auch bist, ständig fängst du an, dich zu fragen, ob du auch alles richtig machst. Wenn es mal im Büro nicht läuft, dann muss es an dir liegen, denn du hast deinen Arbeitsplatz nicht optimal vereinfacht, und ohnehin ist da schlechtes Feng Shui in deiner Raumecke. Im Supermarkt krümmst du dich vor schlechtem Gewissen, wenn du dein Nutellaglas aus dem Regal nimmst und die Pizza mit den vielen ungesunden Stoffen, und dass du gestern Abend wieder die Zeit mit Fernsehen vertan hast, macht dich wahnsinnig! Hast du etwa nicht *Das 1x1 des Zeitmanagements* gelesen? An der Kasse beim Bäcker erinnerst du dich, dass du *gerade* stehen musst, *gerade*« – Hartmut macht es vor und drückt sich theatralisch wie ein Soldat auf dem Teppich in die Senkrechte –, »und, Scheiße, du hast schon den ganzen Tag vergessen, die tiefe Atmung zu benutzen. Ja, verdammt noch mal! Und dann kommst du nach einem harten langen Tag nach Hause, gehst zum Feierabend ins Fitness-Studio, und egal, was du da machst, du musst es *richtig* machen, *richtig*. Denn wie wir alle wissen, und schon Schwarzenegger sagte das in den 70ern – eine einzige Übung, bei der du dich voll auf den Muskel und die Bewegung konzentrierst, ist besser als hundert Übungen, bei denen du in Gedanken woanders bist. Perfekt, perfekt, perfekt muss es sein, und du musst alles bedenken für dein Lebenswohl, alles bedenken, immer bedenken« – Hartmut gerät langsam in Rage, geht ans Fenster und spricht mit dem Gesicht zum Halbmond –, »und wenn du auch nur ein Detail übersiehst« – er springt wieder zu mir und betont das »ein« mit dem fuchtelnden Zeigefinger vor meiner Nase –, »dann bist du selbst dran schuld, wenn dein Leben kacke verläuft, denn du hättest es ja besser machen können, und du *wusstest* es!« Er knallt mit den Händen zum Abschluss seiner Rede auf den Stapel Selbstmanagement-Literatur und stellt sein stilles, tiefes Atmen an, um den Vortrag nachwirken zu lassen. Ich will ihn fragen, warum er denn diese ganzen Bücher besitzt, wenn sie ihn so aufregen, aber ich verkneife mir dieses Risiko. Hartmut hat die Bücher ein paar Wochen nach dem Weggang von Susanne gekauft. Hartmut hat einen neuen Plan. Jetzt muss man im Sessel sitzen, schweigen und abwarten. Er atmet noch ein paar Mal bedeutsam, richtet sich dann wieder auf und sagt: »Hast du schon mal einen Ratgeber gelesen, in dem stand: Wenn Sie das schwerste Reaktionsspiel der Welt schaffen wollen, müssen Sie einfach wie mein Mitbewohner hier unbewusst drauflosrasen, und es wird dann schon irgendwie klappen? Hast du das jemals gelesen?« Ich schüttele den Kopf. Hartmut hält noch mal kurz inne, starrt mit dem Finger am Kinn an die Wand mit den Postkarten, sagt dann »ich brauche jetzt den Lagerraum« und verschwindet im Ostflügel.

Und so entstand er: Hartmuts kleiner Club für Lebensfreude durch Unperfektheit. Zwei Mal in der Woche treffen sie sich, und die Gruppe wächst stetig. Schon wenige Flyer in den Vorräumen großer Konzernzentralen, Sporthallen und Uni-Flure haben gereicht, und Hartmut hatte den umgebauten Lagerraum voll. Sie bezahlen drei oder acht oder zehn Euro im Monat oder pro Sitzung oder pro Woche. So genau weiß das keiner, denn Hartmut hat nichts festgelegt. Selbst die Kurszeiten beginnen irgendwann dienstags und freitags, wenn halt die ersten am Feierabend eintrudeln, und manchmal gehen die Kurse bis tief in die Nacht und enden darin, dass alle Teilnehmer im Kursraum vor dem kleinen Fernseher auf dem blauen Teppich sitzen, Fusel trinken und unsere Schwertransporterreportagen ansehen.

Heute Abend geht es mit der Enttabuisierung weiter. Hartmut beendet die Yoga-Stunde und holt eine Flasche Ketchup, eine Packung klebrigen Zuckerrübensirup und ein wenig Motoröl aus einem Karton. »So, und jetzt üben wir zu verstehen, dass nichts passiert, wenn wir uns dreckig machen. Die Welt wird nicht untergehen, das Universum nicht implodieren, ihr werdet nicht aus der menschlichen Gemeinschaft ausgeschlossen. Wer möchte anfangen?« Der Student meldet sich, geht nach vorne, spritzt sich eine Runde Ketchup auf sein Hemd und schaut stolz in die Runde. Dann setzt er sich wieder, diesmal auf die Fensterbank, um die Symmetrie zu durchbrechen und nicht erwartbar an seinen alten Platz zurückzugehen. Während er sich hinsetzt, stößt er eine kleine Gießkanne von der Fensterbank. Altes Wasser läuft auf den Teppich. Diese kleinen Fortschritte machen Hartmut glücklich. Er grinst anerkennend. »Und nun du, Margot!«, sagt Hartmut und winkt die Sekretärin mit der weißen Bluse und der sandfarbenen Hose zu sich. Sie sträubt sich ein wenig. Es muss schon schwer für sie gewesen sein, in ihrem beruflichen Outfit unperfektes Yoga zu machen und die gut gebügelten Sachen voll zu schwitzen, aber das jetzt muss für sie werden wie die berühmte Krabbel-Schock-Therapie bei Spinnenangst. Ich überlege mir langsam, RTL II einzuladen und den Kurs heimlich filmen zu lassen. Margot tapst schüchtern nach vorne, hockt sich vor Hartmut und hebt fast reflexartig die Arme zur Abwehr, als er die ganz harten Geschütze auffährt. Zuckerrübensirup. Das scheint zu viel für sie. »Nein, nein, das können Sie … das kannst du nicht …«

»Pssssssst!«, macht Hartmut, nimmt ganz zart ihre Hand in seine und pinselt mit der anderen ein wenig von der klebrigen schwarzen Flüssigkeit auf die Bluse. Margot zittert und weint fast, aber es ist dieses Patienten-Weinen, wenn der Therapeut Fortschritte macht, und als Hartmut fertig ist, öffnet sie langsam ihre Augen und sieht ihn dankbar an. Unsicher wankt sie zu ihrem Platz zurück und schweigt erst mal. Hans-Dieter aus dem Anbau hat weniger Probleme mit der ganzen Sache. Munter geht er nach vorne, klatscht sich Motoröl auf seine Jeans, rülpst einmal und sagt laut: »Wissen Sie was, Chef, ich scheiße darauf, wieder und wieder Ihren Computer zu reparieren! Wer so mit seinem PC umgeht wie Sie, ist sowieso nicht mehr zu retten. Gehen Sie zum Teufel und ficken Sie seine gehörnte Schwester! Prost!« Dann nimmt er eine Flasche Ja!-Korn und trinkt einen Schluck.

»Das war schon fast etwas zu viel, aber lasst euch ruhig aus, wenn euch danach ist!«, sagt Hartmut.

Nach zwei weiteren therapeutischen Befleckungen rastet Margot plötzlich aus. Unvermittelt wirbelt sie mit den Armen um sich und schreit: »Ich kann es nicht mehr ertragen! Macht es weg! Macht es weg!« Sie versucht, sich die Bluse vom Leib zu reißen, bleibt hängen, zerfetzt die Naht, wird immer wilder, steigert sich in Rage, verpasst dem neben ihr sitzenden Geschäftsmann einen Faustschlag, sitzt schon längst nur noch im Büstenhalter da, während ihre sirupbefleckte Bluse durch den

Raum fliegt, und wird erst ruhiger, als Hartmut sie sanft, aber bestimmt an den Schultern packt, beruhigt und ihr eine Joggingjacke um den Körper legt. Margot lässt sich auf seine Brust sinken und wimmert. Sie hat einst ein paar Handwerker von IKEA acht Stunden bei sich verweilen lassen, bis der Kurierfahrer es endlich geschafft hatte, eine Front-Tür im Küchenschrank zu besorgen, die keinen minimalen Kratzer aufwies, so genau man auch suchte. Margot wird langsam ruhiger.

Den Rest des Abends verbringt Hartmut mit einfacheren Übungen. Mit zwei Teilnehmern übt er die interne Verwüstung des Autos, verteilt Schokoriegel-Papier und Leergut auf den Sitzen und schaufelt ein wenig Dreck von der Straße auf die Fußmatten. Mit zwei anderen geht er gegenüber in die Pommesbude und bestellt zwei dreifache Currywurst mit Pommes Spezial. Der Student darf seiner heimlichen Liebe zur Volksmusik frönen und muss nicht mehr Sonic Youth hören. Irgendwann wird er es vielleicht sogar schaffen, seine Neigung dem engsten Freundeskreis zu gestehen. Weit nach Mitternacht löst sich die Gruppe auf und geht glücklich von dannen.

Acht Wochen hat das Projekt von Hartmut funktioniert.

Acht Wochen.

Dann kam dieser Manager aus der Unternehmensberatung, den ich schon vom ersten Tag an misstrauisch beäugte. Doch Hartmut wollte meine Warnungen nicht hören. Dieser Mann tat sich zu leicht mit Hartmuts Aufgaben, er hatte regelrecht Spaß daran, und das von Anfang an. Der hätte sich noch im Schweinezuber gewälzt, wenn man ihn drum gebeten hätte, und ich konnte mir nicht helfen: Das war kein Teilnehmer, das war ein Beobachter. Ein Spion. Und ich sollte Recht behalten.

In der zwölften Woche blieb der Mann in der Tür stehen, bis alle gegangen waren, und sprach Hartmut strahlend an: »Ach, Hartmut, wissen Sie, jetzt habe ich es!«

»Was hast du?«

»Ein Buch. Eine Idee. Der Durchbruch Ihrer Idee!«

»Der Durchbruch meiner Idee. Wie, was, Moment mal, wer hat denn von Durchbruch …?«

»Ist Ihnen denn nicht klar, was Sie hier erschaffen haben? Die Kunst des Unperfekt-Seins. Das Loslassen-Können. Die Fähigkeit, ein fehlerhaftes Wesen sein zu dürfen und sich unsinnige, ungesunde Pausen zu gönnen. Das ist genau das, was in der Berater-Literatur immer gefehlt hat! Das ist das fehlende Puzzle-Stück im Mosaik perfekter Lebenskunst. Wenn ich das meinen Kunden empfehle, auch das Kind in sich wiederzuentdecken, sich fehlerhafte Tage zu erlauben, einfach draufloszumachen – das weckt Energien, die vorher verschüttet waren.«

Hartmut stand auf der Schwelle des blauen Teppichs und war still. Er hatte schon verstanden, was hier vor sich ging, aber er wollte es noch nicht ganz wahrhaben. Er ließ es geschehen.

»Nun, wie auch immer, Sie sind ein intelligenter Mann, Sie wissen, was Sie da entwickelt haben. Schreiben Sie das Buch mit mir, werden Sie mein Koautor, lassen Sie uns gemeinsam diese Kurse anbieten. Nicht für ein paar zufällige Euro natürlich, sondern dann schon richtig, man muss es ja nicht übertreiben mit der Kohärenz von Inhalt und Form, nicht wahr?« Er klopfte Hartmut unangenehm lachend auf die Schulter. »Überlegen Sie's sich«, sagte er. »Wenn Sie nicht mitmachen, mache ich es alleine. Es gibt kein Patent auf diese Idee. Geben Sie mir in spätestens zwei Wochen Bescheid. Wenn nicht, fange ich ohne Sie an.«

Hartmut gab nicht Bescheid.

Der Lagerraum steht wieder voll mit unserem Krempel, der Club ist geschlossen. Ein halbes Jahr später erschien bereits das Buch mit dem Titel »Die Kunst, Fehler zu machen – wie Sie durch absichtliches Unperfekt-Sein Lebensfreude und Kompetenzen optimieren!«. Hartmut und ich sitzen oft im Sessel und widmen uns den neuesten schwersten Spielen, die je programmiert wurden. »Jetzt zieh doch einfach durch!«, brülle ich, als er unter derbstem Kreuzfeuer mit seinem Raumschiff immer noch die Spezialfunktion sucht. »Einfach drauflos, ist doch jetzt egal mit der Extrawaffe!«, schreie ich, doch Hartmut manövriert weiter mühsam und sucht derweil nach der Tastenkombination für den Megablast. Er wird abgeschossen. Ich schimpfe: »Mensch, du hättest bloß einfach Augen zu und ...«

Hartmut holt tief Luft, sieht mich streng an und sagt ganz langsam und betont: »Ich mache es richtig oder ich mache es gar nicht! Richtig oder gar nicht!« Ich halte die Schnauze, signalisiere mit den Händen, dass er machen kann, was er will, und schaue zu, wie er den Level neu startet.

Notstand

»Im Kleinen muss es anfangen. Hier, in unserer Nachbarschaft.« Hartmut tippt mit dem Finger auf den Wohnzimmertisch und starrt mich an. Ich senke die Fernsehzeitung und weiß, dass harte Tage auf uns zukommen. »Verstehst du nicht?«, fragt er hastig, »die Menschen müssen sich wieder als Gemeinschaft fühlen. Die neue Welt fängt unten an, Mensch! Selbstbestimmung auf regionalster Ebene! Nur unsere paar Straßen, vom Spielplatz hinten bis zur Kreuzung!« Ich atme schwer. Hartmut hat wieder einen Plan. Der Fernseher macht lautlose Flecken an der Wand hinter der Couch. Hartmut fährt fort: »Und wie erreichen wir das?« Ich zucke mit den Schultern und denke an Bananensplit. »Indem wir die Menschen zusammenschweißen! Durch Not!« Hartmut strahlt wie ein Kind, das soeben die Prinzipien der Addition verstanden hat. Der Teppich stinkt. »Denk doch mal an die Flut!«, sagt er. »Du meinst das Hochwasser«, sage ich. »Jaja. Da sind die Leute plötzlich eine Einheit gewesen. Da haben sie sich wieder wahrgenommen.« Ich seufze. Ein Silberfisch versteckt sich unterm Videorecorder. »Mit der Post fange ich an!«, sagt Hartmut und steht ruckartig auf. Mein Blick bleibt auf den Bildern über der Couch hängen, als ich ihn im Flur im Werkzeugkasten wühlen höre. Eine Minute später geht die Haustür, und ich sehe ihn am Fenster vorbei Richtung Postkasten laufen. Zwanzig Minuten später geht wieder die Tür, Hartmut kommt japsend ins Wohnzimmer, hat ein paar schimmernde Regentropfen auf der Jacke und plumpst in die Couch. Sein Blick sagt. »Du hättest mir auch ruhig helfen können!« Er schweigt, nimmt dafür die halb volle Bierflasche, die vor mir steht, trinkt sie aus, atmet, stützt sich wie ein Handwerker nach Feierabend auf die Knie, steht auf und verschwindet in seinem Zimmer. Nach drei Tagen zeigen seine Aktivitäten erste Wirkungen. Hartmut steht am Fenster und winkt mich herbei. Er deutet mit dem Finger in Richtung Straße und grinst. Ich sehe unsere Nachbarn im Vorgarten von Herrn Häußler versammelt wild gestikulieren. Hartmut stützt sich auf die staubige Fensterbank und genießt. »Und morgen das Wasser«, murmelt er leise.

Als ich am nächsten Abend meinen Hemingway auf die Ablage lege und den Hahn an der Wanne aufdrehe, weiß ich, dass er's geschafft hat. Wütend schlinge ich ein Handtuch um meine Hüften, stürme ins Wohnzimmer und kann nichts mehr sagen, als Hartmut mit ausgebreiteten Armen, die Beine übereinander geschlagen, auf der Couch sitzt und sagt: »Jetzt fängt es an. Warte nur ab!« Ich muss ihm einen gewissen Respekt zollen. Wenn man das Wasser eines ganzen Viertels kappt, kann man sein Haus nicht ausnehmen. Der Revolutionär wohnt nicht in Palästen. Ich drehe mich um, stelle vier Töpfe auf den Herd und mache mir Badewasser aus Tetrapacks heiß. Nach einer Stunde gebe ich auf. Am fünften Tag gibt es auf den Straßen Tumulte. Die Männer der Stadtwerke sind umringt von Anwohnern und bellenden Frauen; anscheinend hat Hartmut das Wasser so sabotiert, dass nicht mal die herrschenden Handwerker unser Viertel wieder bewässern können. Gen Abend karren Männer Wasser in Kanistern her. Die ersten Häuser an der Ortsteilgrenze haben ihre Gartenschläuche geöffnet, um das Nachbarviertel zu unterstützen. Herr Schober fährt die Behälter mit einem VW-Bus hin und her. Kinder rennen um die Hilfslieferungen herum. Hartmut steht den ganzen Vorabend am Fenster.

Als ich am Samstag die Playstation starten will und der Bildschirm schwarz bleibt, wird mir bewusst, dass Hartmut es ernst meint. Er hat den Strom gekappt. Erst jetzt fällt mir auf, dass selbst die Straße dunkel ist. Früher haben Hartmut und ich bloß Laternen ausgetreten und dazu Lieder der Toten Hosen gesungen. Das waren noch einfache Zeiten. Heute liest Hartmut Marcuse und hört Minimal Music. Hartmut hat den Strom gekappt. Gegen Mitternacht sehen wir Taschenlampen auf den Straßen. Die Nachbarn versammeln sich, und ein Stimmengewirr brummt durch das Dunkel. Es ist fast wie im Stau, wenn man verstanden hat, dass wirklich gar nichts mehr geht. »Warum kommt keine Polizei?«, murmele ich, neben Hartmut gemütlich auf die Fensterbank gelehnt. »Großeinsatz im Norden«, sagt Hartmut, und trotz der Schwärze spüre ich ihn grinsen. »Es gab da so einen Anruf …«

Gegen ein Uhr beginnen die Plünderungen. Lichtkegel von Stablampen. Frau Klein und Herr Schober schlagen mit Latten nach Einbrechern. Im Schuppen von Herrn Häußler herrscht Geschlechtsverkehr. Scheiben gehen zu Bruch. Ich brumme gemächlich, um anzuzeigen, dass ich so was geahnt habe. Um zwei hört man laute Schreie. Schatten huschen über die Straße, ein Mann knallt würgend auf den Asphalt. Halb drei die ersten Schüsse. Um drei Geschützfeuer von hinter der Kreuzung.

»Wo haben die die Waffen her?«, frage ich murmelnd und taste im Dunkeln nach den Erdnüssen. Plötzlich steht gegenüber der Dachstuhl in Flammen. Das Licht flackert über unsere Gesichter und die Fensterbank. Ich finde die Erdnüsse. Alte Bäume säumen unsere Straße auf beiden Seiten und strecken sich in der Mitte die Arme entgegen. »Könnte übergreifen«, bemerke ich. Hartmut nippt still an seiner Bierflasche. Dann stößt er sich seufzend von der Fensterbank ab, kramt wieder kurz im Flur herum, zieht sich einen schwarzen Kapuzenpulli an und verschwindet in der Nacht. Um drei Uhr gibt es im Straßenzug wieder Licht. Die Feuerwehr rückt an. Ich gehe ins Bad, probiere am Hebel und lasse mir eine heiße Wanne ein. Als ich lächelnd ins Wasser sinke, geht die Haustür, Schuhe schupfen ins Wohnzimmer, ein Körper plumpst in die Couch, und mit einem leisen, kurzen »Pfump!« springt der Fernseher an.

Poem

Hartmut und ich gehen zu einer Dichterlesung. Ein Freund von uns soll dort auftreten, eher ein Bekannter, ein Studienkollege von Hartmut, den ich nur von Feten in unserer Wohnung kenne, wo er stundenlang vor dem CD-Regal steht und sich die Hüllen ansieht. »Den Gefallen sollten wir ihm tun«, hat Hartmut gesagt. Außerdem werde ein Film gezeigt, *Poem* von Matthias Schemberg, äußerst wertvoll und wirklich sehenswert, wie Hartmut betonte. Die Veranstaltung findet in einem Kino im Dortmunder Norden statt, einem Viertel, das nur aus Spielhallen, Kiosken, Kneipen und billigen Imbissläden besteht. Vor einem Jahr wurde hier ein Mann aus dem fahrenden Auto heraus erschossen, es war das erste Drive-By-Shooting in Deutschland, seitdem ist das Viertel berühmt. Der Film läuft in vier Teilen, und dazwischen lesen Dichter und Dichterinnen hinter einem kleinen Pult vor der Leinwand Lyrik. Die Besucher dieser Lesung kommen nicht aus dem Dortmunder Norden, denke ich. Die Menschen hinter all diesen Fenstern zwischen den Spielhallen und Kneipen gehen nicht auf Dichterlesungen. Sie trinken, sie essen, sie hoffen auf den Jackpot, der ihnen aus jedem zweiten Spielhallenfenster entgegenflimmert, und sie trinken weiter, wenn sie ihn nicht gewonnen haben. Sie sagen sich, dass sie hier nur vorübergehend wohnen, und bleiben ein ganzes Leben. Sie haben alte, schmierige Küchen und Fernsehzeitungen auf Holztischen mit braunen Kacheln, den Aschenbecher daneben. So denke ich über die Menschen, während Hartmut in dem kleinen Foyer die Karten bezahlt und zwei Flaschen Bier kauft, von der er mir eine reicht. Eine Treppe mit flachen Stufen führt zum Kinosaal runter, Männer in Mänteln kaufen umhüllte Erdnüsse, und eine Frau am Geländer sagt, dass sie sich in ihrer Arbeit seit einiger Zeit eher mit formalen Experimenten beschäftigt. Sie hat ganz kurze graue Haare, trägt eine Holzperlenkette über dem Pulli und einen roten Schal. Ich denke an Hartmut und seinen abgegriffenen Band von Gottfried Benn, der neben der Badewanne liegt. Ich vermute, dass Benn sich hier nicht wohl gefühlt hätte. Ich nehme einen Schluck aus der Flasche und gehe mit Hartmut die Treppe hinunter.

Während wir uns in die weichen, tief liegenden Sitze flezen und Hartmut winkend seinen Dichterbekannten begrüßt, der in der ersten Reihe sitzt und mit Blättern fuchtelt, heißt der Moderator des Abends die Gäste willkommen. Er tut das schon seit geraumer Zeit, doch hat das bislang keiner mitbekommen, da er so leise spricht, dass selbst meine kleine Cousine beim Rezitieren des Weihnachtsgedichtes mit hinter dem Rücken verschränkten Armen dagegen wie ein afrikanischer Brüllaffe wirkt. Als seine Dankesbekundungen ob unserer Gnade, an diesem Abend der Kultur einen Besuch abzustatten, abgeklungen sind, beginnt der erste Teil der Filmvorführung. Hartmut lehnt sich im Sessel zurück und prostet mir zu. Wir sehen eine weitläufige Landschaft mit Berghängen, Felsen und Grünflachen vor einem klaren Horizont. Nepal vielleicht. Indien. Ein junger Mann trägt eine quadratische Box aus Holz auf dem Rücken, in der er einen alten Mann mit sich herumschleppt. Der Alte hat wirres Haar und spielt wie ein Kind mit der Rassel, während er gleichförmige, leicht hypnotische Gesänge vollführt. Ayihayhiayhiayhi ... es hallt durch die Berge und klingt, wie man es in einem Kunstfilm in der Kulisse Nepals erwartet. Hartmut sinkt etwas tiefer in den Sessel und scheint brummig. Hartmut hat früher viel unter seinem Vater gelitten, der auch immer unschuldig war wie ein Kind und gerade deswegen seine Umwelt in den Wahnsinn treiben konnte. Hartmut trägt auch noch seinen Vater mit sich umher. Hartmut zieht an der Flasche. Was folgt, sind kurze Filme mit Musik, in denen ein Gedicht entweder aus dem Off gesprochen oder in die Handlung eingebaut wird. Es geht um Freiheit und die Liebe zum Leben, als eine Gruppe behinderter Menschen gezeigt wird, die sich auf einer idyllischen Blumenwiese tummeln. Trotzdem klingen die Worte seltsam melancholisch. Als wäre jede Hoffnung zugleich auch eine Klage, jede Möglichkeit ein bloßer Seufzer, dass man sie überhaupt ergreifen muss. Vielleicht liegt es auch an mir. Ich kann mich schlecht konzentrieren bei Gedichten, und die Musik macht mich betroffen. Ich schiele rüber zu Hartmut, um zu sehen, wie er reagiert. Er hält sich an der Flasche fest und schaut starr auf die Leinwand. Die Frau aus dem Foyer, die sich in ihrer Arbeit seit einiger Zeit eher mit formalen Experimenten beschäftigt, schlägt ihren Schal nach hinten. Niemand flüstert. Nach einiger Zeit verdunkelt sich das Bild, und die Poesie vor der Leinwand fängt an. Als Erster von fünfundzwanzig angekündigten Poeten besteigt ein graumelierter Herr mit Pulli und Weste die Bühne. Er streckt sich durch und kündigt an, über ein aktuelles Thema reden zu wollen: Generationengerechtigkeit. Ich höre Hartmut seufzen. Der Herr mit dem Pulli spricht Verse. Sie klingen wie Viervierteltakt mit Endreim, mahnend spricht er sich durch eine Art WDR-4-Variante politischer Enttäuschung und regt sich auf über die junge Generation, die den Omas die Rente wegnimmt, wo sie doch dieses Land so tapfer wieder aufgebaut haben. Hartmut rammt seine Bierflasche in den Halter und schnauft hörbar. Die Frau, die sich in ihrer Arbeit seit einiger Zeit eher mit formalen Experimenten beschäftigt, dreht sich zu uns um. Der enttäuschte Generationenkonfliktler endet. Höflicher Applaus. Es folgt ein Gedicht über Markenfetischismus, Konsumwahn und Handybesitzer. Hartmut schüttelt den Kopf und kratzt sich nervös am Unterarm. Ich werde langsam unruhig. Man weiß nie, wie Hartmut reagiert, wenn man mit ihm in der Öffentlichkeit ist. Er nimmt noch einen Schluck aus der Pulle und steckt sie wieder in den Halter zurück. Als Nächstes ist eine Frau in den Fünfzigern dran, die ein Gedicht über den Herbst vorliest, in dem von Begriffen wie grau, trüb, Abschied, Mondschein, Herz, Seele, Schleier und Fenster Gebrauch gemacht wird, sodass ich mich irgendwie für die Frau verantwortlich fühle. Als wolle man ihr sagen, dass man so nicht dichten kann, obwohl man ja selber keine Ahnung von der Materie hat. Hartmut hat sie. Und Hartmut wird immer zappeliger. Nachdem die Frau kokett angekündigt hat, »im nächsten Gedicht einfach nur frech« zu werden, und dann davon dichtet, wie sie mit einem räudigen Mann ein wenig gespielt hat, bevor sie ihn mit aufs Hotelzimmer nahm, wobei die letzte Zeile vom Bild eines »feuchten Spitzenhöschens« Gebrauch macht, betritt ein junger Mann mit Pferdeschwanz die Bühne und reimt über den Krieg. Um Macht ginge es und Profit, um kalte Gier und kleine Männer, die in den Tod getrieben werden. Wir erfahren, dass der Krieg unsagbares Leid bringt, und ein Dorf steht plötzlich in Flammen, Tränen kommen auch noch vor, und ich würde mich nicht wundern, wenn der Mann gleich zu Spenden aufruft. Hartmut presst kurz seinen Kopf in die Hände, als wolle er sich die Augen tiefer in den Schädel drücken, zerzaust dann seine Haare, nimmt die Flasche, nimmt meine Flasche und geht neues Bier holen. In Wirklichkeit braucht er dringend Abstand zum Geschehen. Ich bin besorgt.

Die Dichter sind erst mal fertig, und der Film geht weiter. Wir sehen eine Hochzeitsgesellschaft. Die Kamera fährt über Kuchengabeln, Spießer aller Altersklassen, gestelzte Gespräche und die unvermeidliche braunorange Cremesuppe. Eine harte, unnachgiebige, abgehackte Stimme teilt uns aus dem Off mit, dass sie ihre Onkel, Tanten, Neffen, Nichten und sonstigen Verwandten trotz ihrer Liebe zu Lebzeiten im Jenseits niemals wiedersehen will. Es ist ein Gedicht von Ernst Jandl, ich habe es schon mal in der Wanne gelesen, in einem von Hartmuts Büchern. In Kombination mit den Bildern tut die Gehässigkeit gut. Hartmut, der soeben die zwei neuen Flaschen Bier geöffnet hat, zeigt auf den Bildschirm und nickt mit dem Kopf, wie er es tut, wenn er mich im Fernsehen auf Reportagen über Wehrsportgruppen oder Nachtwächter aufmerksam machen will. Ich nicke und lache. Jandl gefällt uns. Danach ein Raum mit Hochzeitskleidern. Drei von ihnen sind auf Podesten über Ständer drapiert, ein Dutzend weitere hängt im Hintergrund auf einer Stange. Der Ausstellungsraum wirkt unfassbar kalt. Man riecht förmlich den Linoleumboden. Die Decke besteht aus einem schmierigen, gläsernen Oberlicht. Ich stelle mir vor, dass sich dieser Raum in einem kleinen industriellen Anbau auf matschigem Boden befindet. Draußen ist es immer dunkel. Wer hier ein Kleid aussucht, hat schon verloren. Die Stimme setzt ein und liest ein paar Zeilen von Heiner Müller. Ich weiß das, weil Hartmut schon nach wenigen Momenten prustet und »Heiner Müller!« sagt, als wäre allein das Aussprechen dieses Namens Verachtung genug. Hartmut hält nichts von Heiner Müller. Es gibt ein paar Künstler, die Hartmut richtig hassen kann. Ich glaube, das ist irgend so'n emotionales Ding, höchste Antipathie, die keine akademischen Gründe braucht. Die Stimme spricht zu seiner Geliebten und erklärt ihr, dass im Grunde alles zwecklos ist. »Ich kann dir den Himmel nicht zu Füßen legen«, heißt es, »denn er gehört mir nicht.« Eine Flamme kommt plötzlich aus dem Ausschnitt des Kleides, das Kleid verbrennt, und das Gerüst, auf das es aufgezogen war, biegt sich weich zur Seite wie ein schmelzender Cyborg. Der Mann spricht weiter zu seiner Angebeteten und erklärt ihr, dass er ihr nicht versprechen kann, alles für sie zu tun, da das gelogen wäre. Die Kleider auf der Stange fangen jetzt auch Feuer. Der ganze Raum brennt. Glasscherben aus dem Oberlicht fallen krachend herab. Ich denke an Hartmut und Vanessa, Hartmut und Bettina, Hartmut und Susanne. Ich denke daran, dass ich niemals so zu einer Frau sprechen würde und dass ich diesen weinerlichen Schlappschwanz hasse, der sich dabei stark fühlt, derart »ehrlich« zu sein. Ich verstehe langsam, warum Hartmut Heiner Müller hasst. Ich nehme einen kräftigen Schluck und ramme die Flasche jetzt ebenso in den Halter vor mir, wie Hartmut es vorhin getan hat. Hartmut registriert es mit Wohlwollen. Er spielt an der Kordel seiner Jacke herum wie ein Besessener. Nach einigen weiteren Filmchen, die ich nicht aufnehmen kann, weil mir das Bild der brennenden Hochzeitskleider nicht aus dem Kopf will, betritt der Moderator wieder die Bühne und sagt die nächsten Poeten an. Nach einigen Zeilen über Bäume und enttäuschende Männer, die von Frauen mit flüsternden Stimmen vorgetragen werden, und einem leidlich komischen Wortspielgerüst eines uns bekannten Soziologie-Studenten, der alte Jagdhüte trägt und sich für provokant hält, schlurft ein junger Mann auf die Bühne, lässt fast sein Papier fallen, räuspert ins Mikro und sagt, dass er dann jetzt mal anfange. »Totes Leben« lautet der Titel. Der junge Mann liest.

Im Dunkeln bläulich schimmernd
frisst sich das Licht der Belanglosigkeiten
in euer Gehirn
lähmt euch, lässt euch stillstehen

Die Frau vor uns, die sich in ihrer Arbeit seit einiger Zeit eher mit formalen Experimenten beschäftigt, hält sich die Hand vor den Mund und muss leise lachen. Ich würde auch gerne lachen, aber ich spüre, wie mich das Ganze aggressiv macht. Dennoch weiß ich, was ich in solchen Fällen tue. Ich bleibe sitzen, trinke, stütze nachdenklich meinen Kopf auf die Finger, falls mich Leute beobachten, die solche Lyrik tiefsinnig finden, und gucke zugleich halb ironisch in die Luft, falls jemand zu mir rübersieht, der es genauso beschissen findet wie ich. Um mich mache ich mir keine Sorgen. Ich mache mir Sorgen um Hartmut. Der poliert gerade den Fingernagel des Ringfingers seiner rechten Hand mit der Fingerspitze des Mittelfingers und zwirbelt derweil mit der linken Hand in seinem Ziegenbart herum. Der Poet spricht weiter.

Am Tag geht ihr schaffen
Spaß ist nicht der Punkt
Es geht ums Überleben
Eure Zeit ist vertan

Die Frau vor uns wippt immer wilder in ihrem Sitz umher und kriegt sich kaum mehr ein. Hartmut drückt seinen polierten Nagel gegen die Unterlippe. Mein Bier neigt sich dem Ende zu. Ich werde nervöser.

Eure Energie, eure eigenen Gedanken
im Keim erstickt
die Kraft ausgesaugt
Alles nur bis zum »Muss«
Nichts bis zum »Kann«

»Danke schön«, sagt der junge Poet, und vereinzelt beginnen Leute zu klatschen, bis alle in den Höflichkeitsapplaus einfallen. »Nicht mehr lange …«, murmelt Hartmut jetzt nach vorne zu seinem Flaschenhalter gebeugt. »Nicht mehr lange …« Ich überlege mir, unter welchem Vorwand wir den Saal verlassen könnten, aber ich traue mich nicht. Der Moderator betritt wieder die Bühne und sagt, dass er vor dem nächsten Teil des Films noch etwas zu sagen hätte. Das Mikro klingt, als spreche er durch mehrere Schichten von Spültüchern, Frotteebettwäsche und Isolierwolle. Er steht gebückt, weil er sich nicht traut, den Mikroständer anders einzustellen. Es ist keine Hilfe in Sicht. »Wir vom Literaturverein müssen Ihnen leider die Mitteilung machen, dass der Ministerpräsident des Landes beschlossen hat, die Gelder für das Literaturbüro Unna zu streichen. Wir finden, dass man auch woanders sparen kann, und sind sehr enttäuscht von dieser Offenbarung kalter, profitorientierter Politik. Ich denke, gerade in Zeiten der oberflächlichen Fernsehunterhaltung und zunehmenden Entwertung der Kunst ist es wichtig, die Kultur nicht auf der Schlachtbank des Marktes zu opfern.« Der Mann spricht ohne Betonungen. Er leiert den Text herunter, wie junge weibliche Azubistimmen in Supermarkt-Lautsprechern die Sonderaktion für die ganze Familie am nächsten Samstag ansagen. Er hätte noch einige Minuten so weitergeredet, wäre Hartmut nicht gerade aufgesprungen und hätte bereits mit dem Brüllen angefangen. Ich wusste es. Wir hätten rausgehen sollen. Jetzt ist es zu spät.

»Ja, verdammt noch mal!«, schreit er in den Saal und ist ohne Mikro lauter als alle am Pult lesenden Dichter zusammen. »Dann muss sich die Dichtung eben am freien Markt behaupten wie alle anderen auch!« Ich ahne, in welche Richtung das geht. Hartmut ist nicht unbedingt ein Fan des freien Marktes. Hartmut ist differenziert. Aber jetzt, jetzt ist Hartmut sauer, und das Fass läuft über. »Wenn ich der Ministerpräsident des Landes wäre und durch Zufall in diesen äffischen Reigen von Betroffenheitspoeten stolpern würde, dann hätte ich nicht nur die Gelder gestrichen, sondern noch die Subventionen der letzten zehn Jahre zurückgefordert!« Das Publikum dreht sich jetzt komplett zu uns herum, es sieht aus, als wendeten sämtliche Blüten einer Wiese synchron die Köpfe in die Kamera des Naturdokumentators. Im Zeitraffer. Die Frau mit dem roten Schal vor uns kann nicht mehr an sich halten und fängt an zu lachen. Auch sie ist wahrscheinlich kein Fan des freien Marktes mit ihren Formexperimenten. Aber sie kann nicht mehr an sich halten. Hartmut brüllt weiter: »Wie sieht das denn aus? Wie sieht das denn alles hier aus? Wie muss das auf jemanden wirken, der vor lauter moralischem Verpflichtungsgefühl gegenüber der armen kleinen Dichtung nicht schon längst jegliches Urteilsvermögen verloren hat!!!???« Hartmut fuchtelt mit dem Finger in der Luft herum und bläst seinen Hals auf. Ich sinke tiefer in den Sessel, aber muss langsam auch anfangen zu grinsen. Die Frau mit dem roten Schal macht es irgendwie möglich. Wenn sie lacht, darf ich auch lachen. »Entschuld …«, setzt der Moderator leise an, aber Hartmut unterbricht ihn und grollt entschlossen: »Ich bin noch nicht fertig!!!« Dem Moderator bleibt die Stimme weg. Er steht mit offenem Mund hinter seinem Pult und starrt zu uns herüber. Aus dem Publikum ertönt ein ersticktes »Boah!« zwischen Bewunderung und Empörung. Hartmut fährt fort: »Es muss doch für jeden geistig gesunden Menschen hier der Eindruck entstehen, dass für uns das ganze Leben nur aus Leid und Jammer und Hoffnungslosigkeit besteht. Ja, für uns, die … die …«, und da kommt Hartmut auf der Suche nach Worten fast aus dem Tritt, »… die moralischen, subventionierten, selbstgerechten Bildungsbürger!« Das hat gesessen. An einer Stelle fängt einer an zu klatschen, bricht aber sofort ab, als er merkt, dass niemand einstimmt und die Köpfe für einen kurzen Moment den Klatschverursacher suchen. Als Hartmut fortfährt, drehen sie sich wieder rum. »›Man kann keine erfüllte Partnerschaft führen. Liebe ist unmöglich und eine schöne Lüge. Die Welt ist ungerecht und wird immer schlechter. Die Jugend ist verblödet und unfair. Alle da draußen sind raffgierige Profitgeier, und wir sind die Guten.‹ So klingt das alles hier!« Hartmut rammt die Bierflasche auf die Vorderlehne. Bier spritzt über die Sitze. Niemand unterbricht ihn mehr. Es ist die beste Vorführung des Abends. »Wo immer ich hingehe, blättern sie mir dieselben Feindbilder auf. Konsumgeile Menschen, Handybesitzer, Trendsetter, Spießer, die vorm Fernsehen hocken und sich voll laufen lassen. Ja, und!? Lasst sie doch da sitzen, verdammt noch mal! Braucht ihr sie so sehr, damit ihr hier in euren so genannten Gedichten über sie herziehen könnt? Wisst ihr was? Ihr fühlt euch alle so anders, so eigen. Ihr denkt alle, ihr schwimmt gegen den Strom, dabei seid ihr der Strom. Schon längst!« Hartmut atmet kurz ein und weiß, dass dieser Satz seine Wirkung nicht verfehlt hat. Für eine halbe Sekunde tritt ein Ausdruck von Zufriedenheit und sich selbst anstachelndem Selbstbewusstsein in sein Gesicht. Und von Genugtuung. Jetzt dreht er auf. »Hört, wie ich es verkünde!«, ruft er nun auf einmal und hebt seine Hände, die Bierflasche in der linken. »Hört, wie ich, Hartmut, den Ministerpräsidenten preise, auf dass er ein Ende setze dem Betroffenheitsgeseier, tropfend aus Bärten und der Moral, die uns ertränkt zwischen Kinosesseln. Hört, wie ich verkünde die Spaßgesellschaft und die Lust am Konsum, vernehmt, wie ich wünsche, dass eure Gedichte sich im freien Wettbewerb treffen wie Gokarts, die so lange aneinander rammen, bis noch die letzte Hülle der Karosserie abgefallen ist und jeder sieht, dass ihr unter dem Gewand eurer Selbstgenügsamkeit so nackt seid, wie nie ein Kaiser sein konnte! Hört, wie ich spreche, Hartmut, der einzige Dichter in diesem Raum. Auf Wiedersehen!« Dann dreht er sich um, nimmt die Arme runter und verschwindet mit schnellen Schritten aus dem Saal. Nach einem Moment zähle ich die Sekunden, in denen die Stille im Raum anhält. Es ist, als hätte man das Publikum und den Moderator auf Standbild geschaltet und nur ich kann mich bewegen. Leise stehe ich auf, nehme meine Jacke und schlüpfe aus dem Saal.

Im Foyer steht Hartmut mit dem Kartenverkäufer zusammen und plaudert. Als ich die Treppe hochkomme, sagt der Verkäufer: »Und? Auch noch Nachschub holen?«, und deutet auf den Kühlschrank mit dem Bier. Ich nicke und sehe Hartmut fragend an. Er hat nichts erzählt. Der Verkäufer öffnet mit einem »Plopp!« die Flasche, reicht sie mir und sagt: »Läuft der Film wieder?« Hartmut schüttelt beiläufig den Kopf. »Immer noch Gedichte. Das letzte eben war echt gut!« Dann stößt er prostend seine Flasche gegen meine. Hartmuts Bekannter erscheint auf der Treppe, seine losen Zettel in der Hand. Er guckt ein wenig bedröppelt, aber nicht so, als könne er Hartmuts Aktion gänzlich die Zustimmung verweigern. »Ich lese heute besser nicht mehr«, sagt er. Hartmut nickt und reicht ihm ein Bier. »Besser ist das!«, sagt Hartmut. Der Verkäufer öffnet sich nun auch eine Flasche. Er hat ein spitzes Gesicht mit runder Brille und Halbglatze, obwohl er sehr jung ist. Er grinst. Wir stoßen an. Drinnen läuft wieder der Film.

Stress

Diesmal macht Hartmut es richtig.

Diesmal meint er es ernst.

Das ist kein spontanes Intermezzo wie damals sein Club für Lebensfreude durch Unperfektheit, auch wenn manche der dort angewandten Methoden jetzt wieder zum Einsatz kommen.

Das ist ein echtes Geschäft.

Selten kommt Hartmut überhaupt noch aus seinem Zimmer, er hat eine Hängeregistration für Kunden angelegt und hält sogar das große Bad und die angrenzenden Räume sauber, weil man nur in einer vollkommen aufgeräumten Umgebung arbeiten könne, in der einem keine Aufgabenberge wie drohende Freischärler im Rücken sitzen. Er praktiziert selbst, was er seinen Kunden rät. Aber er kommt kaum noch aus seinem Zimmer raus. Seit zehn Wochen.

Die Idee, seine Kurse zur Anti-Stress-Beratung rein übers Internet anzubieten, lag allein in dem beschämenden Auftritt unseres Mietshauses begründet. »Da können wir hier drin noch so gut aufräumen und in jedem Zimmer ein kleines Brünnlein mit Tai-Chi-Musik plätschern lassen: Wenn die Leute draußen die Fassade sehen, denken die sich doch, dass in der Höhle höchstens ehemalige Junkies, aber wohl kaum Lebensberater hausen!«, hatte Hartmut damals gesagt, und wo er Recht hat, hat er Recht. Daraufhin machte er tatsächlich Ernst, durchforstete das Internet nach kostenlosen Beratungsstellen und Selbsthilfegruppen, fand Hunderte von Angeboten und konnte sich doch davon überzeugen, dass es *eines* noch nicht gab: persönliche Beratung per eMail, auf ganz private Probleme hingeschnitten, jedes Individuum in seinem Einzelfall wahrnehmend und somit nicht etwa gehbehinderten Frührentnern mit Bandscheibenvorfall und Wohnsitz im Hochhaus direkt an der A 40 ratend, sie sollten in der Natur joggen gehen und doch bitte bei offenem Fenster und frischer Luft meditative Atemübungen betreiben. Hartmut ließ sich von studentischen Bekannten aus den Medienwissenschaften ein Logo entwerfen. Hartmut kramte alles zusammen, was er je über Life-Management gelesen und gesammelt hatte. Er wertete *Hörzu, Bild der Frau*-Ausgaben und selbst alte *Yps*-Hefte aus, las Bücher über Bioenergetik, Körpertypentheorie, Alltagspsychologie und das Burn-out-Syndrom und saß teilweise so lange unter der Lampe am Küchentisch, wie er einst hilflos vorm Fernseher gehockt hatte, den er nicht mehr ausschalten konnte. Es schien mir, als breche nun aller Aktionismus, den er jemals in Trägheit, Fehlversuchen und einem gewissen Irrsinn ertränkt hatte, mit einem Schlag wie eine Flutwelle hervor und versorge ihn mit Energie für zwei Jahre kontinuierlicher Arbeit. Nach nur sechs Wochen hatte er den Internetauftritt online gebracht, und seit nunmehr zehn Wochen liefen die Geschäfte. Erst ein Kunde, dann zwei, dann vier, dann hatten sich innerhalb einer Woche die Zahlen fast verzehnfacht. Ich weiß nicht, was er richtig macht und wie, aber eines ist klar: Er macht alles anders. Alles.

»Boah, die Frau mit dem Mann ist eine harte Nuss!«, sagt er jetzt, als er aus seinem Zimmer kommt und an den Kühlschrank geht.

»Es gibt viele Frauen mit einem Mann«, sage ich, der ich am Küchentisch sitze und die Anleitung zu *Vagrant Story* lese, dem raren Rollenspiel für die Playstation, das ich gestern im Secondhandshop ergattert habe. Hartmut öffnet mit einem »Plopp!« die vakuumverschlossene Biomilchflasche. Er lebt auch selbst gesünder, seit er es den Leuten empfiehlt.

»Und der Student«, fährt er fort, ohne auf meine Bemerkung einzugehen. Er weist jetzt einen Milchbart auf. »Der hat sich bereits für die Diplomarbeit angemeldet und noch nicht mal vorher angefangen. Noch nicht mal ein wirkliches Konzept erstellt. Ich möchte den Professor sehen, der das durchgewunken hat. Jetzt steht er da, die Uhr tickt, und im Grunde will er, dass ich ihm die Arbeit schreibe. Aber so geht's auch nicht. So geht's ja auch nicht.«

Ich habe den Eindruck, dass Hartmut nicht gerade entspannt ist, wie er da so seine Klienten in Sachen Stressbewältigung beraten muss, aber ich halte den Mund. Ich weiß, dass er es gut macht, sonst hätte er nicht in zehn Wochen an die vierzig Kunden akquiriert. Ich habe mal ein, zwei Abschnitte seiner Texte gelesen. Sie waren wirklich tauglich. Originell, spritzig, genau auf das Leben der Leute zugeschnitten. Er scheint sich reinfühlen zu können, er ist ein perfekter Überzeuger. Nach seinen Mails räumen Messies plötzlich gerne auf, und ausgenutzte Fleißmännchen lernen, »Nein!« zu sagen. Er kann das, der Hartmut. Die Kunden sehen ja nicht, was hier in unserer Küche passiert. Küche ist backstage. Angus Young von AC/DC ist auch ein braver, einfacher Mann, wenn er von der Bühne geht.

Und André Rieu bestellt bestimmt Nutten und Koks. Hartmut stellt die Milch zurück, grinst kurz zu mir rüber und geht wieder in sein Zimmer. Sein Computer surrt zehn Stunden am Tag, seit zehn Wochen. Er schreibt jetzt der Frau mit dem Mann und dem Studenten mit der Diplomarbeit.

Ein paar Tage später höre ich ihn, wie er um vier Uhr morgens in der Küche hantiert. Eine Schüssel wird auf Holz gestellt, ein Karton raschelt, Cornflakes werden eingefüllt, Milch plätschert. Dazu ein knappes, lautes Atmen. Ich muss ohnehin pinkeln, stehe auf, gehe in Unterhose in die Küche, reibe mir die Augen und frage ihn, was er da macht. »Aufstehen!«, sagt er kurz angebunden und rammt den Löffel kaum merklich, aber heftig in die Schüssel. »So früh?«, frage ich und kratze mich genital.

»Ich muss wenigstens heute um zehn Uhr dieses Hauptseminar besuchen. Ich muss aber auch noch vier Leuten antworten. Teilweise echt schwere Fälle. Da brauche ich 'ne Stunde pro Mail.« Er nimmt die Schüssel in die Hand und dreht sich um. Er sieht dunkel aus vor dem Licht über der Spüle, ich spüre die kalten, beigebraunen Kacheln auf dem Boden und lese die Schriftzüge der Band-Aufkleber auf unserem Kühlschrank. Ich bin ziemlich zerschlagen. Als würde ich mit meinem kurzen Schweigen einen Vorwurf äußern, sagt Hartmut: »Ich studiere schließlich auch noch gleichzeitig!«, sieht mich einen kurzen Moment so an, wie die Frau mit dem Mann ihren Gatten anschauen würde, und geht schnellen Schrittes in sein Zimmer. Ich will ihm noch sagen, dass er die Anzahl seiner Kunden vielleicht beschränken sollte, wenn er gleichzeitig noch sein Studium weitermachen will, und wie es vielleicht doch mal mit Textbausteinen wäre, aber da knallt auch schon seine Tür zu, und er tippt die erste Beratungsmail des jungen Tages. Ganz persönlich, versteht sich. Der gute, allzu gute Hartmut.

Um zwölf Uhr komme ich früher von der Arbeit heim, schiebe eine Pizza in den Ofen und finde einen Zettel auf dem Küchentisch. Es ist ein Notizblatt von Hartmut, überschrieben mit »Methoden« und verziert mit dem runden Abdruck einer Kaffeetasse. »Sich auf etwas freuen können / sich etwas gönnen / es dann auch wirklich tun«, steht darauf geschrieben, das »wirklich« ist unterstrichen, darunter kommen Beispiele wie in einer Liste. »Vgl. Playstation und Wanne«, steht da, und mir wird klar, dass Hartmut meine Gewohnheiten als vorbildhafte Entspannungsmethode seinen Klienten empfiehlt. Es schmeichelt mir, dass mein Leben anderen irgendwie helfen kann, und zugleich macht es mich nachdenklich, dass es Leute gibt, denen man beibringen muss, dass sie sich ein Wannenbad oder ein Spielchen nicht nur vornehmen, sondern dann auch wirklich gönnen sollen. Wenn ich Feierabend habe, habe ich Feierabend. Meine Pizza klingelt. In der Wohnungstür dreht sich der Schlüssel.

Als gegen 20 Uhr das Telefon läutet und ich Hartmut für eine gewisse Mona ans Telefon holen soll, winkt dieser ab und deutet mir mit Zeichensprache, nicht da zu sein. Als ich aufgelegt habe, nähert sich seine Stimme durchs große Bad dem Flur und spricht: »Es gibt ganz klare Vereinbarungen in meinen Beratungsverträgen. Die Kommunikation erfolgt über eMail, nicht über Telefon. Und ich kann auch nicht immer erreichbar sein, wie soll ich das denn dann alles bewältigen? Ich schreibe ihnen doch klipp und klar, dass sie das, was ich ihnen vorschlage, einfach nur tun sollen, egal, ob sie sich danach fühlen oder nicht. Es wird dann schon bergauf gehen. Der Appetit kommt beim

Essen, die Befreiung beim Machen, du weißt schon, Lösungen.« Als er das sagt, wird er kurz still und guckt auf die Fußleiste. Wir denken beide an Susanne, die er damals verjagt hat, weil er da noch genauso ein Chaot war wie seine Klienten, die er jetzt berät. Er hat ja auch nicht hören wollen. Er pult mit dem Finger in den Schlosslöchern des Türrahmens, lehnt kurz Körper und Kopf daran, seufzt und sieht aus, als sei er endlich mal wieder der Hartmut, der den ganzen Tag einfach nur in der Wohnung rumlungern und sich über wieder entdeckte Artefakte in Schubladen freuen kann. Dann stößt er sich wieder vom Rahmen ab und geht an seinen Computer zurück. Das Tippen klingt hart, als es einsetzt.

Drei Tage später liege ich in der Wanne und höre nebenan, wie er anfängt zu schreien. »Natürlich!«, brüllt er, »natürlich, wieso solltest du mich auch reinlassen!?« Dann klingt es, als habe er seinen Schreibtischstuhl durch das Zimmer getreten, und er reißt die Tür auf. »Dieses scheiß Internet!«, keift er, und ich fühle mich frevelhaft, wie ich da in der Wanne liege, während er schon wieder seit heute Morgen schuftet, an einem Samstag. Mittlerweile muss er fünfzig Kunden haben, für den Studenten hat er die Einleitung und einen kompletten Abriss der Diplomarbeit geschrieben, »weil das noch weniger Arbeit ist, als dem jeden Schritt zu erklären!«, wie Hartmut gesagt hat. Jetzt läuft er mit den Händen in den Hüften im Bad auf und ab und hat diesen Blick drauf, den Menschen bei Umzügen aufsetzen, wenn eigentlich allen klar geworden ist, dass der Massivschrank nicht durchs Treppenhaus passt, und trotzdem alle noch herumstehen, als könne eine Lösung bar jeder Logik und Physik vom Himmel fallen. »Ich bin jetzt schon sieben Mal online gegangen! Sieben Mal! Mit allen möglichen Verbindungen.

Der wirft mich immer wieder raus! Ich kann keine Mails holen, keine Mails senden, ich kann meine Seite nicht aktualisieren, nichts!«

»Dann nimm meinen Computer«, sage ich und ernte Blicke wie von einem Kammerjäger. »Soll ich alle Mailtexte manuell kopieren und dann bei dir online raussenden, oder was? Das ist doch schon alles vorbereitet. Außerdem liegt's an unserer Scheißtechnik hier. Nicht mal ISDN in dem Haus. Und überhaupt, ich hab doch wohl das Recht darauf, dass mein Werkzeug funktioniert, oder!!??«

»Heiße ich Anderson?«, frage ich.

»Wie bitte?«, fragt er.

»Heiße ich Anderson? Ich vermute mal, so heißen Chefs von Internetprovidern. Ich heiße aber nicht Anderson, ergo kann ich nichts dafür. Also brüll mich nicht so an, wenn ich bade. Ich entspanne hier.«

»Hmpff!«, macht Hartmut und geht wieder in sein Zimmer. Ich höre das leise Klicken der Maus und die gurrenden Geräusche des Modems, dann ist ein paar Sekunden Ruhe. Hartmut klickt wieder und scheint den Posteingang zu öffnen, dann gibt es einen Moment gar keine Geräusche, bevor ein leise anschwellendes, irres Gelächter einsetzt. »Ja. Jahaha. Jahahahahaha!«, macht Hartmut und fiept dabei kehlig, ich höre Fußgetrappel hinter der Tür, und es hört sich an, als fiele seine Zimmerpalme um. »Latürnich! Latürnich!«, quietscht Hartmut jetzt und wiederholt immer wieder eine Art akustischen Algorithmus, er läuft im Raum im Kreis, und ich wundere mich, welche Töne er aus seinem Körper zaubern kann. Dann reißt er die Tür auf, kommt in gespielt lässiger Haltung ins Bad gewippt und grinst mich an, als wolle er sagen: »Sieh her, wie ruhig ich bin. Ich bin ganz ruhig. Es verarscht mich ja nur die ganze Welt und tanzt auf meiner Nase rum, aber ich bleibe natürlich ruhig, wie man es von mir erwartet.« Er beugt sich übers Waschbecken, nimmt die Body-Lotion in der hellblauen Flasche, spritzt sich davon viele weiße Streifen ins Gesicht, was irgendwie unanständig aussieht, richtet sich wieder auf, hält kurz inne und fängt dann tieftonig brummend und summend an, die Creme in Gesicht und Haaren zu verteilen. Dann hüpft er auf einem Bein in sein Zimmer zurück, schreit markerschütternd »Ihr Schweine!!!« und wirft ein Lexikon gegen die Tür. Dann ist es still. Ich bewege mich kaum in dem Schaum meiner Wanne, schäme mich fast, dass ich überhaupt Schaum habe, und glaube, ich sei irgendwie verpflichtet, wenigstens nur in einfachem Wasser zu liegen, während mein Freund ein paar Dutzend wartende Kunden per eMail stressberaten muss und nicht ins Internet kommt. Nach wenigen Minuten öffnet er wieder die Tür, hat sein normales Gesicht angezogen, lächelt mich an und sagt: »Die Verbindung geht wieder. Hab grad 'ne Mail gekriegt. Radio 98.5 will mit mir ein Interview machen. Morgen Abend in so 'ner Gesundheitssendung. Live!« Ich sehe ihn an, und mein Badeschaum macht mir wieder Freude. Wir lächeln. Hartmut geht in die Küche und macht sich erst mal einen Tee.

Die Live-Sendung hörte ich mir bei der Spätschicht an. Ich stand mit den Kollegen im Pausenraum und zeigte immer wieder auf das Radio, als wolle ich sagen: »Hört hin, das ist mein Mann!« Sie verstanden nicht wirklich, was Hartmut da über Stressbewältigung erzählte. »Ein Kasten Flensburger – datt is meine Stressbewältigung!«, sagte Martin und grinste durch seine schiefen Zähne.

Es sollte nicht beim Lokalradio bleiben. Ein paar Tage später erhält Hartmut eine Einladung von WDR 2, dem wichtigsten Sender in der Region und Stammprogramm von Hartmuts potenziellen Kunden überhaupt. Büroangestellte, Kaufleute, Autofahrer, Menschen, die morgens mit John Grisham auf den Treppen des Regionalexpress sitzen und die Aktentasche zwischen die Knie gepresst haben.

Heute ist der große Tag, ich warte, dass Hartmut von dem Interview nach Hause kommt, es war eine Aufzeichnung, die morgen früh zur Aufstehzeit der meisten Menschen laufen soll, ich habe eine Flasche Wein kalt gestellt und die Playstation angemacht. Zwei Joypads liegen bereit. Ich will Hartmut in seinem Lieblingsspiel herausfordern. Es gibt was zu feiern. Um acht Uhr öffnet sich die Tür, Hartmut sieht mein Arrangement, lächelt dankbar, setzt dann seinen Cowboy-Schlitzblick auf und nimmt das Joypad.

Am Mittag nach der Sendung geht wieder was in seinem Raum zu Bruch. Seine Stimme tobt sich durch Bad und Flur näher. »Mann, Mann, Mann, du! 124 Mails habe ich heute bekommen, 124 Mails! 18 davon Stammkunden, 27 Neukunden im Probelauf, ein paar Dutzend Antworten zum Grundprofil und der ganze Rest Neuinteressenten. Wir hätten gestern Abend gar nicht spielen dürfen. Ich hätte mich direkt nach dem Interview an die alten Kunden setzen müssen, das abarbeiten. Hätte mir ja denken können, dass die Sendung was bringt! Die mailen mir zum Teil aus ihren Büros! Die werden gemobbt und fragen mich, was sie tun sollen! Ich darf keine Pause machen. Keine Pause!« Er sagt das nicht so, als ob er es glaube, sondern so, als wiederhole er die Druckmittel von Sachzwängen, denen er folgen muss, obwohl er es besser weiß. Er klingt wie ein Entführter, der den Frust seiner Entführer zu verstehen lernt und die moralischen Bemühungen der Diplomaten für weltfremde Scheiße erklärt. Hartmut hat das Stockholmsyndrom gegenüber der Arbeit bekommen. Er hat zweistellig Neukunden. In wenigen Stunden. Er gießt sich Kaffee aus der erkalteten Kanne in eine Tasse, in der ein Rest O-Saft schwimmt. Er kippt sich die Brühe rein, verzieht kurz das Gesicht und nimmt die Tasse mit. In der Tür zum Bad dreht er sich noch mal um und sagt: »Dieser Vollidiot von Student kapiert immer noch nicht, wie er seine Arbeit schreiben soll. Er sagt, er würde die Bücher nicht finden. Ich hab ihn gefragt, ob er mal im Zettelkasten nachgesehen hat oder ob er immer nur alles in die Suchmaschine tippt. Daraufhin kam die Frage, welchen Zettelkasten ich meine. Der Mann ist seit zehn Semestern an der Uni! Was denkt er, wo er da dran vorbeigeht, wenn er die Bibliothek betritt? An einer Verbrecherkartei!?« Hartmut schnauft, sieht mich an, als könne ich was dafür, und geht wieder arbeiten. Im Flur liegt ein Stapel Werbepost. Ein Weberknecht sitzt obenauf und sieht mich an. Ich gehe spielen.

Zwei Level später klingelt es an der Tür, und benebelt von den diesigen Wäldern des Rollenspiels drücke ich die Playstation auf Pause und öffne. Der Mann, der dort steht, kommt von der GEZ. Er fragt, ob er reinkommen dürfe, während er reinkommt und Wohnzimmer, Küche, Bad und Flur durchquert. Dann fragt er mich, ob ich hier alleine wohne, und dreht sich, ohne die Antwort abzuwarten, Richtung großes Bad, das zu Hartmut führt. Der öffnet in dem Moment die Tür und meckert über den Studenten. »Ist Anti-Stress-Beratung etwa ein Chiffre für ›illegales Fremdverfassen von Diplomarbeiten‹?« mosert er, während er durch den Flur in die Küche rennt und den GEZ-Mann nur durch die Augenwinkel wahrnimmt. »Wer ist das denn?«, fragt er, als hätte ich wieder unangemeldet einen Kollegen eingeladen. »Ich bin von der GEZ, wenn Sie nichts dagegen haben«, sagt der Mann, aber Hartmut sieht mich entrüstet an, die Tasse in der Hand, und sagt: »Hast du etwa die Tür aufgemacht?« Ich befürchte, dass es gleich Streit geben wird, doch bevor der Gebührenzähler etwas erwidern kann, klingelt das Telefon. »'tschuldigung!«, sage ich betont freundlich zu dem Mann und nehme ab. »Hartmut, es ist eine Klientin, sie will …«

»Nicht am Telefon, zur Hölle noch mal!«, brüllt Hartmut, und ich zucke zusammen und höre, wie die Frau am anderen Ende der Leitung kurz piept und dann auflegt. Der Gebührenzähler schluckt und muss sich an seine Haltung erinnern. »123 Mails! Es sind noch 123 Mails!«, sagt Hartmut jetzt. »Ich habe in der letzten Stunde erst eine bearbeitet, eine! Ich tue nämlich was für die Menschen und breche nicht in ihre Wohnungen ein, um an ihren Fernsehkabeln rumzuschnüffeln!«, sagt Hartmut und mustert den Gebührenzähler wie eine schwarze Bananenschale in einem Mülleimer an der Raststätte. Bevor dieser was erwidern kann, klingelt Hartmuts Handy, und sein Gesicht wird aschfahl. »Ja, ja, gut«, sagt er und drückt auf die Taste. »Das war das Dekanat der Uni«, sagt er. »Wusstest du, dass ich nächste Woche Nebenfachprüfung habe?«

Ich schüttele den Kopf.

»Ich auch nicht mehr«, sagt er leise und geht in sein Zimmer. Der GEZ-Mann nutzt die Chance, um nun auch in unseren Westflügel einzudringen, ich gehe hinterher, und wir beide beobachten Hartmut, wie er unter einem Stapel Klamotten einen Ordner herzieht, in dem fein säuberlich kopierte Texte abgeheftet sind. »Meine Prüfung«, flüstert er leise, der GEZ-Mann sagt »noch ein Fernseher« und macht eine Notiz wie der Schiedsrichter beim Fußball. »Im Grunde hatte ich das meiste davon ja schon gemacht. Wenn ich jetzt die nächsten vier Tage durchlerne und den Klienten allen eine Mail schicke, dass ich wegen Krankheit ein paar Tage pausieren muss. Aber nee, bei der Kielmann kann ich das nicht machen, die braucht *jetzt* 'ne Lösung. Und die Frau mit dem Mann auch. Aber wenn ich …«

»Sie sollten jetzt vielleicht erst mal diese Anmeldung ausfüllen«, sagt der GEZ-Mann, und als ich Hartmuts Augen sehe, sage ich schnell: »Kommen Sie mit, wir erledigen das!«, und ziehe den Mann in die Küche. Draußen rattert ein LKW über das Kopfsteinpflaster. Es stinkt aus der Waschmaschine. Als ich den Gebührenzähler abgefertigt und aus der Wohnung geschoben habe, gehe ich vorsichtig wieder zu Hartmut wie zu einem Mann ans Krankenbett. Der sitzt krumm vor seinem PC und tippt, die Nase fast auf dem Bildschirm. »Drei Mails hab ich schon. Ich hab jetzt doch mal so 'ne Art Textbaustein geschrieben. Der passt aber nicht auf alle. Da müsst' ich noch mal systematischer ran.«

»Hartmut …« Ich weiß nicht, was ich sagen soll.

»Hartmut …« Ich stehe in der Tür und kratze mit der Socke auf den Fliesen. Hartmut stellt gurrend die Verbindung zum Internet her, um wenigstens schon mal die eine Mail rauszuschicken. Wenigstens die eine. Es gurrt, es surrt, es gurgelt, dann sehe ich, wie die Fehlermeldung kommt und das Fensterchen mit der Verbindung wieder verschwindet.

Dann geht es los.

Hartmut drückt nicht mehr auf die Maustaste, um die Verbindung erneut zu versuchen.

Hartmut drückt nicht mehr.

Er atmet leise ein und aus, schiebt den Unterkiefer weit über den Oberkiefer, rollt auf seinem Schreibtischstuhl zurück und steht auf.

»Hartmut?«

Er geht in den Flur und zieht sich die Jacke an.

»Hartmut?«

Ich folge ihm auf die Straße.

In dem Eckhaus vorne an der Kreuzung befindet sich eine Internetfirma. Irgendeine kleine Klitsche, die bestimmt nichts für Hartmuts schlechte Verbindung kann. Hartmut ist das egal. Hartmut stapft auf das Gebäude zu, das mit seinen schwarzen Zwischenstücken und abgerundeten Ecken wie ein Tetrisquader aussieht. Der Kies vom Weg springt zur Seite, um nicht in Hartmuts Sohlen hängen zu bleiben, die er tief in den Boden rammt. Er biegt ab, streift die niedrigen Hecken, geht einmal um das Haus herum und findet die Tür zum Hinterhof geöffnet. Es ist eine Art Balkontür im Erdgeschoss, junge Männer sitzen an Computern und tippen, frische Luft ventiliert durch die Lüftungen der PC-Tower. Hartmut geht ohne Worte in das Büro, stellt sich kurz in der Mitte auf und spricht laut in die Runde: »Nutzen Sie die Chancen des Internets. Bestellen Sie meinen Anti-Stress-Service. Jeden Tag eine beruhigende Mail, die Sie weiterbringt. Ja, bin ich denn schon drin?« Dann nimmt er den Filter aus der Kaffeemaschine der Leute, beißt kräftig hinein, zerfetzt das nasse, braune Papier samt Inhalt und steht inmitten des New-Economy-Büros wie ein Tiger, dem seine braune, feuchtmatschige Beute in Fetzen aus dem Maul hängt. »Jahahahahahaha!«, gackert er jetzt, »jahahahahahahaha«, rattert es wie ein Maschinengewehr mit hart gesprochenen Hs, »wir brauchen mehr Koffein, mehr Koffein, wer hat gesagt, dass wir schlafen dürfen, wer, wer? Wir haben Prüfung nächste Woche, Prüfung, und 123 Mails sind es noch. 123! Natürlich schreibe ich deine Diplomarbeit, kleines Äffchen, natürlich doch, mein Lieber!« Dann schüttelt er seinen Kopf wie ein Hund, dem kalt ist, und nasse Kaffeefetzen klatschen auf Regale, Schreibtische und Tapeten. Ich stehe in der Tür und höre mein Herz klopfen, ich habe mich noch nie so entrückt gefühlt wie jetzt, die Büromenschen können nichts sagen. Einer bekommt Kaffee in die Haare. Hartmut sinkt in die Knie und sieht sich im Büro um, schmatzt mit dem Mund, als bemerke er erst jetzt, dass er voll Kaffeepulvermatsch ist, sieht mich an und sagt: »Hilf mir …«

Ich deute den Computerleuten, dass alles okay ist, nehme Hartmut beim Arm und gehe mit ihm zum Haus rüber. Dann teile ich ihm mein Zimmer, das Wohnzimmer, die Küche und das kleine Bad zu und sage, dass er diesen Teil der Wohnung in den nächsten Tagen nicht mehr zu verlassen hat. Ich verbiete ihm alle Tätigkeiten außer Essen, Trinken, Schlafen und Playstation-Spielen, sage seinen Prüfungstermin an der Uni ab, verspreche, einen Krankenschein zu besorgen, nehme mir eine Woche frei und beziehe sein Zimmer und den Westflügel. Dann lese ich seine Korrespondenz, studiere die Probleme seiner Klienten, erfinde Textbausteine, rate den meisten, dass sie sich in die Wanne legen, Waldspaziergänge machen, Nein-Sagen lernen und gelegentlich auch mal atmen sollen, scheiße den Studenten zusammen, dass er seine Diplomarbeit ab jetzt alleine zu schreiben hat, da ihn ohne die Fähigkeit zu selbständigem Arbeiten eh nie jemand einstellen wird, und bin nach vier Tagen mit den Kunden durch. Hartmut hat derweil den Kühlschrank leer gegessen, die Weinreste getrunken, acht Spiele geknackt und ganze Tage in meinem Bett verschlafen. Als ich ihm von den Textbausteinen und dem Zusammenscheißen des Studenten erzähle, nickt er und sagt, er werde fortan nur noch fünf Kunden gleichzeitig betreuen und dafür die Preise heben. Schließlich studiere er noch. Ich schreibe einen entsprechenden Passus und füge ihn als Nachtrag in die Homepage ein. Ich komme jedes Mal ins Netz. Bei mir steht die Verbindung ohne Probleme. Ich weiß nicht, warum. Am Wochenende lasse ich Badewasser ein.

Yannick

für DJ

Jetzt ist es also so weit, wir haben einen neuen Mitbewohner.

Yannick.

Yannick kommt aus dem Heim, und die Frau dort hat gleich gesagt, er sei jung und wild und man müsse sich wirklich überlegen, ob man das wolle, aber das schien Hartmut nur noch angestachelt zu haben. Zugegeben, Yannick ist auf den ersten Blick so süß, dass vor allem Paare ihn immer sofort hätten mitnehmen wollen, aber wenn der Kleine sich dann bei einem Anzeichen erster Berührung bereits mit seinem Eckzahn tief in die Finger der Adoptivmutter gebohrt hatte, entschieden sich die potenziellen Eltern doch gerne um.

Hartmut nicht.

Hartmut hat ein Faible für schwer Erziehbare, und so steht Yannick gerade auf dem kleinen Regal in der Küche neben dem Radio, wirft mit seiner rechten Tatze einen Plastiktopf mit Kunstblumen herunter, schaut ihm nach und macht ein enttäuschtes Gesicht, als das Gesteck nicht auf den Fliesen zersplittert, sondern einfach nur mit einem trockenen »Plopp« auftrifft und ein Stück durch die Küche kullert. Yannick springt hinterher und rollt das Töpfchen wütend und vergnügt in den Flur, durch Hartmuts Beine hinweg, der gerade in die Küche kommt und unserem kleinen Sohn vergnügt nachblickt. »Ich liebe diese Frühaufsteher!«, sagt er, während ich meine Choco Pops futtere, die ich auf Anraten von Hartmut in ein Glasgefäß umgefüllt habe, weil die knalligen Kartons unsere Wahrnehmung zu sehr ablenken. Hartmut hat schnell solche Tipps parat. Er betreibt immer noch seinen eMail-Dienst zur Lebensberatung. »Yannick hat in die Ecke hinter den Videorecorder gekackt!«, sage ich und versuche dabei so gleichmütig wie möglich zu klingen. Hartmut sieht mich an, zieht kurz die Augenbrauen hoch, geht ins Wohnzimmer, um das Malheur zu inspizieren, holt Küchentücher, einen Lappen, Sagrotan und Febreze und spricht beim Saubermachen wie eine klassische Hausfrau einfach weiter. »Da dürfen wir noch nicht so streng mit ihm sein. Der gewöhnt sich schon noch an das Katzenklo im Bad.«

»Hartmut«, sage ich und setze meinen milchtropfenden Löffel ab, »der kackt nicht aus mangelnder Übung in die Ecken, der hat immer noch seine Protestphase.«

»Eben«, sagt Hartmut, »und deshalb müssen wir so tun, als wenn uns das gar nicht aufregt, dann verpufft der Protest einfach ins Leere. Du weißt doch, Lösungen zweiter Ordnung.« Ich hebe die Hände und nicke. Ich kenne den Vortrag. Hartmut hat auf alles eine Antwort. Hartmut macht Lebensberatung. Yannick kommt wieder in die Küche getänzelt, stolziert ein wenig und sieht das braune Küchentuch in Hartmuts Hand. Hartmut tut so, als handele es sich dabei gar nicht um Yannicks Geschäft und als denke er gerade an etwas völlig anderes, und der kleine, ein paar Monate junge, sportliche, schwarze Kater grinst süffisant in sich hinein.

Das Problem mit Yannick fängt schon da an, dass es nur eine

Sache gibt, die er wirklich gerne isst. Sahneschokoladenmandelpudding. Ich habe das herausgefunden, als er einmal mit einem besonders umfangreichen Zerstörungstrip zugange war, infolgedessen das komplette untere Drittel der Wohnzimmertapeten, der Hibiskus auf der Fensterbank, die linke untere Ecke der Beistellcouch und das komplette Gewürzregal dran glauben mussten. Ich saß währenddessen auf dem Sessel, spielte Playstation und aß derlei Pudding, als Yannick plötzlich mit der Verwüstung der Wohnung aufhörte, auf meinen Schoß sprang, herzzerreißend miaute und seine Schnauze schon in dem Moment in meinem Becher steckte, als ich mit einem kaum in Superzeitlupe wahrnehmbaren Minimalnicken die Erlaubnis zur Selbstbedienung vage angedeutet hatte. In ein paar Sekunden hatte er sich den nicht mal billigen Pudding reingeschleckt und rollte sich fortan auf meinen Beinen ein, schnurrte und ließ sämtliche Wohnungseinrichtungen an diesem Abend in Ruhe.

»Es ist der Pudding«, sagt Hartmut jetzt, als er das Küchentuch mit Yannicks Geschäft in die Mülltonne schmeißt und ich meine letzten Choco Pops auslöffele. »Der Pudding stört seine Verdauung. Er kann das dann nicht mehr kontrollieren.«

»Ich glaube, er kackt eher aus Protest, weil er zu wenig Pudding kriegt«, bringe ich meine Gegenthese an. Yannick sitzt derweil auf der Lehne des Wohnzimmersessels und sieht uns durch den Perlenschnurvorhang interessiert und mit großen Augen an, ohne uns einen Hinweis auf die Richtigkeit unserer Thesen zu geben. »Man kann weder das eine noch das andere beweisen«, sagt Hartmut und wäscht sich die Hände über der Spüle. Dann nimmt er sich einen Kaffee. »Ich halte es für sinnvoll, wenn er eine Katzenlandschaft kriegt«, sagt er.

»Eine was?«, frage ich.

»Eine Katzenlandschaft. Holzbretter mit Stoff verkleidet, irgendwo recht weit oben über Schränke und Dielen gebaut, mit viel Auf und Ab und Seilen und …«

»Klingt wie ein Affenkäfig im Zoo«, sage ich, und Hartmut nickt, an seiner Tasse nippend. »Ja, genau! So ähnlich. Der Kleine will beschäftigt werden.«

»Wir haben kaum Schränke«, bringe ich an und habe damit sogar Recht, denn die einzigen wirklichen Schränke im öffentlichen Teil dieser Wohnung stehen in der Küche. Im Wohnzimmer gibt es nur die Couchen, den Couchtisch, den Fernsehtisch und das Regal mit der Playstation-Bibliothek. Und in meinem Zimmer wird mit Sicherheit keine Zoolandschaft gebaut.

»Ich habe in Heuristik aufgepasst«, sagt Hartmut, geht raschelnd durch den Perlenschnurvorhang, stemmt wie ein Schreiner auf Begutachtung die Hände in die Seiten und schaut sich die Decke des Wohnzimmers an. »Improvisation ist die Muse des Erfinders! Wer sagt, dass wir Schränke brauchen?«

Ich stelle mich daneben, schaue auch nach oben, schüttele den Kopf, ahne, was er vorhat, und sage: »O nein!« Yannick sitzt auf der Sessellehne, hat das kleine Köpfchen auch nach oben gerichtet und sagt: »O ja!«

Yannick sollte Recht behalten.

Am Wochenende stehen wir im Wohnzimmer und haben die Einzelteile auf dem Boden und den Couchen ausgebreitet. Hans-Dieter ist zum Helfen gekommen, denn Hans-Dieter hat ja schon seit Jahren eine Katze und kann uns als dessen erfahrener Mitbewohner somit beiseite stehen. Er hat seine DJ nicht mitgebracht, denn Yannick ist auf ältere Artgenossen gar nicht gut zu sprechen. Einmal, als Hans-Dieter mit DJ an seiner Seite am Fenster vorbei zur Mülltonne ging, stand Yannick auf der

Fensterbank, und ich hätte wirklich schwören können, dass er der stolzen Katze unseres Nachbarn auf Katzenart den Stinkefinger gezeigt hat. Jetzt sitzt Yannick in der Küche und ist mit Sahneschokoladenmandelpudding abgelenkt, während Hans-Dieter und Hartmut die Bretter sortieren und überlegen, welches in welcher Reihenfolge an die Decke gehängt werden soll. Ich halte es ja für eine recht wahnwitzige Idee, eine komplette Laufsteg- und Kletterlandschaft an der Decke zu bauen, befestigt an den Seitenwänden des Zimmers, von wo aus dann Auf- und Abstiegsrampen in diese künstliche zweite Wohnzimmeretage führen, und verstärkt mit Seilen und Ketten, die mit kräftigen Ösen in unsere Decke und somit in Kirstens Fußboden gerammt werden. Vielleicht ist das alles auch einfach ein bisschen viel Aufwand dafür, dass ein kleiner, junger Kater mit der Zerstörung der Wohnung und dem wilden Kacken in die Ecken aufhört. Vielleicht habe ich aber auch einfach keine Ahnung von Hartmuts Heuristik ... er ist der Problemlöser von uns beiden, er hat einen eMail-Beratungsdienst und er macht gerade wieder gut, dass er damals Susanne aus seinem Leben verdammt hat, die ihm genau das predigte, was er jetzt Tag für Tag tut und anderen per Internet rät. Susanne kam einfach zu früh. Alles hat halt seine Zeit. Das ist jetzt auch schon wieder recht lange her. Ich gehe in die Küche, um mir ein Glas Milch zu holen, als Yannick plötzlich von seinem Puddingtopf zurückschreckt, als sei ihm der Leibhaftige begegnet, und auch ich zusammenzucke, als begännen unangemeldete Luftangriffe über dem Ruhrgebiet. Hartmut hat die erste Bohrung vorgenommen. Es wird wieder leise, ich höre Putz aus der Decke rieseln. Hartmut niest und sagt: »Boah, das ist härter, als ich dachte.«

»Versuch's mal mit Schlagbohrfunktion«, sagt Hans-Dieter,

doch bevor Hartmut erneut bohren kann, kommen Yannick und ich ins Wohnzimmer und blicken die beiden Heimwerker empört an. »Sag mal, war dir bewusst, dass Katzen alles zigfach lauter hören als Menschen? Wenn du so weitermachst, hat Yannick zwar sein Kletterparadies, aber dann kann er auch als tauber Kater da drüberhuschen.« Yannick nickt und guckt giftig, dann dreht er sich um und geht wieder in die Küche. »Oh, entschuldigt bitte, ihr beiden!«, sagt Hartmut mit dieser hohen, gerührten Stimme, mit der Männer sonst nur mit Freundinnen am Telefon reden, geht Yannick hinterher und will ihn trösten, fängt sich aber nur ein Fauchen ein. Bedröppelt sieht er mich an. »Kümmerst du dich eben um ihn?«, fragt er, und ich nicke, nehme Yannick auf den Arm und gehe mit ihm in den Westflügel in Hartmuts Zimmer, möglichst weit weg von dem Getöse. Ich schließe alle Türen hinter mir. Als Hartmut drüben wieder zu bohren anfängt, halte ich Yannick aus Scherz die Ohren zu und bemerke erst einen Moment später, dass sich der Kleine nicht gegen diesen Anfall menschlicher Stofftierisierung von Katzen wehrt, sondern sich tief und innig in meine Arme einrollt, als wolle er auf ewig darin verschwinden. Er miaut, als ich die Hände wieder von seinen Ohren nehme und das, obwohl Hartmut gerade wieder Bohrpause macht, und als ich sie vorsichtig wieder ansetze, merke ich an seinem Schnurren, was ihm an meiner Berührung so sehr gefällt. Immer, wenn ich mit meinen Händen sanft an diese Katzenohrrandhärchen komme, die fein von den Lauschern der Katzen abstehen, drückt er seine Schnauze inniger gegen meine Brust. Ich fahre mit dem Finger vorsichtig und mit dem Strich an diesen Härchen entlang, setze mich mit ihm auf Hartmuts Bett und spüre, dass ich Yannicks liebsten Punkt gefunden habe. Mit

Sahneschokoladenmandelpudding und den Katzenohrrandhärchen habe ich ihn. Was bin ich doch für ein prächtiger Ziehvater und Pädagoge. Als Hartmut jetzt zum dritten Mal bohrt, höre ich, wie Hans-Dieter »Ohooo!« schreit, es knackt und plötzlich etwas Schweres und Hartes auf den Wohnzimmerboden knallt. Ich lasse Yannicks Ohren los, der bettelt, ich signalisiere ihm, dass ich die beiden Männer eben von der Zerstörung des Hauses abhalten muss, er bleibt in Hartmuts Bett, und ich gehe ins Wohnzimmer. Dort stehen Hartmut und Hans-Dieter um einen riesigen, sicher einen halben Meter messenden Brocken Beton, der komplett aus der Decke gebrochen ist, in welcher jetzt ein Loch klafft, das vorwurfsvoll und leise nachrieselt. Ich denke an die Risse in der Hauswand draußen und daran, dass wir hier immer noch in einem schiefen Gebäude stehen, dessen Westseite im Keller von provisorischen Stempeln gestützt wird. Hans-Dieter und Hartmut sehen stumm auf den Brocken herab. Es klopft an der Tür. »Macht auf, verdammt noch mal! Was macht ihr denn da?«, brüllt Kirsten aus dem Hausflur, und jetzt rächt es sich, dass wir zwischen Flur, Küche und Wohnzimmer alle Türen ausgebaut haben und ich nicht so tun kann, als wäre der Zugang zum Wohnzimmer gerade versperrt. »Einen Moment!«, rufe ich durch die Tür, und Kirsten erwidert tobend: »Nein, keinen Moment mehr, ich rufe gleich meine Kollegen an. Ihr bohrt mir ja den Boden unter den Füßen weg! Macht sofort auf, oder ich raste aus!« Hartmut steht mittlerweile hilflos in der Küche, Hans-Dieter steckt seinen Kopf aus dem Wohnzimmer und flüstert uns zu: »Los, schnell, alle Bretter und Sachen in dein Zimmer, schnell!« Ich vertröste Kirsten noch einen Moment, während Hartmut und Hans-Dieter die Bretter, Seile und

Ketten in mein Zimmer schaufeln und die provisorische Spanholztür zumachen. Dann öffne ich, Kirsten schießt, ohne mich anzusehen, ins Wohnzimmer und macht nur kurz »Wah!«, als sie den Krater in der Decke sieht.

»Wir wollten hier lediglich mal eine neue Lampe anbringen, so eine schöne alte Hängelampe«, sagt Hans-Dieter, »als uns die halbe Decke entgegenkommt.« Hartmut nickt erschrocken. »Du bist doch Polizistin, also wirklich, ich finde, da muss man doch mal was gegen die Hauseigentümer machen. Das kann doch nicht sein, dass man hier ein Loch für eine Lampe bohren will und dann das halbe Haus zusammenbricht. Auch die Risse da draußen und der Schrott im Keller. Kirsten, du kennst dich doch bestimmt aus mit dem Gesetz, sollen wir da nicht mal gemeinsam was unternehmen? Zumindest eine Mietminderung muss doch drin sein!« Kirsten stemmt jetzt den angewinkelten Ellbogen in die Hand, fasst sich mit der anderen ans Kinn, wechselt das Standbein und macht einen grüblerischen Eindruck. »Ja«, sage ich jetzt, »stell dir mal vor, man wolle noch was ganz anderes in die Decke bohren, einen Punching Ball etwa oder noch abenteuerlichere Sachen. Neulich habe ich von einem Mann gelesen, der ein Äffchen als Haustier hatte und dem eine ganze Kletterlandschaft unter die Decke baute. Kirsten, stell dir vor, dann wär hier alles zusammengebrochen.« Hartmut und Hans-Dieter sehen mich mit offenem Mund an. Dann setzt Hartmut nach: »Meinst du, du kannst mal herauskriegen, ob wir da was unternehmen können, auch jetzt hier mit dem Loch? Das muss ja auch bezahlt werden.«

»Wir sind da ja nur Laien«, sagt Hans-Dieter noch schnell.

Kirsten nimmt den Arm vom Kinn, sieht uns mit wachen Augen an und sagt nachdrücklich nickend: »Ja, Jungs, das finde ich mal heraus. Wir lassen uns doch von den Vermietern hier nicht alles gefallen. Die wollen wohl noch, dass wir das Haus von selbst zugrunde richten, und wenn wir weg sind, können sie es endlich abreißen. Ist denen doch eh ein Klotz am Bein, diese Dreckserbschaft!«

Wir nicken.

»Aber seht mir zu, dass ihr die Decke nicht mehr anfasst! Und lasst das stopfen. Hans-Dieter, du kennst doch bestimmt ...«

»Jaja, ich weiß da schon jemanden«, sagt Hans-Dieter.

»Gut«, sagt Kirsten und geht in Richtung Tür. »Ich melde mich dann, wenn ich was weiß.« Ich mache eine peinliche »Daumen nach oben«-Geste, die sie tatsächlich erwidert. Dann geht die Tür zu, und wir drei brechen in Gelächter aus.

Die Kletterlandschaft wurde natürlich nie gebaut, die Bretter und Seile wurden zurückgebracht, ein Schwarzarbeiter aus Hans-Dieters Bekanntenkreis stopfte die Decke, und Kirsten erstritt durch bloße, geschickte Drohungen 100 Euro Mietminderung für uns alle. Yannick ist derweil zu Hartmuts Erstaunen immer braver geworden. Er benutzt sein Katzenklo, zerstört kaum noch Inventar und kann stundenlang auf der Couch liegen und uns beim Playstation-Spielen zusehen. Ich verrate Hartmut noch nicht, dass das vor allem an meiner Katzenohrrandhärchen-Strategie liegt. Irgendeinen Vorsprung vor ihm muss ich ja auch mal haben. Und immer, wenn es irgendwie ungemütlich wird, essen wir Pudding. Yannick und ich.

Lokalsport

Fußball war schon immer unsere Sache. Natürlich nicht so, wie es die Sache der meisten deutschen Männer ist. Unser Fußball findet auf der Playstation statt und auf Wettseiten im Internet, in der kleinen Stecktabelle in der Küche und in gelehrten Diskussionen über Spielstrategie und Vereinspolitik. Hartmut und ich stehen auf den SC Freiburg, weil er seit zig Jahren den gleichen Trainer, ein winziges Stadion und keine Hooligans hat. Wir verachten Manager, die mit Millionen um sich werfen, bewundern die Spieler, die sie dafür kaufen, und haben natürlich ein Wappen vom FC St. Pauli im Flur. In unserem Haushalt gibt es Fachbücher mit Titeln wie *Der Ball ist rund, damit das Spiel die Richtung ändern kann*, und auf dem Regal im kleinen Bad neben dem Klo liegen der *Kicker* und *Elf Freunde*. Selber gespielt haben wir nie, zumindest nicht in regulären Vereinen. Ich bin mit der Betriebsmannschaft Vierter in der Spaßliga, Hartmut zockt mit Kommilitonen in einem Indoor-Center auf Kunstrasen. Doch seit einigen Sonntagen treibt es uns auch in die eigentliche Welt des deutschen Fußballs, fernab von Studentengrüppchen und stylish-alternativen Sportfreunden. Jetzt gehen Hartmut und ich genau da hin, wo's wehtut. In die Landesliga. Auf die kleinen Sportplätze, wo junge Schiedsrichter unter Beschimpfungen leiden und von einer Zukunft als Profi träumen und wo alte Männer an den Banden Jägerhüte tragen. Diese Welt der Kaffeeplastikbecher und Vereinskneipen, diese Welt von Bratwurst und Franz-Branntwein an schwitzenden Waden ist nun auch unsere Welt. Eigentlich ist es natürlich Hartmuts Welt, denn er ist es ja, der als Redakteur für Lokalsport bei der örtlichen Zeitung angeheuert hat, weil das Geld mal wieder knapp geworden ist. Und sicher: Der Job ist zum Schreien einfach und bringt etwas ein.

Ich gehe seit drei Sonntagen mit zu Hartmuts Fußballaufträgen, denn irgendwie habe ich Spaß an kleinem, regionalem Live-Fußball, und außerdem bekommt man nirgendwo anders Kaffee und Kuchen sowie Bier für läppische 1,20 Euro! An Hartmuts allererstem Termin war ich nicht dabei, da ich gerade im Playstation-Fluss war und *Medal Of Honor* bis in den frühen Morgen durchgespielt hatte. Heute steht Hartmuts fünfter Arbeitstag an, und nach einem guten Frühstück mit Brötchen, Rührei und Kaffee mit Schuss ziehen wir unsere seriösen Journalistensachen an und gehen los. »Ich muss dich aber warnen«, sagt Hartmut, als wir vor dem Haus stehen und die Richtung zur Bushaltestelle einschlagen. »Da kommen zum Teil echt miese Sprüche von den Leuten. Musst du nicht so ernst nehmen.« Er sagt es schnell und leise und guckt etwas leer geradeaus. »Kannst ja nix für die«, murmele ich ebenso krümelig und fühle mich etwas unwohl. Dann unterhalten wir uns über die Bundesligaergebnisse vom Vortag und reden wieder lauter.

Auf dem Platz angekommen, wird das Spiel gerade angepfiffen, und die gleichmäßige Sinfonie von vereinzelten Spielerrufen, Publikumsgemurmel, einer hörbar frischen Brise und dem trockenen »Pfupp«, wenn der Ball auf Füße und Körper trifft, weht uns entgegen. Wenn ein Pfiff ertönt, steigt die Lautstärkekurve ein wenig an und senkt sich nach dem Freistoß wieder. Nur bei Rudelbildung und mehreren kritischen Szenen hintereinander, bösen Fouls und spielentscheidenden Elfmetern türmt sich das Sonntagskonzert zu fast Wagnerschen Tumulten auf, die von der Stimmung her jederzeit in Kriegshandlungen kippen könnten. Heimlich warte ich natürlich auf so was. Und auch Hartmut hätte dann mehr zu schreiben.

Wir stellen uns auf die hellen Betonstufen, die als provisorische Tribüne den kleinen Platz umgeben, es sind etwa achtzig Leute gekommen, auf der gegenüberliegenden Seite verkaufen Frauen Kaffee, Tee und Streuselkuchen. Bier gibt es nur im Vereinskiosk, einer kleinen Kneipe im Gebäude mit den Kabinen, in der Pokale, Wimpel und alte Fotos von historischen Mannschaften hängen. Die Heimmannschaft in Blau beginnt recht unsicher, das Auswärtsteam in Schwarz kann früh ein paar schnelle Konter ansetzen, die den Ball mehrmals gefährlich knapp über und neben das Tor des heimischen Keepers jagen. Der schimpft zu Recht mit seiner Abwehr und gestikuliert auf dem Rasen, während der Trainer am Spielfeldrand auf und ab läuft und Halbsätze wie »Timmo, rechts!« oder »Abdel, die Räume dicht!« auf den Platz brüllt.

Die Männer, die hinter uns auf den Steintreppen stehen, verschränken die Arme und deuten lose mit dem Finger auf den heimischen Torwart. »Das ist der Junge vom Richter, der steht erst seit dieser Saison im Kasten«, sagt ein großer Mann in Lederjacke, dessen graue, fettige Haare wie ein feuchter Putzlappen hinten über den Kragen hängen.

»Dem Elektro-Richter?«, fragt ein kleinerer Mann in Jeansjacke und beigefarbenen, sauberen Boots, leiser und wärmer.

»Ja.«

»Hat der nicht damals bis Oberliga gespielt?«

»Jaja, war ein guter Fußballer!«, schaltet sich ein Dritter ein und zieht dabei die Augenbrauen hoch, um die Relevanz der Aussage zu betonen. Er scheint der Älteste aus der Sippe zu sein, sein Gesicht ist von Furchen und Falten durchzogen, und doch wirkt er irgendwie fit und kompakt, wie er da braun gebrannt und wie ein Zeugwart in seinem Trainingsanzug dasteht. Auf dem Platz foult ein Spieler der Gäste einen heimischen Stürmer. Der Schiri pfeift und fummelt nach den Karten. Hartmut macht Notizen.

»Ach was, dat war doch nix!«, brüllt der fetthaarige Mann, und seine Augen funkeln noch fieser, als sie es schon im Normalzustand tun.

»Was hast *du* denn für Sorgen?«, mault der gefoulte Spieler seinen Gegner an, macht dabei schmerzerfüllt »tssssssss« und hält sich das Schienbein. Der steht daneben, blickt den Schiri an und zieht die Schultern hoch.

»Ja, die sind schnell dabei mit Foulen!«, sagt der Zeugwart jetzt, und der Fetthaarige bestätigt: »Das siehst du auch in der Bundesliga. Die Tschechen, die Polen, die Russen, die Türken. Wenn du einen brauchst, der richtig holzt, dann musst du dir so einen holen.«

»Und dann stehen sie immer schön da und tun unschuldig!«, sagt der Zeugwart.

»Aber die Tschechen sind doch nun Techniker, da müsst ihr schon differenzieren«, sagt der kleine Mann mit den beigefarbenen Boots und hebt den Zeigefinger. Seine Augen leuchten. Unter seiner Jeansjacke ist ein Hemd zu sehen, das wie das Oberteil eines Schlafanzugs aussieht. Er wirkt freundlich.

Der Schiri hat Gelb gezeigt, das Spiel geht weiter, Hartmut konzentriert sich auf das Feld und seinen Notizblock.

»Wo stehen die noch mal?«, fragt jetzt ein vierter Mann aus der Runde, der eine kleine Sonnenbrille trägt, Goldkettchen über der Armbanduhr hängen und pechschwarze Haare hat. Er hat einen Hund dabei, einen riesigen, gutmütigen Mischling.

»Die sind Vorletzter!«, sagt jetzt wieder der Zeugwart und schraubt seine Augenbrauen noch höher, während er das Wort betont wie eine Mutter, die rauskriegt, dass ihr Kind die elementarsten Dinge nicht weiß. »Unter denen steht nur noch Türkiewiszpor oder wie die heißen. Dieser Muselmanen-Club da, weißt schon!«

Ich bemerke, wie Hartmut einen Nanometer zusammenzuckt. Seine Ohren drehen sich einen Hauch nach hinten. Er ist wohl doch nicht wirklich so sehr beim Spiel, wie es scheint. Seine Augen beobachten den Ball, seine Ohren aber ertasten Gefahr.

»Boh ja, hör auf, du!«, sagt der Fetthaarige, und es klingt, als wolle er dabei einen Klumpen aus der Kehle würgen.

»Dass so was überhaupt eine Zulassung für die Liga kriegt, was? Wie willst du denn mit den Brüdern sprechen, wenn die nicht mal richtig Deutsch können?«, sagt der Zeugwart, schüttelt dabei den Kopf und sieht auf seine Schuhe.

»Frag mal den Sohn von der Henni, der ist Lehrer an der Berufsschule, da gibt es gar kein Deutsch mehr!«, wirft das Hundeherrchen ein. »Aber Handys haben die, in allen Variationen!«

Der kleine Mann mit dem Schlafanzug unter der Jacke und den Schuhen sagt nichts, wippt mit dem Kopf und sieht seine

Kollegen ein wenig nachsichtig an. Hartmut scharrt mit den Schuhen. Dann sagt er: »Lass uns mal 'ne Runde laufen.«

Wir laufen eine Runde um den Platz, und just in dem Moment, wo wir hinter dem Tor stehen, fällt der erste Treffer für die Gäste, die bloß Vorletzter sind und einen Platz über den Muselmanen stehen. »Gutes Timing«, sage ich und lächele. Hartmut notiert sich Torschütze und Minutenzahl und grinst zurück. Als ich kurz auf den Block sehen kann, bemerke ich, dass er »69. Minute« geschrieben hat, obwohl wir erst die erste Halbzeit haben. Ich sage nichts.

Nach Ende der ersten Hälfte gehen wir in die Vereinskneipe. Im Fernseher läuft die Premiere-Konferenz der zweiten Liga, eine Kaffeemaschine gurgelt, und ein alter Kühlschrank brummt vor sich hin. Die Vorhänge sind lange nicht mehr gewaschen worden. Wir bestellen zwei Alt.

Die Männer von den Betonstufen sind schon da. Träge flezen sie sich um einen Tisch in der Ecke und schauen zum Fernseher. Der mit den fiesen Augen hat den Ellbogen aufgestützt und hält eine Tasse Kaffee mit spitzen Fingern, vorsichtig schlürfend, weil sie so heiß ist. Der Hund liegt unter dem Tisch und döst. Er hat eine riesige Stupsnase. Sein Herrchen und der Zeugwart trinken Bier, der Gutmütige im Schlafanzug zerteilt ein Stückchen Kuchen mit der Gabel.

»Mit Ahlen gibt das nichts mehr diese Saison, die steigen wieder ab«, sagt der Fetthaarige.

»Das gleicht sich sowieso immer mehr an«, erwidert der Zeugwart. »Wenn du mal guckst, wie viele ehemalige Spieler aus der zweiten oder ersten Liga sich jetzt in der dritten, vierten, fünften Liga verdingen, da kriegst du zu viel.«

»Ist nicht der Horst Steffen jetzt Trainer in Velbert?«

»Ne, Schermbeck.«

»Ach was, Herne!«

»Irgendwas mit ›e‹.«

»Der Uli Stein spielt jetzt in der Landesliga mit seinen über vierzig Lenzen, was?«

»Der kann auch nicht genug kriegen. Früher fast in der Nationalmannschaft und jetzt ...«

»Aber das macht er gut, der Karl-Heinz war neulich mal beim Spiel da, mein lieber Scholli, die Alten haben es noch ganz schön drauf, hör mal!«

»Die Alten können es sowieso alle noch«, sagt jetzt der Zeugwart, haut auf den Tisch und richtet sich auf. Seine Stimme klingt nach Ernte 23 und Korn. Er fährt fort: »Ich sag dir, du könntest aus all den ausgemusterten deutschen Exprofis eine Mannschaft formen, die sich sogar in der Bundesliga halten könnte, da wette ich mit dir! Es reicht nicht, wenn du nur lange rennen und zaubern kannst. Erfahrung, Leute, Erfahrung ist Gold wert!«

»Genau«, nickt der Fetthaarige. »Das ist doch wie mit dem Arbeitsmarkt. Keine Chance mehr, wenn du über fünfzig bist. Stattdessen stellen sie die Computer-Inder ein oder die Grünschnäbel von der Uni.«

»Was ich immer sag! Was ich immer sag!«

»Es kann auch nicht angehen, dass Schalke zum Beispiel nur noch 30 Prozent Deutsche inne Mannschaft hat«, sagt das Hundeherrchen.

»Ja, und nur noch zehn Prozent inne Innenstadt!«, sagt der Zeugwart röhrend, und alle beginnen zu lachen, auch der Wirt hinter der Theke und der Hund fallen mit ein. Selbst ich kann mir ein leises Gibbeln nicht verkneifen. Die Art, wie das rüberkam, hätte von Harald Schmidt sein können. Aber wir sind hier nicht bei Schmidt. Das wird mir bewusst, als ich in Hartmuts Gesicht sehe. Der studiert konzentriert eine Tabelle an der Wand und versucht, die Torverhältnisse in Primzahlen zu übersetzen.

Am nächsten Sonntag sind wir bei einem Auswärtsspiel. Die Partie vom letzten Mal ging 2:0 für die Gastmannschaft aus, Hartmut hatte sich mit den Notizen in der zweiten Halbzeit zurückgehalten und die ganze Woche hindurch ein wenig härtere Musik gehört als sonst. Das Stadion von heute haben wir schwer gefunden, wir sind mit unseren Rädern durch Wälder gekurvt, die an Autobahnpfeilern enden, und haben Teiche entdeckt, wo man Müllhalden erwartet. Irgendwann hatten wir es erreicht und stehen jetzt an der Bande, sehen ein besseres, schnelleres, trickreicheres Spiel als beim letzten Mal und halten beide die Luft an, als wir plötzlich in unserem Rücken wieder das feuchte Kratzen der altbekannten Stimmen hören. Ich sehe mich langsam um und erkenne die Hundenase, die beigefarbenen Schuhe, das fettige Haar über dem Kragen und den Trainingsanzug, der zerfurchte Haut bedeckt. Ich tue so, als würde ich alles und jeden dulden, und Hartmut hat seine Flachatmung eingeschaltet und starrt wieder geradeaus auf den Platz. Nach fünf Minuten geht es wieder los.

»Weißt du, wer jetzt auch in der Landesliga spielt?«

»Ne!«

»Der Salou. Den haben sie sich aus der Oberliga geholt.«

»Der Schwatte von Düsseldorf damals?«

»Ja!«

»Was sie dem wohl bieten, dass der jetzt als Amateur spielt?«

»Die geben dem wahrscheinlich auch noch richtig Geld!«

»Ach was, der hat sich da so ein Zelt gebaut oder wie heißt das, wo die da im Dschungel drin wohnen, so die Hütten!?«

»Ein Tipi!«

Gelächter.

»Ja, und dann kriegt der immer genug Bananen, und dann ist der ruhig!«

Gegröle.

»Die musst du wieder an die Kette nehmen, sonst werden die völlig größenwahnsinnig! Guck dir doch die ganzen Buschmänner in der Bundesliga an, was die hier an Geld abzocken und wieder zurück zu ihrer Sippe tragen. Da musst du wieder mit der Peitsche hinterstehen wie früher, anders hilft nix.«

Der Hund kratzt sich an der Nase, der kleine Mann im Schlafanzug kratzt sich am Hinterkopf und schaut ein wenig verlegen in alle Richtungen, als wolle er sagen: »Die tun nix.«

Hartmut steckt seinen Block ein, stupst mich an und sagt: »Lass uns abhauen.«

»Aber dein Bericht. Willst du nicht?«

»Lass uns abhauen!«, sagt er noch mal, und sein Blick wirkt so, wie ich ihn nur einmal in unserer Schulzeit sah, als ich ihn so provozierte, dass er mich am Kragen packte und einen Baum hochschob. So etwas ist ihm nie wieder passiert. Umso mehr hat es gewirkt. Ich stecke die Hände in die Hosentaschen und wippe hinter ihm her.

Über die Woche hinweg hat Hartmut erstaunlich viel telefoniert. Er hat, wo er ging und stand, Notizen gemacht und wirkte wieder so, als brüte eine Idee in seinem Kopf. Es war mir nicht ganz ersichtlich, was mit ihm los war, und ich fragte auch nicht. Ich wettete weiter erfolglos auf die Bundesliga, las *Elf Freunde* beim Kacken und genoss die Spiele meiner Betriebsmannschaft, nach denen man über Arnold Schwarzenegger, Metallica, Wrestling oder Eminem sprach, nicht über Muselmanen und Bananen und Peitschen für Fußballneger. Am nächsten Sonntag bat mich Hartmut dann, für ein Mal seinen Job zu übernehmen, es sei ganz einfach, man müsse im Grunde nur Tore, gelbe und rote Karten, Torchancen und die jeweiligen Minutenzahlen notieren und dann den allgemeinen Charakter des Spieles drumherum stricken. Es sei wieder ein Heimspiel. Ich solle ihn anrufen, wenn was wäre, er hätte eine wichtige Verabredung, die er nicht absagen könne, ich erführe schon rechtzeitig, worum es sich handele. Ich machte mit ihm aus, dass ich für diesen Lokalsportbericht beim nächsten Trödelmarkt ein Playstation-Spiel im Wert von zehn Euro bekäme oder aber einen richtig guten Badeschaum, einen, den man sich aus Geiz nie als einzelne Flasche kauft, dann aber stattdessen vier Billigschäume in Mengen zusammenkippt. Er nickte, ich fuhr zum Spiel.

Nun stehe ich also an der Bande und finde es recht angenehm. Hinter mir steht wieder die Männerclique, ich habe sie neulich sogar in der Stadt gesehen, auf einer dieser runden Bänke um die Bäume herum, alle, bis auf den kleinen Mann in den beigefarbenen Boots. Ich muss zugeben, dass es mir leichter fällt, ohne Hartmut hier zu sein. Es ist einfach schwer mit einem gewissenhaften Menschen an der Seite. Einem, den dumme Sprüche wirklich empören, einem, demgegenüber man ein Schuldgefühl allein bei dem Gedanken bekommt, dass irgendetwas Ungerechtes um uns herum geschieht und man dann nichts tut, und nur dadurch beruhigt werden kann, dass er auch nichts tut, außer zu gehen, wenn es ihm zu viel wird. Ich will nicht ständig etwas tun müssen. Menschen sind starrsinniger als Maschinen oder Computer. Die ändern ihre Einstellungen selbst dann manchmal, wenn man sie nicht umprogrammiert hat.

Ich lehne mit den Armen auf dem kühlen Stahl der Bande und sehe das erste Tor, eine gelbe Karte, zwei gute Chancen und den Ausgleich. Ich notiere Namen und Zeiten und schreibe, dass es sich um ein gutes, ein technikbetontes Spiel handelt, kritzele mir auf, dass die einen mit hängender Spitze und die anderen vor allem über links außen spielen, umrande Nummern von Spielern, die mir besonders gut erscheinen. In meinem Kopf entsteht bereits der Artikel. Ich könnte Gefallen daran finden.

Kaum dass der Halbzeitpfiff erklungen ist und die Spieler den Platz zur Pause verlassen wollen, kommt Hartmut um die Ecke gebogen und betritt ohne zu zögern den Platz, sodass es alle sehen können. Und was sie sehen, was auch ich gerade sehen muss, legt eine Stille über den Landesligaplatz, wie sie noch nie zu hören war. Kein Rufen mehr, kein Brüllen, kein Murmeln, kein Wind, nicht mal Kinder, die in der Halbzeit die Bälle in die Tore dreschen dürfen. Alles ist still. Denn Hartmut hat eine Kette in der Hand und führt einen jungen, schwarzen Mann vor sich her. Es ist Steven, Hartmuts Kommilitone, mit dem wir zu Free Jazz auf der Couch rumtanzen und der mir schon die Philosophien von Schopenhauer, Frank Zappa und Miles Davis erklärt hat. »Was guckt ihr so?«, brüllt Hartmut jetzt, schwingt eine alte Peitsche in der Hand und sieht dabei vor allem die Männerclique auf den Stufen an. »Ich habe hier einen günstigen Fußballneger zu bieten, besonders dribbelstark und pflegeleicht im Verbrauch. Benötigt nur eine Hütte und Bananen. War früher mal Profi, spielt jetzt gerne Landesliga!«

Ich drehe mich zu den Männern um und sehe, wie ihre Augenwinkel zucken und ihre Gesichtsmuskeln sich überlegen, in welche Richtung sie sich bewegen sollen. Nur das Gesicht des kleinen Mannes hat sich entschieden. Er scheint zu verstehen und sieht Hartmut bewundernd an. Der Fetthaarige und der Zeugwart wissen nicht, was sie tun sollen. Sie wirken wie ein Wagen, der eigentlich das Ziel vor Augen sieht, aber soeben die Ausfahrt verpasst hat. Auf dem Platz geht ein türkischer Spieler auf Hartmut zu und sagt: »Ey, scheiß Faschist, was soll das, hä?« Der Schiedsrichter geht in seine Richtung und hält ihn an der Brust fest.

Steven zerrt an seiner Leine und wirft dem Türken einen glaubwürdigen »Rette mich!«-Blick zu, Hartmut schnauzt mit harter Stimme zurück: »Was willst du, Muselmane?«

Ich frage mich, wie viele Leibwächter Hartmut hinter dem Wall über den Betonstufen positioniert hat, falls die Sache eskaliert. Ich befürchte, keinen. Der Türke reißt sich vom Schiri los, dessen Assistenten und ein paar Spieler halten ihn fest. Die ersten Flüche werden laut. »Was soll das denn? Was ist das für'n Scheiß?«

Zuschauer fangen an zu murmeln, Kinder zeigen auf Hartmut und seinen Sklaven.

»Das ist kein Scheiß und auch kein Scherz!«, sagt Hartmut. »Ich bin von der Vereinigung der Wiederverwertung ausgemusterter Fußballneger. Die Herren da oben haben neulich gesagt, dass solche nicht mehr als eine Hütte, ein paar Bananen und ordentliche Erziehung brauchen, und wie ich das sehe, braucht ihr Verein einen guten Spieler, sonst wird das nämlich nichts mit dem Klassenerhalt. Und so gerne ich selber lieber deutsche Ware auf dem Platz sehen würde, ist wirkliche Qualität gerade nur in Afrika zu holen. Also, was sagen Sie, meine Herren?« Alle wenden sich jetzt zu den Männern auf der Tribüne, die sehen sich um, als wüssten sie nicht, dass sie gemeint sind, und fuchteln mit den Händen.

»Was willst du denn?«, krächzen sie und werden rot.

»Elender Rassist. So was wollen wir auf unserem Platz nicht haben!«, sagt das Hundeherrchen.

»Wir sind keine Ausländerfeinde!«, sagt der Zeugwart.

»Ja, unser Platz ist sauber«, fügt der Fetthaarige hinzu.

»Genau, blitzsauber!«, sagt Steven jetzt, reißt sich die Kette vom Hals und geht unter den verblüfften Augen des Muselmanen auf die Männerclique zu. Er baut sich vor ihnen auf, sieht dem Fetthaarigen genau in die Augen und sagt: »Euer Platz ist so sauber, da hat absolut niemand Raum außer eurer Dummheit, nicht wahr?«

Der Schiedsrichter, die Spieler beider Mannschaften, die Kinder, die Zuschauer und der kleine Mann mit dem Schlafanzug unter der Jacke schauen sich das Duell gespannt an und atmen kaum hörbar in eine Stille, die ewig zu dauern scheint. Steven sieht dem Fetthaarigen genau in die Augen, bis dieser aufgibt, zur Seite sieht und »Scheiß Nigger!« sagt.

Steven lächelt süffisant, dreht sich um und sagt: »Ich hoffe, die Presse nimmt das auf.« Ich nicke und notiere demonstrativ. Der Schiedsrichter geht zu dem Fetthaarigen und sagt: »Verlassen Sie bitte den Platz.« Der hebt die Hände, lacht sarkastisch und erwidert: »Schiri, was hast *du* denn Zuschauer vom Platz zu stellen?«

»Er hat Recht«, sagt jetzt ein Mann, dessen Stimme ich kenne. »Verlassen Sie bitte den Platz!« Es ist der Stadionsprecher. Er muss ein Vereinsimage retten. »Rassisten wollen wir hier nicht.« Der Fetthaarige sieht seine Kollegen an. »Ich lach mich scheckig, ich zahl hier seit Jahren Vereinsgebühr, ich …«

Der Schiedsrichter, der Stadionsprecher, die Spieler und das Publikum bleiben hart. Alle schweigen. Der Sprecher nickt mit dem Kopf zum Ausgang. »Kommt, wir gehen!«, sagt der Fetthaarige jetzt, und der Zeugwart und das Hundeherrchen nehmen ihre Flaschen, Jacken und Tiere. Nur der Mann mit dem Schlafanzug bleibt. Er steigt langsam die Stufen hinab und stellt sich neben mich, lächelnd, als wolle er einen Smalltalk beginnen. Der Zeugwart wirft ihm einen giftigen Blick zu. Als die drei gehen, beginnen Spieler und Publikum zu klatschen. Der türkische Spieler steht mittlerweile bei Hartmut und sieht ihn ungläubig an, bevor er mit ihm spricht. Ich habe eine Menge auf meinen Block geschrieben.

Es wird der beste Bericht, den der Lokalsport je gesehen hat.

Doku-Soap

Ich traue meinen Augen nicht, als ich in den Flur komme.

Hartmut und ich haben ja immer schon gerne diese Trash-Reportagen gesehen, aber diese neue Form des Alltagsfernsehens geht mir schwer auf den Senkel. All die Doku-Soaps über Frauentausch und Männerrunden, Deutschlands beste Heimwerker und Deutschlands flinkste Putzteufel. Hartmut zieht sich diesen ganzen Mist rein, wenn er seine Mails und Papiere erledigt hat. Er übt sich darin, wirklich Feierabend machen zu können, und ich finde das ja durchaus löblich, aber dass er sich dann ausgerechnet auf Doku-Soaps stürzen muss, macht mich betroffener als seine Leidenschaft für die Wettholzfäller vom Lumberjack. Sicher habe ich mal angemerkt, dass die Fernsehfritzen lieber zu meiner Arbeit in die Halle oder zu uns in die WG kommen sollten, als ihr Filmmaterial bei all diesen langweiligen, ruhmsüchtigen Familien zu verschwenden, aber das habe ich doch nicht wirklich so gemeint!!!

Jetzt aber schlurfe ich da an einem Montagmorgen in unseren Flur und blicke in eine Kamera auf der Schulter eines jungen Mannes, neben dem kollegial Hartmut steht und mich ansieht, als wolle er von mir Freudenschreie hören. Zwei weitere Fernsehmenschen lümmeln sich in unserem Eingangsbereich, der eine mit Glatze, Hornbrille und einer alten, jetzt wieder modischen Adidas-Trainingsjacke, der andere mit Rastas und einem karierten Holzfällerhemd.

»Was soll das denn!?«, sage ich in für morgendliche Verhältnisse gehobener Dezibelzahl. Meine Stimme knackt und fiept wie ein schlecht gespultes Videoband. Es ist 6.30 Uhr. Ich muss zur Arbeit. »Das sind die ersten Minuten der neuen Doku-Soap ›Mein Mitbewohner und ich‹«, sagt Hartmut und setzt ein so stolzes, ein so breites Grinsen auf, dass ich ihm für eine Sekunde nicht böse sein kann. Dann legt es sich. »Jetzt gehen wohl alle Pferde mit dir durch, was?«, sage ich und öffne die Tür zum kleinen Bad. Es ist noch dunkel in der Wohnung, ich sehe das kleine rote Licht an der Kamera, das wohl bedeutet, dass ich auf Sendung bin. Ich strecke dem Kameramann meinen Hintern in der labberigen Boxer-Short entgegen, furze kräftig, wie ich es immer morgens tue, und betrete das kleine Bad. Die Tür lasse ich einen Spalt offen und ziehe drinnen knarrend meine Rotze hoch, um sie herzhaft spuckend ins Klo zu entladen. Das mache ich allerdings selten, aber ich hoffe so, den Kameramann zu vergraulen. »Ja, so sind die Malocher«, sagt Hartmut auf dem Flur, und der Kameramann scheint erfreut statt abgestoßen zu sein. Ich putze mir die Zähne, seife mir das Gesicht mit Duschgel und heißem Wasser ein, benetze meine Haare mit ein paar Tropfen Flüssigkeit, schmiere mir Creme ins Gesicht, öffne die Tür abrupt und mache »Buh!«, aber der Kameramann steht schon mit Hartmut in der Küche und filmt den Kühlschrank, weil sie wissen, dass dies die Stelle ist, die ich als Nächstes betreten werde. Die Kamera surrt, ich zögere kurz. Dann gehe ich zum Kühlschrank, nehme mir die Tüte Milch heraus, fülle die Cornflakes in die Schüssel und rühre müde darin herum. Ich lasse mir doch nicht von einer Kamera meine Morgenroutine ausreden. Sollen sie mich ruhig dabei filmen. Irgendwann werden die Fernsehleute aufs Klo oder rüber zur Frittenbude gehen, und dann rede ich Klartext mit Hartmut. »Soll ich die Cornflakes anders essen?«, frage ich. »Vielleicht mit einem etwas gleichgültigeren Blick oder freudiger? Soll ich was sagen, so was wie ›Trüber Morgen, was?‹ oder ›Mein Job versaut mir gerade einen wunderbaren Kater?‹.« Der Hornbrillenmann wedelt mit den Händen: »Nein, nein, nicht diese ironischen Sachen. Sei einfach ganz du selbst, okay? Benimm dich so, wie du dich immer benimmst.« Ich sehe den jungen Mann an, dessen Trainingsjackenkragen bis über den Hals zugezogen ist. Der Kopf guckt heraus wie ein Aufsatz. »Wie ich mich immer benehme?«, frage ich.

Er nickt.

»Okay!«

Ich gehe in den Flur zum Telefon, tippe die Nummer meines Chefs und sage: »Ja, guten Morgen, Herr Reinert, hören Sie, könnte ich heute freimachen und dafür morgen Früh- und Spätschicht nehmen? ... Ja, mir geht es echt dreckig, heute Morgen hat mich da wirklich was überrascht. Sie wissen, ich weiß, was ich tue, und wenn ich mich so fühle, landet die Hälfte der Pakete im Durchlauf. Ja ... ja, fragen Sie Martin, genau. Sagen Sie ihm, er kriegt 'n extra Kasten dafür, wenn er die Schicht übernimmt. Ja, tausend Dank. Ja, Sie sind der Größte. Danke. Ciao!« Die Fernsehleute stehen im dämmerigen Licht unserer Küchenbeleuchtung und beobachten mich, wie ich nach meiner Absage zum Kühlschrank gehe, ein Bier heraushole, es öffne und mich im Wohnzimmer vor die Playstation setze. Yannick hüpft sofort neben mich auf die Lehne und richtet die Öhrchen auf. Er liebt diese bunten Bilder. Ich kraule ihn. »Sie trinken um sieben Uhr morgens?«, fragt jetzt der Rastareporter. »Zehn vor sieben«, nicke ich und öffne passgenau das Bier. Es macht »plopp«, und ich schiebe hinterher: »Ich trinke immer, wenn ich keinen Bock zum Arbeiten habe. Sie wissen doch, die Wirklichkeit ist eine Illusion, hervorgerufen durch Alkoholmangel.« Dann werfe ich die Playstation an. »Das geht nicht!«, sagt der Kameramann. »Er soll ja saufen, aber sieben Uhr morgens ist nicht cool, das ist krank. Das können wir nicht zeigen.« Hartmut fuchtelt mit den Händen: »Nein, nein, nein, glauben Sie das nicht, der verarscht Sie, so ist das nicht normalerweise.« Er kommt zu mir, beugt sich über den Sessel und sagt leise: »Was machst du denn?«

»Ich spiele Theater. Das wollen die doch, oder?«

»Die wollen Reality-TV, die wollen Authentizität, die wollen dich, uns, unseren Alltag. Mensch, jetzt versau das doch nicht!«

»*Ich* habe dich nicht gebeten, diese Fraggles hier ins Haus zu holen. *Ich* kann mich nicht entsinnen, wann ich jemals gesagt hätte: ›Mensch, Hartmut, was in unserem Leben fehlt, ist, dass jemand es filmt!‹«

Hartmut macht ein enttäuschtes Gesicht.

Der Hornbrillenmann steckt seinen Kopf durch den Perlenschnurvorhang und fragt: »Können wir uns Kaffee machen?«

»Nur zu«, sagt Hartmut und dreht sich wieder zu mir. »Ich dachte ja nur, das Geld könnte dich interessieren.«

Ich schalte auf Pause und blicke hoch. »Geld?«, frage ich.

Hartmut lächelt. »1000 Euro am Tag«, sagt er.

Ich schweige.

»Für jeden von uns.«

Ich ziehe etwas Rotz die Nase hoch, kratze mich hinterm

Ohr, blicke durch den Raum. »Und wie lang bleiben die dafür am Tag?«, frage ich.

Hartmut sieht kurz zum Fernseher, als suche er eine Möglichkeit, mich für meine Spielfähigkeiten zu loben, und sagt dann: »24 Stunden.«

»24 Stunden!!!«, schreie ich los, Yannick zuckt zusammen und sieht mich böse an, und ich zügele mich, während nebenan die Kaffeemaschine zu gurgeln beginnt. Ich blicke mich hektisch im Zimmer um, als könne uns jemand belauschen. Dann zische ich: »Bist du wahnsinnig? Kriechen die auch noch ins Bett mit uns? Sind wir hier bei Big Brother? Müssen die nicht schlafen?«

Hartmut drückt mich beruhigend in den Sessel zurück wie einen Patienten, der sich nicht aufregen soll. »Es werden Schichten gewechselt. Es kommen immer andere. Und 24 Stunden ist nur, weil bei uns doch immer mal was los sein kann. Erinnerst du dich an den Stromausfall? Den Notstand auf der Straße? Ich bekomme manchmal nachts Post von meinen Klienten, die am Morgen nicht mehr zur Arbeit wollen, weil sie Angst haben. Du spielst schon mal bis vier Uhr Playstation und musst um sechs Uhr raus. Und dann die plötzlichen Feten. Denk an Jörgen, an Steven, an …«

»Die werden wahrscheinlich eingeladen, ›ganz spontan‹ um ein Uhr nachts in der Woche an unserer Tür zu klopfen, was?«, nörgele ich.

Hartmut seufzt.

»Für wen ist denn diese Sitcom hier?«

Hartmut brummelt.

Er sieht wieder auf den Fernseher. Meine Spielfiguren sind immer noch im Pausenbild eingefroren, der Fuß eines Kung-

Fu-Kämpfers klebt in der Luft kurz vorm Auftreffen auf das Ohr des Gegners. Das dürfte der K. o. sein, sobald ich die Pause löse. Ich stupse Hartmut an. »Sieh mich an, Hartmut, für welchen Sender ist dieser Quatsch?«

»Viva Plus«, sagt Hartmut.

»Viva Plus???«, rufe ich aus und lache schallend. »Dieser Werbekanal, wo auf zehn Prozent des Bildschirms auf Briefmarkengröße ein Musikvideo den ordnungsgemäßen Ablauf von Werbebannern und SMS-Grüßen stört? Dieses Viva Plus?«

In der Küche klappern Kaffeetassen. Ich komme in meiner Aufregung an die Taste des Joypads, die Pause löst sich, mein Kämpfer trifft mit einem zünftigen »Iiiiiiaaaa« den Gegner, und mit einer triumphalen kleinen Melodie wird der Knockout verkündet. »You win!«, sagt die Computerstimme, und der Gegner knallt noch mal in Zeitlupe auf die Matte. Ich schalte wieder auf Pause.

»Die wollen ihr Image verbessern«, erklärt Hartmut jetzt. »Die wollen, na ja, wieder alternativer werden. Du weißt ja, was das heißt.«

»Coole große Jungs in einer Chaos-WG filmen, die den ganzen Tag saufen, kiffen, Playstation spielen und hippe Musik hören, die man dann zwischendurch als Clip einspielen oder zusammen mit der Serie als Soundtrack bewerben kann?«

Hartmut lacht und nickt. »Ein bisschen realistischer darf's schon sein. Aber generell ist es so gedacht, ja.«

Ich schüttele den Kopf, aber diesmal eher ungläubig und erstaunt, dass ich hier an einem Montagmorgen in Shorts auf der Couch sitze, aus Protest ein Bier aufgemacht habe und drei Kameraleute von Viva Plus gerade in unserer Küche Kaffee eingießen und ihre Stullen auspacken, um hier eine Doku-Soap zu drehen, die irgendwann wirklich im Fernsehen laufen soll. Ich kann nicht fassen, wie weit der Aktionismus von Hartmut geht.

»1000 Euro. Pro Tag. Für jeden von uns«, sagt Hartmut jetzt noch mal betörend und fügt hinzu: »Und wenn das genommen wird, wenn es funktioniert und sie es wirklich bringen, dann haben wir Gewinnbeteiligung.«

»Und werden unfreiwillig berühmt«, sage ich.

»Es gibt noch mehr WGs, in denen getestet wird, ob sie was taugen. Wir sind nicht die Einzigen. Wir sind im Moment im Probelauf.«

Ich schüttele wieder den Kopf und atme unschlüssig aus.

»1000 Euro am Tag«, sagt er wieder.

Ich nehme einen Schluck Bier. Es schmeckt nicht am Morgen. »Okay«, sage ich, »lass sie filmen. Aber wenn wir genommen werden, will ich vorher die Bänder einsehen und Mitspracherecht haben.«

»Klar doch«, sagt Hartmut und springt auf, atmet erleichtert aus und zwinkert mir zu. Dann geht er in die Küche zu den Kaffeetrinkern vom Fernsehen.

Seit drei Tagen werden wir nun schon gefilmt. Hartmut und ich haben es uns zur Gewohnheit gemacht, über die Fernsehleute zu lästern, wenn sie gerade nicht hinsehen und keine Kamera auf uns gerichtet ist. Yannick zupft gerne an ihren Kabeln herum. Die Nachtschicht übernehmen immer zwei Typen, die mit dem Job nicht allzu glücklich scheinen. Der eine ist riesig groß und ziemlich breit, trägt diese Basketballshirts und hat Tattoos von Hardcore-Bands, der andere mit Spitzbart ist so klein, dass er sich mit Yannick auf die Fensterbank hocken könnte, wenn er wollte. Sie sind nicht glücklich mit ihrer Schicht, da bislang in der Nacht bei uns aber auch gar nichts passiert. Morgens übergeben sie wieder an das Dreierteam, das ständig Kaffee macht, und dann geht es los. Sie wollen es »authentisch«, und deshalb müssen Hartmut und ich darauf achten, dass wir nach dem Aufstehen erst mal laut Musik anmachen und Gitarrenriffs durch die Wohnung brettern, während wir über die anstehende Arbeit lästern, das Wochenende planen und über Frauen quatschen sollen, wie zwei junge WG-Bewohner mit Postern von *Pulp Fiction*, den *Simpsons*, Bob Marley und Rage Against The Machine das nun mal so machen, wenn sie morgens aufstehen. Das »Rage«-Poster haben die Leute von Viva aufgehängt, ebenso wie ein weiteres von Korn und das Logo von Slipknot auf der Schranktür über der Spüle. »People = Shit« steht da jetzt in weißen Buchstaben auf schwarzer Folie. Hartmuts Poster von Klaus Kinski, ein paar Kunstdrucke und die Demo-Plakate haben sie von der Wand genommen. Das passe nicht, meinten sie. Ich dachte an die 1000 Euro, als sie die Poster abnahmen und fühlte mich ein wenig elend, weil ich nichts dagegen sagte. Hartmut hat es einfach so hingenommen. Einfach so. Ich lag an diesem Abend länger wach als sonst.

Jetzt ist es Donnerstag, und ich stehe in der Küche und schneide Gemüse. Der Kameramann seufzt, und der Hornbrillenmann tippt mir auf die Schulter. »Nein, nein, nein«, sagt er. »Was machst du denn da?«

»Gemüse schneiden«, sage ich und deute mit dem Messer auf die Brettchen. »Paprika, Möhren, Kohlrabi ...«

»Das geht aber doch nicht«, sagt der Hornbrillenmann.

»Warum nicht?«, frage ich.

Der Hornbrillenmann wirbelt herum und macht theatralische Gesten. »Weil man in so einer WG nicht sorgfältig Gemüsepfannen kocht, sondern Pizza in den Ofen schiebt oder so was. Das will doch kein junger Fernsehzuschauer, der noch bei seinen Eltern wohnt und von so einer WG träumt, sehen, dass du hier anfängst, Gemüse klein zu schnibbeln.«

»Ich denke, ich soll authentisch sein«, sage ich und zerteile die nächste Paprika.

»Ja, aber doch nicht so«, seufzt der Hornbrillenmann. »Sieh mal, wir gleichen doch bloß ein bisschen an, wir machen die Gesamtästhetik ein wenig runder, das ist alles. Wir lügen doch nicht. Aber kannst du dir, sagen wir mal, vorstellen, dass der erste Schimanski gut gestartet wäre, wenn Schimmi sich sorgfältig Gemüse geschnitten hätte, statt sich in seiner versifften Küche ein paar rohe Eier hinter die Binde zu kippen?«

»Ich esse jetzt hier Gemüsepfanne!«, sage ich in einem Ton, der keine weiteren Diskussionen zulässt. »Dafür bekommen wir am Wochenende aber eine gute Fete, okay?«, fragt der Hornbrillenmann. Ich nicke grummelig. Er seufzt und macht Kaffee.

Am Samstagabend kommen sie dann alle. Jörgen, der alte Kiffer, Steven, der neulich Hartmuts Fußballsklaven spielte und so gut Kulturgeschichte erklären kann. Hanno mit seiner gesamten räudigen Band. Martin, the Machine, mein Arbeitskollege mit den unglaublichen Muskeln, der mit seinem Bürstenschnitt-Iro wie ein Bösewichtsoldat aus einem drittklassigen Michael-Dudikoff-Streifen aussieht. In allen Zimmern laufen die Anlagen, Hip-Hop mischt sich mit New Metal, der neueste Retrorock scheppert durch die Küche, Skatepunk rast durch die Flure. Die Kameraleute sind in heller Aufregung und Freude, wir geben ihnen was für die 1000 Euro am Tag, heute lassen wir uns nicht lumpen. Die Bierkästen haben wir im Flur aufgebaut. Wir haben sie senkrecht an einer Wand hochgestapelt, sodass man die Flaschen einfach herausziehen kann. Überall liegen alte Matratzen aus dem Keller, auf denen sich Chipskrümel und Menschen verteilen, es riecht nach Dope, im Wohnzimmer haben Jörgen und Steven eine riesige Bong angeschmissen, im großen Bad stehen Leute und ziehen Flaschen aus der Badewanne, im Lagerraum ist der Pogo ausgebrochen. Die jungen Männer vom Fernsehen sind nicht ganz unschuldig an der Art dieses Arrangements. Es sind unglaublich viele Leute gekommen, und es geht immer wieder die Tür auf. Unsere Telefonkette hat Wirkung gezeigt, und die Tatsache, dass diese Feier mit drei Kameras gefilmt wird, mag nicht unerheblich dazu beigetragen haben, dass sich in unserer Wohnung ein gutes Dutzend Leute tummeln, die ich nicht mal kenne, darunter viele Frauen. Überhaupt sind heute erstaunlich viele Frauen gekommen, sonst verirren sich auf unsere Feten nur die Freundinnen von Hanno und Steven, wenn sie denn gerade welche haben, und Pia von oben, die ihren Frank mitbringt, Bloody Mary trinkt und fragt, ob sie mal was Dunkles auflegen darf. Unsere Feten sind keine Knutschfeten. Unsere Feten sind Feten, bei denen wir weit nach Mitternacht bekifft auf der Couch im Wohnzimmer hocken und in große philosophische Diskurse abdriften. Unsere Feten sind Feten, nach denen ich schon an Zeitreisen, Illuminaten und die absolute Relativität der Wirklichkeit geglaubt habe, weil Steven, Jörgen und Hartmut das in tiefer Nacht und high so eindringlich rüberbringen können. Unsere Feten sind Feten, bei denen ich manchmal um vier Uhr morgens durch die Wohnung gehe und zu leiser Musik aufräume, weil ich die Ruhe nach dem Sturm genieße. Heute aber finden sich immer mehr Körper zusammen, je später die Stunden voranschreiten, und als ich gerade eine Flasche Tequila aus dem

Kühlschrank holen will, muss ich über ein Pärchen auf einer Matratze steigen, dessen Aktivitäten auf unserem Küchenboden die Grenze zum Unanständigen schon überschritten haben. Der Rastamann hält mit der Kamera drauf. Ich fühle mich komisch. Im Wohnzimmer finde ich Jörgen, Steven und Hartmut zu meiner Irritation auch nicht mehr im Trio philosophierend zusammenhocken, sondern jeden der drei mit einer Frau neben sich. Steven hat schon mit dem Knutschen begonnen, Hartmut und Jörgen flirten noch ein wenig tapsig. »Was ist denn mit Ihnen?«, fragt mich plötzlich der Kameramann, der mich damals als Erster ins Visier genommen hatte, während sein Hornbrillenkollege die turtelnden Menschen im Wohnzimmer filmt. Die Musik ist mittlerweile bei Soul angekommen, es gibt nur noch wenig Sauerstoff in dem Gras- und Zigarettenqualm. »Was soll mit mir sein?«, sage ich.

»Keine Perle?«

Wie ich diesen Begriff hasse. Meine Kollegen benutzen ihn auch auf der Arbeit. Perle. Da denke ich an Hochhäuser in Mülheim und debile Schwangere mit fünfzehn in Buffalos, die sich auch ständig filmen lassen. »Keine Perle?« Ich werde grantig.

»Nee, keine Perle!«, schnauze ich zurück.

»Das ist schlecht«, sagt er, und es klingt, als spreche er ein Urteil über mich, als sei ich ein Perverser, ein Aussatz der Gesellschaft, weil ich es nicht schaffe, nach Mitternacht auf unserer Party mit einer Perle dazustehen.

»Da hinten, in dem anderen Flügel der Wohnung, sind noch ein paar Leute, wollen Sie nicht mal?«, fragt er.

Ich sehe ihn giftig an. Mein Blick schweift zwischendurch über Hartmut, Jörgen und Steven mit ihren Perlen. Steven kaufe ich das ja ab, wie er da gerade dem Mädchen seine Zunge in den Hals steckt. Steven ist Playboy *und* Philosoph, war er schon immer. Die Mädchen an Hartmuts und Stevens Uni stehen auf gut aussehende Farbige, allein schon, weil sie von gelangweiltem Weißbrot genug Auswahl haben. Aber was Jörgen und Hartmut da veranstalten, ist beschämend. Die Tussis, mit denen sie anzubandeln versuchen, würde Hartmut sonst nicht mal bemerken. Aber es ist ja die Kamera an. Es ist ja die Kamera an. Ich werde aggressiv. Es passiert mir nicht oft, aber ich werde aggressiv. »Was würden Sie denn sagen, wenn ich schwul wäre, hä?«, frage ich den Mann. »Was würden Sie sagen, wenn ich Ihnen hier und jetzt auftische, dass ich von dieser Schnellpopperei absolut gar nichts halte und dass eine Fete, auf der ein Dutzend eben erst zusammengekommener Paare unsere ganze Wohnung mit ihren Flüssigkeiten dekorieren, während es zum Kotzen nach Schweiß und Qualm und Lärm stinkt, in mir den unbändigen Wunsch auslöst, jetzt sofort nach draußen zu gehen und einen ganz langen Spaziergang zu machen, bis der Spuk hier vorbei ist. Was würden Sie *dazu* sagen?«

»Ich würde dazu sagen, dass dies nicht unbedingt das ist, was unsere Chefs für 1000 Euro am Tag erwarten!«

Ich blicke ihn böse an. Jetzt ist es endlich ein offener Kampf. Er fährt fort: »Verdammt noch mal, ich dachte, Sie seien ein cooler Typ. Einer der …«

»Einer der den ganzen Tag auf der Couch sitzt und säuft und nebenbei malocht und immer diesen resignierten, gleichgültigen Blick draufhat und der am Wochenende dann die erstbeste Schickse knallt, die sich auf die Fete in seiner Wohnung verirrt, weil ihm alles, aber auch wirklich *alles* egal ist?«

Der Kameramann schweigt. Wir beide werden nicht gefilmt. Ich blicke kurz rüber zu Hartmut, der im Fokus der Wohnzimmerkamera knapp vor die Knutschphase gekommen ist und jetzt flüchtig zu mir rübersieht, als sei er besorgt. Ich schimpfe weiter: »Sie denken wohl, dass einer wie ich, der sich beruflich damit begnügt, Pakete zu verladen, und der 350 Videospiele besitzt, zu nichts wirklich ein Verhältnis hat, oder? Aber wissen Sie was? Kommen Sie mal mit!« Ich zerre den Mann in die Küche zur Spüle, vor der das Pärchen auf der Matratze unter den Augen der Kamera Dinge tut, für die Menschen hohe Leihgebühren in Videotheken bezahlen. »Sehen Sie das hier!«, sage ich und tippe mit dem Finger auf den *People=Shit*-Aufkleber über der Spüle. »Ich glaube nicht daran! *Sie* haben das da hingeklebt. *Ich* glaube nicht daran.« Dann steige ich über das kopulierende Paar, nehme mir meine Jacke aus einem Dreckhaufen im Flur und verlasse das Haus.

Am nächsten Morgen stehe ich in der Küche, habe die Stühle hochgestellt, das Radio angemacht und einen Eimer heißes Wasser mit Putzmittel gefüllt. Es riecht nach Wasserblumen. Im Radio läuft Chris Rea. Ich pfeife mit. »Was machen Sie denn da?«, kommt der Rastamann in die Küche und deutet abwinkend auf meinen Eimer. »Ich wische«, sage ich und setze plätschernd den Mopp an. »Nein, das tun Sie nicht!«, sagt jetzt der Rastamann und bedeutet dem eben um die Ecke biegenden Kamerafritzen, er möge ruhig in Hartmuts Zimmer bleiben, weil hier nichts Verwertbares zu holen sei.

»Tue ich wohl, sehen Sie doch«, sage ich.

»Haben Sie denn gar keinen Kater? Wälzen Sie sich nicht mühsam aus dem Bett? Machen Sie nicht erst mal Kaffee, Musik an und setzen sich vor den Fernseher? Eine Runde Playstation vielleicht?«

»Ich wische jetzt!«, sage ich. »Ich habe keinen Kater. Ich bin gestern Abend schön an der frischen Luft spazieren gewesen. Ich habe Lust, jetzt zu wischen, verstehen Sie? Ich habe *Spaß* daran.«

Der Kameramann seufzt, dreht sich um und geht in den Westflügel, wohl um sich mit seinen Kollegen zu beraten. Ich ramme den Mopp in den Eimer und schleudere einen Schwall Wasser über die Fliesen, wo gestern Abend die Matratze mit den Poppenden gelegen hat. Es kommt mir alles vor wie ein böser Traum. Die drei Kameraleute kommen jetzt als Gruppe zurück, mit Hartmut an ihrer Seite. Hartmut sieht mich um Verständnis ringend an. »Hör zu«, sagt er, »könntest du nicht erst mal wenigstens so tun, als wenn du nach der Fete völlig fertig wärst? Die Herren hier hätten gerne, wenn wir uns an den Küchentisch setzen und du mich ein bisschen ausfragst, wie es gestern mit Laura war.«

»Laura?«, sage ich giftig. »Deine ›Perle‹?«

Hartmut rollt mit den Augen. »Ja, willst du denn gar nicht wissen, ob wir ... Mensch, komm«, sagt er und fasst mich am Arm, »jetzt lass uns doch ein wenig quatschen über letzte Nacht, sonst ...«

»Was sonst?«, frage ich.

»Sonst sind die 1000 Euro pro Tag weg, verdammt! Und die Serie auch!«, schnauzt jetzt der Hornbrillenmann. »Man muss hier doch mal Klartext reden. Kein Kiddie da draußen will einen Slacker mit 350 Videospielen im Regal am Sonntag um elf Uhr morgens die Küche wischen sehen, verdammte Scheiße noch mal! Und machen sie Chris Rea aus, das kann ihr Vater hören!!!« Dann geht er zum Radio und dreht den Ton weg. Ich schmeiße den Wischmopp auf den Boden und lege los: »Ja, seid ihr denn alle vollkommen verrückt geworden!!??«, keife ich.

»Ihr habt sie ja wohl nicht mehr alle!« Dann trete ich den Eimer um, das Wasser ergießt sich in die Küche, und die Männer weichen erfolglos aus. Ihre Schuhe schmatzen jetzt im Wasserblumenduft. Ich werfe einen enttäuschten und befremdeten Blick in die Runde, renne raus und fahre bis zum späten Abend Fahrrad.

Als ich heimkomme, ist alles still, und die Kameras scheinen alle bei Hartmut im Zimmer zu sein. Die Schicht müsste mittlerweile gewechselt haben. Im Wohnzimmer döst Yannick auf der Couch. Ich stelle den Fernseher an und sehe einen alten Film mit Paul Newman. Gegen Mitternacht raschelt es in der Küche, und Hartmut schiebt schüchtern den Perlenschnurvorhang zur Seite. »Kann ich dich sprechen?«, sagt er. Ich starre auf den Bildschirm und nicke. Er kommt rein und geht langsam auf dem dicken Teppich hin und her. Dann räuspert er sich und sagt: »Du und ich, wir sind jetzt fertig.« Ich bekomme einen Schreck und spüre, wie mein Herz zu rasen beginnt. Mein Gesicht wird heiß, doch ich versuche mir, nichts anmerken zu lassen. »Was soll das heißen, wir sind fertig?«, frage ich. »Na ja«, sagt er, und plötzlich grinst er ein breites, erlösendes Grinsen: »Just in diesem Moment, um Mitternacht, geht das Experiment ›Doku-Soap‹ zu Ende. Wir wurden wirklich die ganze Zeit gefilmt. Aber nicht von den *großen* Kameras!« Ich stelle den Ton des Fernsehers ab und sehe auf. Mein Hirn versucht zu verstehen, was Hartmut gerade gesagt hat. Sämtliche Kameramänner betreten den Raum, auch die, die eigentlich jetzt keine Nachtschicht hätten. Der Hornbrillenmann, der Rastamann, der Winzige, das Basketball-Shirt, alle … »Darf ich vorstellen. Kommilitonen aus dem Fachbereich Medienwissenschaften!«, sagt Hartmut jetzt. »Sie wollten einmal sehen, was passiert, wenn man seinen Mitbewohner plötzlich mit der Verwandlung der eigenen Wohnung in eine Big-Brother-Show überrascht. Die großen Kameras waren dabei nie an. Nur die kleinen«, sagt Hartmut jetzt und deutet verschmitzt an die Zimmerdecke. Ich folge seinem Blick und sehe eine winzige Kamera in der rechten oberen Ecke des Raumes. Dort, wo man nie hinsieht, weil man da nun wirklich nicht Staub putzt. Die Filmstudenten grinsen. Der Hornbrillenmann sagt: »Wir haben dich dabei gefilmt, wie du glaubtest, gefilmt zu werden.«

»Willst du es mal sehen?«, fragt Hartmut jetzt und hält bereits ein Video in der Hand, das er in den Recorder schiebt. Hartmut und ich sind darauf zu sehen, hier, vor dem Sessel, am Montagmorgen letzter Woche. »Die wollen Reality-TV, die wollen Authentizität, die wollen dich, uns, unseren Alltag. Mensch, jetzt versau das doch nicht!«, sagt Hartmut auf dem Video, und ich antworte patzig: »*Ich* habe dich nicht gebeten, diese Fraggles hier ins Haus zu holen.« Der Hornbrillenmann lacht: »Fraggles ...«, sagt er und schüttelt begeistert den Kopf. Hartmut spult ein Stück vor. Da bin ich, wie ich mit dem Hornbrillenmann über mein Gemüse diskutiere. Ich, wie ich auf der Fete zu dem Aufkleber über der Spüle gehe und sage, dass ich nicht an diesen Menschenhasser-Scheiß glaube. »Das war eine besonders starke Szene«, sagt der Rastamann, und alle nicken. Da bin ich, wie ich das Haus verlasse und vor der Fete flüchte, ich, wie ich den Leuten das Putzwasser über die Schuhe kippe. »Wir haben dich wirklich zum Ausrasten gekriegt«, sagt der Kameramann, der mich scheinbar als Erster gefilmt hat am letzten Montag, wo ich in Wirklichkeit von einem Dutzend winziger Kameras gefilmt worden bin, um zu testen, wie ich auf dies alles reagiere. Auf den Gedanken, eine Doku-Soap drehen zu lassen mit mir als Figur. Auf 1000 Euro am Tag. Und Hartmut hatte alles von Anfang an geplant. »Die ›Perle‹ war auch eine Filmstudentin«, sagt Hartmut jetzt. »Wie alle, die hier unsere Wohnung zum Swingerclub umfunktioniert haben.«

Ich sitze im Sessel und weiß nicht, wie mir geschieht.

»Ich hoffe, wir bekommen für diesen Film einen Preis. Es ist unsere Abschlussarbeit. Kunstwerk und Verhaltensforschung zugleich. Wir würden ihn auch öffentlich zeigen. Mit deiner Erlaubnis, selbstverständlich«, sagt der Hornbrillenmann. »Du hast dich gut geschlagen«, setzt der Rastamann nach. »Hast dich nicht unterkriegen lassen, bist du selbst geblieben. Respekt!« Ich habe das Gefühl, als würde ich im Sessel wie in Treibsand versinken. Ich sehe Hartmut an, sehe die Studenten an. Dann lache ich, kann gar nicht mehr aufhören zu lachen, lache wie sonst nur, wenn ich meine Anfälle beim Kiffen kriege, und sage: »Okay, Hartmut, das war aber jetzt die letzte Aufregung für die nächsten Jahre, okay?« Hartmut lächelt und sagt: »Sagen wir, für *dieses* Jahr, ja?«

»Genau«, sagt der Hornbrillenmann. »Sonst wird es zu langweilig in der WG. Und das kann ja keiner wollen.«

Hartmut sagt, dass wir jetzt alle erst mal Pizza und Wein bestellen sollten. Der große Filmstudent von der Nachtschicht montiert die versteckte Kamera ab.

Chancen nutzen

»Man muss seine Chancen nutzen!«, sagt Hartmut und klaubt noch ein Buch vom Wühltisch vor der Buchhandlung. Wir haben Mitte November und wollten eigentlich Weihnachtseinkäufe machen. Dieses Jahr mal früh. Dieses Jahr wirklich. Doch mit Hartmut kommt man nicht vorwärts. Er wiegt den Haufen Bücher in seinen Armen und strahlt. Es ist unmögliches Zeug dabei. Anthologien mit Titeln wie »Wörter in der Hektik der Zeit«, grauenvoll gestaltet, in Comic-Sans-Schrift gedruckt, mit Lyrik von Namen wie Elisabeth Koch-Denkhof, Marianne Spettnagel-Schneider oder Martina Merks-Krahforst. Ein Bildband zu Straßenbahnen, ein muffig riechendes Taschenbuch namens »Welt am Abgrund« und ein Politband aus den späten Achtzigern mit einem ernst blickenden Mann auf dem Cover, der uns fragt, ob wir noch zu retten sind. Hartmut wohl kaum. Er zahlt seine drei Euro, lässt die Bücher in die Tüte gleiten und steht wenig später zappelnd im orangen Licht einer Supermarktauslage. Süßigkeiten zu Superpreisen liegen dort in gelbem Plastik, exotische Schokoriegel und Karamellbalken mit abstrusen Namen, das Stück zu 20 Cent. »Chancen nutzen«, sagt er wieder, als er der Kassiererin das Geld gibt und mich ansieht, schnell und abgehackt mit dem

Kopf wippend. »Du hast nicht vergessen, warum wir in die Stadt gegangen sind, oder?«, frage ich ihn, als wir die Fußgängerzone weitergehen. »Meim. Meihmaftsgefenke!«, antwortet er und muss husten, krümmt sich, wackelt bedenklich mit seiner Büchertüte, richtet sich röchelnd wieder auf und grinst mich mit einem Karamellmund an, der so verklebt ist wie die zugewachsenen Lippen aus Matrix. Er muss lachen. »Etwas klebrig!«, sagt er und wischt sich mit einem Taschentuch den Zuckerschnodder ab. »Bier?«, frage ich, lasse meinen Rucksack nach vorne rutschen und ziehe zur Hälfte eine Dose aus der Öffnung. Hartmut nickt, stößt mit mir an und richtet den Blick wieder geradeaus, als wolle er sich demonstrativ auf die Weihnachtseinkäufe konzentrieren. »Ist schon richtig, dass wir dieses Jahr mal früher losgehen«, sagt er, doch bevor er wieder von seinen Chancen anfangen kann, frage ich ihn ab: »Wo wollen wir alles hin?«

»Plattenladen, Parfümladen, Kunstladen, Hussel und irgendwohin, wo's Duftlampen gibt!«, antwortet er wie beim Appell.

»Sehr gut!«, nicke ich kichernd und trinke an meinem Bier. Als ich wieder neben mich blicke, ist Hartmut verschwunden. Ich finde ihn zwischen einer kleinen Frau und einem lustlosen Mann in der Auslage eines Secondhandshops, er hat einen viel zu großen, grobmaschigen Norweger-Pulli übergestreift und eine groteske Mütze mit wollenen Ohrschützern auf dem Kopf, die wie Dackelohren hinabhängen. Seine Hände stecken in Fäustlingen. Die alte Registrierkasse klingelt. »Die Chance musste ich nutzen!«, sagt er fast ein wenig entschuldigend und schließt sich wieder unserem Weg an. Es fällt ihm schwer, mit Fäustlingen die Dose zu hantieren, und die ersten Biertropfen kleckern in die Maschen des Pullis. »Komm, hier lang, kleine Abkürzung zum Plattenladen!«, sagt er und biegt in eine kleine, spärlicher beleuchtete Nebenstraße ein. Erst jetzt fällt mir auf, wie kalt es ist. Ich kann unseren Atem sehen. »Welche CD musstest du noch mal für deine Mutter besorgen?«, frage ich, doch Hartmut läuft wieder nicht neben mir, sondern winkt mir von der anderen Straßenseite zu. Es wirkt, als hätte jemand einen schnellen Filmschnitt gemacht. Ich stutze einen Moment, dann renne ich rüber. »Der Plattenladen ist auf dieser Straßenseite!«, sage ich.

»Weißt du, wie selten in den heutigen Städten die Straße frei ist?«, fragt Hartmut empört. »Die Chance musste ich nutzen!« Er sieht mich wieder so an, als wären seine Worte der Hort der Vernunft und ich ein penetranter Nörgler ohne Blick für das Wesentliche. Dann stürzt er in einen Busch. »Hach, verdammt, hier!«, stöhnt er, mit Kopf und Oberkörper komplett in dem kratzigen, schwarzen Geäst vergraben. »Ich krieg sie nicht zu fassen«, fährt er fort, und bevor ich ihn fragen kann, was er nicht zu fassen kriegt, schimpft er über die Fäustlinge. Nach ein paar weiteren Minuten kommt er rückwärts aus dem Busch gekrochen, dreht sich zu mir um und hält mir eine Glasflasche entgegen, als wolle er für die Beute geehrt werden. Die Büchertüte ist angerissen, ein paar Fäden hängen aus dem Secondhand-Pulli wie Haare aus einem ungekämmten Straßenköter. »Hartmut ...«, sage ich. »Mein lieber Mitbewohner«, sagt er, »auch wenn dieses gute Stück nur fünfzehn Cent wert ist, so ist es für meine Verfassung doch wichtig, keine Chance auszulassen, die sich mir anbietet. Ein Geldstück hättest du auch nicht einfach liegen lassen. Prinzipien, mein Lieber, es geht hier um Prinzipien. Da, abgeben!« Er deutet mit der im Laternenlicht glitzernden Flasche auf eine Trinkhalle an der nächsten Ecke, seine wollenen Ohrschützer wippen leicht umher. Der Mann in der Trinkhalle sieht aus, als würde er den kleinen Kasten nie verlassen. Ein winziges Fenster steckt in der Front, es wirkt, als wolle er den Verkaufsraum nur zum Wohnen benutzen, eine von meterweise Waren abgedichtete Höhle im Auge der Stadt, deren bloße Verpflichtung, wenigstens theoretisch für Kunden zur Verfügung zu stehen, in dem winzigen Schlitz Ausdruck fand, durch den Hartmut jetzt seine Flasche steckt und halb in den Raum hineinwedelt, als der alte, grimmfaltige Mann nicht reagiert. Ein Fernseher läuft im Inneren. Gesäusel. Das Gesicht des Mannes erscheint im Schlitz. »Was wollen Sie?«, krächzt er. Es wirkt wie eine Szene aus *Discworld* oder *Baphomets Fluch*. Ich will wieder an die Playstation und zu Yannick auf die Couch. Das gibt eh nichts mit dem Weihnachtseinkauf. »Einmal Pfand bitte!«

»Die Flaschen nehmen wir nicht!«

»Wie, diese Flaschen nehmen Sie nicht?«

Ich seufze. Ich weiß, dass es jetzt wieder losgeht. Ich setze mich auf einen dreckig bepflanzten Betonkasten und öffne die zweite Dose.

»Diese Flaschen nehmen wir nicht, was ist daran nicht zu verstehen?«

»Was daran nicht zu verstehen ist? Was daran nicht zu verstehen ist!? Hah!« Hartmut rollt mit den Augen und dreht sich zur Straße um, als könne er sich dort in die Kamera einer Enthüllungsreportage drehen: ›Servicewüste deutsche Trinkhallen. Wie langgesichtige alte Männer in Schlitz-Kiosken ihre Kunden ausnehmen.‹

»Was sagst *du* denn dazu?«, fragt mich Hartmut. Ich zucke

wie immer hilflos mit den Schultern und sehe mich um, ob uns keiner sieht. Hartmut dreht sich wieder zum Schlitz.

»Jetzt hören Sie mal zu …«

»Wir haben diese Marke nicht!!!«, unterbricht ihn der Schlitzmann unwirsch.

»Die Marke ist völlig egal!«, brüllt Hartmut jetzt zurück. Dann atmet er. Der alte Mann bleibt still, Hartmut ist noch im Vorteil. »Wissen Sie eigentlich, was ich durchgemacht habe, um an diese Flasche zu kommen?« Ich stelle mir vor, wie die Szene für den Mann im Kiosk aussehen muss. Draußen in der Kälte steht ein Mann in zerfetztem Norwegerpulli vor dem Schlitz, schmieriges Leergut in den Fäustlingen und eine Mütze mit wollenen Ohrschonern auf dem Kopf. Und dieser Mann spricht weiter: »Nein, das wissen Sie wahrscheinlich nicht. Wie könnten Sie auch?«

»Hartmut …«, quengele ich.

»Ich bin noch nicht fertig!«, sagt Hartmut.

»Ich rufe jetzt die Polizei«, sagt der Mann hinter dem Schlitz.

»So, ja, tun Sie das. Dann erklären Sie ihnen aber, dass Sie gerade Ihre gesetzlich verbriefte Verpflichtung auf Rücknahme normgleicher Flaschen brechen, nicht wahr? Ich für meinen Teil sehe nämlich da in Ihrem Schaufenster eine baugleiche Flasche wie die meinige hier, ÖNORM A 5012. Regelt Mehrwegflaschen aus Glas in so genannter Bordeauxform mit einem Nennvolumen von einem Liter für stille Getränke. Aber ich denke, dass Sie das genauso wissen wie ich, schließlich sind Sie Getränkefachhändler, und wie könnten Sie da nicht …«

»Verschwinden Sie von meinem Kiosk!«, schallt es durch die Straße.

Ich bette leise den Kopf in meine Hände. Wir wollten Weihnachtsgeschenke kaufen. Dieses Jahr mal früher. Wieder nichts. »Ich bleibe«, sagt Hartmut, »ich bleibe«, und setzt sich demonstrativ auf das schmale Bord der Trinkhalle. »Also gut, bleiben Sie!«, sagt der Kioskmann trotzig und setzt sich wieder vor den Fernseher. Als nach wenigen Minuten der erste Kunde kommt, geht Hartmut auf ihn zu, spricht irgendwas mit ihm, zeigt über die Kreuzung, als erkläre er einen Weg und schickt den Mann in die Nacht. Dasselbe mit dem nächsten. Und übernächsten. Beim vierten Mal bemerkt der Kioskmann, was abgeht, und steckt seine krumme Nase durch den Schlitz. »Verdammt noch mal, was machen Sie da?«

»Nichts, unterhalte mich bloß mit Leuten.«

»Sie vergraulen mir die Kunden!«

»Lässt sich schnell ändern«, sagt Hartmut und wedelt mit der Flasche vor dem Schlitz herum. Plötzlich schnellt die Hand des Mannes aus dem Schlitz, zieht schnell und mit einem giftigen Grummeln das Altglas herein und röselt einen Moment im Inneren der hermetischen Box. Nach einer Minute kommt ein Heft aus dem Schlitz geflogen, es sieht aus, als habe der Kiosk eine Münze ausgespuckt. Hartmut hebt es auf und starrt auf die Seiten. »Perry Rhodan, Restausgabe. Nehmen Sie's oder nicht. Aber Geld gibt es für die Flasche hier nicht!«, sagt der Kioskmann. Dann schließt sich der Schlitz mit einem kurzen, schroffen Ruck.

Hartmut nahm das Heft. Er setzte es auf eBay und versteigerte es für 2,57 Euro an einen weiblichen Perry-Rhodan-Fan namens Esther. Zwei Wochen später tummelte Esther sich in unserer Wohnung und blieb. Es war schwer, etwas über sie zu erfahren, denn sie verließ Hartmuts Zimmer nur, um die Toilette zu benutzen oder zu duschen. Nur Hartmut kam ab und zu in Unterhosen in die Küche, goss sich ein Glas Wasser ein und grinste mich auf diese zufriedene Art an, in der Männer grinsen, wenn sie gerade Sex hatten, während ihr Mitbewohner im Wohnzimmer Playstation spielt. »Esther ...«, seufzte er dann, starrte abwesend auf die Kacheln hinter der Spüle, trank einen Schluck, sah mich an und schloss mit den Worten: »Wie ich schon sagte: Man muss seine Chancen nutzen. Weißt nie, wofür's gut ist.« Dann ging er in sein Zimmer zurück, und ich dachte an ihn, kopfüber im Busch, die Pfandflasche erkämpfend. Kopfschüttelnd setzte ich mich wieder auf die Couch, kraulte Yannick die Ohren und war irgendwie stolz auf ihn.

Always

Ich liege in der Wanne. Nebenan ist Hartmut mit Esther zugange, aber ich kann nicht ständig darauf Rücksicht nehmen. Das Bad ist nun mal ein Durchgangsraum, und ich brauche mein regelmäßiges Schaumbad, sonst werde ich völlig unleidlich. Die Playstation ist kaputt, Jörgen repariert sie gerade, doch das kann Tage dauern bei dem alten Kiffer, und das ist alles schon deprimierend genug. Das Badewasser riecht nach Eukalyptus, blauer Lagune, Fichtennadelwald und ein wenig Pfirsich, da ich wieder alle Flaschen gemischt habe. Was hier heute Abend abfließt, wird das örtliche Grundwasser auf Jahre verseuchen, aber das habe ich mir verdient. Der Schaum wölbt sich bis weit über den Rand, ich muss richtig mit meinem Comic jonglieren, damit das Buch nicht nass wird. Nach wenigen Seiten wandern meine Ohren unweigerlich ins Nebenzimmer. Ich kann nicht anders. Ich lausche. Was ich höre, sollte mich nicht wundern. Die, die dort sprechen, sind Hartmut und Esther. Hartmut, der einst jede Spam-Mail mit einer Bestellung beantwortete, um den E-Commerce durch affirmative Subversion zu bekämpfen. Hartmut, der die Nachbarschaft von Strom und Wasser und den Koksdealer von seinem Fahrrad trennte. Hartmut, der seine Esther über eBay kennen lernte. Esther, der weibliche

Perry-Rhodan-Fan, die Frau, die nachts um halb vier Reportagen über serbokroatische Künstler auf Arte sieht und am nächsten Morgen in unserem Wohnzimmer Peter Alexander anmacht. Esther, die Stephen Hawking liest und Stephen King verachtet, während sie jedes Perry-Rhodan-Heft besitzt, das jemals in Deutschland erschienen ist. Ich sollte mich über wenig wundern, was von diesem Pärchen aus dem Zimmer kommt. Doch jetzt spitzen sich im Badeschaum selbst meine Ohren.

»Was ist denn das?«, ruft Hartmut.

»Eine Always, weißt du nicht, was eine Always ist?«

»Natürlich weiß ich, was eine Always ist!«

»Und?«

»Wie und? Hast du deine Periode?«

»Nein.«

»Hast du Ausfluss? Ist was undicht?«

»Nein.«

Die Stimmen klingen dumpf durch die Zimmertür, aber die Worte finden den Weg in meine Ohren. Ich stecke meinen Kopf in den Schaum, bis ich Bläschen atme. Es hilft nichts. Ich habe mir den falschen Mitbewohner gesucht. Ich werde nie reich genug sein, um mir eine eigene Wanne leisten zu können. Die Playstation ist kaputt. Ich sehe Jörgen über den Platinen, wie Tabak von seinem Joint in die Technik fällt. So wie Chirurgen Handtücher oder Klemmen in Bäuchen vergessen. Ich versuche, mich zu ertränken. Es klappt nicht. Die Stimmen klingen immer noch durch die Tür.

»Soll das heißen, du trägst die Dinger jeden Tag!!!???«

»Ja, natürlich, das ist doch normal, oder? Heißen doch nicht umsonst Always!«

»Esther!!!« Hartmut klingt entsetzt. Er klingt, als habe ihm

Esther gerade verraten, dass sie von ihren Eltern nie aufgeklärt wurde. Hartmut hat seine letzte Hausarbeit in Gender-Theorie geschrieben. Er hat schon in Antifa-Zimmern über Antisexismus diskutiert. Er japst. »Esther!« Er schluchzt und scheint sie in den Arm zu nehmen, dann springt plötzlich die Tür auf, und Hartmut sieht mich an, wie ich in der Wanne liege. »Hast du das eben gehört?«, flüstert er, als sei es völlig normal, dass ich mithörend bade, während er mit seiner Freundin über Intimbereiche redet. »Sie glaubt, sie müsse jeden Tag Binden tragen, ob Regel oder nicht.«

Ich ziehe die Augenbrauen hoch, um seinem Entsetzen beizupflichten. Ich frage mich, wann ich das nächste Mal baden kann. »Da hast du das ganze Elend!«, fährt Hartmut fort. »Die Werbung, das Patriarchat!« Hartmut spricht gerne in Substantiven, wenn er empört ist. Man darf ihn dann nicht unterbrechen. »Die ewige Schmutzigkeit und Verderbnis der Frau. Als sei sie immer undicht. Dabei sind wir es doch, die gelbe Flecken und Rallyestreifen in der Hose haben!« Ich will ihm sagen, dass dies auf mich nicht zutrifft, aber ich bleibe still. Mein Mund schmeckt nach Seife. »Da hilft nur eins!«, sagt Hartmut jetzt und verschwindet wieder in seinem Zimmer. Nach wenigen Minuten kommt Esther rausgestürmt, schaut mich empört an und sagt: »Er will jetzt auch immer Always tragen. Er sagt, ihr seid viel undichter als wir!« Liegt es am Schaum, der mich umhüllt, dass ich hier in der Wanne zum öffentlichen Ansprechpartner werde? Oder traut man mir generell keine Privatsphäre zu, wie Kleinkindern und Irren? Esther stemmt die Arme in die Hüften: »Er sagt, nur so könne ich lernen, dass diese Gehirnwäsche, diese sexistischen Diskurse, reine Konditionierung seien!« Ich zucke im Schaum mit den Schultern. Ich liege nackt in der Wanne, in meinem Bad, und soll mit einer mir eigentlich recht fremden Frau darüber sprechen, ob es irrsinnig ist, ständig Binden zu tragen. Ich will ihr sagen, dass ich auch lange Zeit glaubte, vom Onanieren später Bandscheibenvorfälle zu kriegen, mal davon abgesehen, dass ich vor Gott Schuld und Schmutz auf mich lud, dass dies aber mit vierzehn abschwoll. Esther ist nicht vierzehn. Esther trägt ständig Always und liest Perry Rhodan. Ich schweige. Sie seufzt und verschwindet im Flur.

Eine Woche später ist Esther verschwunden. Hartmut trägt immer noch Binden, er sagt, das sei gar nicht so unangenehm und verhindere die Rallyestreifen selbst bei exzessiver Flatulenz. Hartmut sagt mir manchmal Dinge, die ich nie erfahren wollte. Ich glaube auch, dass er sich irgendwie avantgardistisch fühlt dabei. Jörgen hat die Playstation repariert, und sie läuft wie eine Eins. Am Samstag kann ich endlich in einer leeren Wohnung in die Wanne gehen. Hartmut ist nicht da. Er hat ein neues Date. Diesmal war's nicht über eBay.

Advent

Es war zwei Tage vor dem ersten Advent, als die Herrschaften gegenüber einen kleinen, roten Lichterbogen ins Fenster stellten. Ihre Katze sprang zuerst mürrisch daneben und wollte den ihr angestammten Platz auf der Fensterbank gegen das Geleucht verteidigen, doch schließlich fand sie genug Platz und genoss fortan das Hocken im Schein des Lichtes wegen seiner Gemütlichkeit, seiner Wärme und sicher auch wegen des Ruhms, der ihr dadurch zuteil wurde, wenn Kinder, Rentner und studentische Paare mit Wollmützen und kleinen Turnschuhen auf das Fenster zeigten und Geräusche machten, wie man sie sonst nur in der Stofftierabteilung vernimmt. Als Yannick dann auf unserer Seite der Straße auf meiner Fensterbank konterte, schwangen die Köpfe der Passanten auf der Straße hin und her wie beim Wimbledon-Finale. Die Katze von gegenüber gewann das Match wegen der besseren Ausleuchtung der Bühne. Ich hatte nichts gegen den Lichterbogen und das warme, dezente Licht, doch ich konnte nicht ahnen, dass es der Beginn eines Lichterkrieges sein sollte, der *unser* Haus in immer tiefere Dunkelheit stürzen würde.

Jetzt schreiben wir die Woche vor dem zweiten Advent, und Hartmut hat gerade meine Fenster mit schwarzer Folie verklebt. Zwei Gucklöcher lässt er mir, Bullaugen mit dem Durchmesser einer Langspielplatte. Ich protestiere kaum noch, da ich sein Projekt nicht gefährden will und da es ja auch bescheuert aussieht, wenn die Vorderfront des Hauses nur auf einer Seite schwarz verklebte Fenster hat. Das Gothic-Pärchen von oben macht Hartmuts Aktion natürlich begeistert mit. Nur Kirsten weigert sich standhaft, ihre Fenster zu verdunkeln. Sie hat sogar aus Trotz gegen unseren »Unsinn« ihre Fenster mit Leuchtschläuchen umrandet und jeweils einen strahlenden Stern in die Mitte gehängt. Die Front unseres Hauses sieht jetzt aus wie ein alter Breitwandfilm im Kino – oben und unten schwarze Streifen und in der Mitte zwei hell umrandete Augen, die mit leuchtenden Sternenpupillen verbissen in die Nacht starren. Hartmut regt sich gar nicht auf über Kirstens Insubordination. Gerade der Kontrast mache unsere Schwärze doch erst richtig spektakulär, und außerdem wirke in der jungen Polizistin der gute alte Trotz und nicht etwa der Mithaltedrang gegen das Gepränge der Nachbarschaft. Ich finde es lustig, wie Hartmut hier von *unserer* Verdunkelung spricht, wo ich von selbst niemals auf die Idee gekommen wäre, den grassierenden Weihnachtsbeleuchtungswahn mit dem tiefschwarzen Gegenteil zu kontern.

Jetzt ist Hartmut fertig, packt lächelnd das Klebeband ein, zeigt wie ein Verkäufer am Messestand auf meine Fenster und lässt mich näher treten. Bedröppelt stehe ich da in meinem Zimmer und gewöhne mich daran, dass ich dieses Jahr den Schnee nur durch Bullaugen wahrnehmen werde, als würde ich mit einem Eisbrecher durch die Arktis fahren und fern der Heimat aus meiner Rumpfkajüte schauen. Die Fenster an den Seitenflanken sind noch frei. Aus der Küche heraus beobachtet Yannick den Garten der Häußlers. Die Büsche tragen dort schon Lichterketten, und im Rasen stecken Leuchtstäbe wie fluoreszierende Skistangen mit Glühwürmchen drin. Ich befürchte, der Krieg hat gerade erst begonnen.

Kurz nach Sonnenuntergang klopfen Pia und Frank von oben, Hartmut ruft mich, und wir müssen los zur Patrouille. Jeden Abend machen wir diesen Kontrollgang, betrachten die Entwicklungen in der Nachbarschaft, notieren Aufrüstungen und Zuspitzungen in bestimmten Gebieten, machen hier und da ein paar Fotos vom Feind. Ich ziehe mir die Handschuhe an und eine Mütze über die Ohren, grüße die beiden und schließe die Tür ab. Mir gefällt dieser allabendliche Spaziergang durch das gelb, orange und rot leuchtende Viertel. Es ist, als würde man abends durch einen leeren Themenpark gehen. Lediglich nach dem Rundgang wird's ungemütlich. Da heißt es weitere Verdunkelung bei uns, falls die Mitbürger es mit dem Licht weiter übertrieben haben, und all die Gemütlichkeit geht wieder baden zwischen Panzertape, Reißzwecken, schwarzer Folie und Vermessung.

Wir gehen erst mal links die Straße runter, als die alte Haustür ins Schloss fällt, und sehen schon sofort, dass Frau Klein und Herr Schober ordentlich was getan haben. Eine Gruppe Rentiere steht dort bei Schobers im Garten, aus Lichtschläuchen und Draht geformt. Frau Klein hat einen großen Weihnachtsmann an den Dachfirst gehängt, der versucht, in das obere Fenster zu gelangen, und an ihrer Tür blinkt mittlerweile ein komisches Mandala in Blau, Rot, Gelb und Grün wie die Losbudenverkleidung auf der Kirmes. Die Hecken zum Weg hin kommen auf ein Lämpchen pro Blatt, und im Vorbeigehen höre ich ein leises, aber spürbares Gesumme, als sei die Luft in den Vorgärten dieser beiden Familien so aufgeladen wie der Platz unter den Strommasten am Niederrhein, wo Hartmut sich damals so gerne aufhielt, als wir als Kinder diese Serie mit den dreibeinigen Wächtern nachspielten. Hartmut holt seinen Block raus und macht Notizen, Pia und Frank vertrauen auf sein Protokoll, halten Händchen und schmiegen sich aneinander während unseres Spaziergangs. Beide tragen schwarze Mäntel und dünne, schwarze Schals, turteln ein wenig und zeigen hier und da mal auf ein Haus wie Touristen auf dorische Säulen. Ein paar Häuser weiter lacht Hartmut kurz und schmerzlos auf. Sämtliche Fenster sind dort mit Glühwürmchenschlauch umrandet, ebenso alle Dachrinnen und Abschlüsse, das ganze Haus hat leuchtende Konturen wie eine »Haus vom Nikolaus«-Zeichnung, die man mit goldenem Edding auf schwarze Pappe gemalt hat. Hartmut notiert eifrig die Entwicklungen, das gelbrote Licht setzt das schwarze Halsband mit den Stacheln in Szene, das Pia trägt, und Frank spielt auf ihrem Rücken mit ihren Fingern in den Handschuhen. Wir sprechen nicht viel auf diesen Spaziergängen, sondern betrachten in Ruhe die Nachbarschaft, während ich auch häufig Pia und Frank beim Betrachten betrachte. Ich hätte jetzt gern Glühwein.

In der Straße mit den alten Bergbauhäusern geht es richtig los. Hier haben längst die Duelle begonnen, die alten, massiven, urigen Häuser auf beiden Seiten der Straße stehen sich gegenüber wie Cowboys oder Kirmesbuden, die Straße selbst ist eine Flaniermeile geworden, ich sehe automatisch auf den Boden, um abgerissene Loszettel und alte Pommesschalen zu erspähen. Es scheint, als bestünden manche der Eigenheime nur aus purem Licht, das hier und da von einem Stein oder einem Stück Zement dekoriert wurde. Ein Apfelbaum senkt die Äste unter vielleicht fünftausend Glühbirnen, an einer Stelle ist die Dachrinne abgebrochen, Wasser tropft knapp an den dünnen Kabeln vorbei, die am Rand des Hauses gesammelt in einem Schuppen verschwinden. Es ist, als stünden wir in einem riesigen Computer, und die Häuser sind als Prozessoren mit vielen losen Kabeln an das Motherboard angeschlossen, der Tower ist transparent, und sein Inneres leuchtet, und für den großen User über uns sind wir auch bloß wuselnde Würmchen wie für uns die Punkte in den Lichtschläuchen dieser Nacht. Einige weitere Spaziergänger kommen uns entgegen, sie zeigen auf Giebel und Fenster, Vorgärten und Bäume und brummen unter ihren Schals verächtlich oder inspiriert, während hier und da ein Vorhang in den Häusern zur Seite gezogen wird und Menschen mit Teetassen ihre Zuschauer beobachten. Menschen wie du und ich, die nicht danach aussehen, diesem pathologischen Wahnsinn verfallen zu sein, und die mir wieder mal die Banalität des Blöden vor Augen führen. Es ist überall. Auch in unserer Nachbarschaft. Pia sagt, dass ihr die Zehen frieren, und Hartmut nickt wie ein Sergeant, der die Mission für beendet erklärt und genug Daten für heute gesammelt hat. Zurück vor unserer Haustür, beschließen Hartmut und die anderen, die Verdunkelung des Hauses auch auf die Seitenflanken auszuweiten. Eine halbe Stunde später stecken wir mitten im Bastelfieber.

Am Sonntag, dem zweiten Advent, kommen Touristen in unser Viertel. Hartmut beobachtet es schon am Vormittag, als er in Unterhosen am Fenster steht und durch die Bullaugen linst. »Das sind heute mehr als bloß Verwandtschaftsbesuche«, sagt er. Gegen Nachmittag sind bereits sämtliche Straßenränder zugeparkt, hier und da stehen Smarts und neumodische Mini Cooper quer oder in zweiter Reihe. Als es dunkel wird und überall die Weihnachtsbeleuchtungen angehen, stehe ich schon im Flur mit Handschuhen und Mütze bereit, als Hartmut gerade aus dem großen Bad kommt und mich rufen will. Er bricht seine Order im Keim ab und lacht. Da klopfen auch schon Frank und Pia.

Auf dem Weg zur Straße mit den Bergbauhäusern sehe ich, dass Hartmuts Prognosen richtig waren. Die Dichte der parkplatzsuchenden Autos nimmt zu, schnatternde Menschen steigen aus den PKWs, Türen knallen, Omas rücken ihre Hüte gerade. Als wir in die Straße einbiegen, kommt uns ein Gaukler entgegen, ganze Menschenmengen wippen durch die Gegend, die Häuser links und rechts feuern, was das letzte Watt hergibt. Vor dem Haus mit dem überlasteten Apfelbaum ist ein Stand mit heißen Mandeln, Kakao und Glühwein aufgebaut, drei Gärten weiter verkaufen sie Bier und rote batteriebetriebene Weihnachtsmannmützen, deren Ränder mit blinkenden Lampen besetzt sind. Ich frage mich, wann sie Reißverschlüsse erfinden, die nur mit Batteriebetrieb zu verschließen sind, und Batterien, für deren Inbetriebnahme man kleinere Batterien braucht, die man in ein Fach in den größeren Batterien einschiebt. Vor einem Haus, in dessen Vorgarten ein Drei-mal-drei-Meter-Weihnachtsmann aufgepumpt ist, in den wie in eine Hüpfburg ständig Luft einströmt, werden weitere Lichterketten und Leuchtkränze verkauft. Die Kartons sehen billiger aus als die Waren bei Urban, die Kabel sind so dünn wie Nähgarn, die Stecker sind nicht mal rund, sondern flach, wie für amerikanische Steckdosen, wenn mich nicht alles täuscht. Sie sehen nach Brand aus und Ruß und Verderben. Während Hartmut kräftig notiert, kommen zwei Männer die Straße hinab, zeigen ihre Ausweise, prüfen den Stand und verkünden, dass es sich um illegalen Schund aus China handelt, bei dem leitende Teile freiliegen. Sie sagen der Verkäuferin, dass sie die Ware konfiszieren müssen. Die sagt immer »Ja, danke« und »Ja, bitte« in gebrochenem Deutsch und grinst kuhäugig. Als die Männer anfangen, ihr die Kartons wegzutragen, tut sie so, als ob sie's gar nicht stört. Ich schäme mich irgendwie, ich weiß nicht genau, für wen. Dann beginnen die Männer mit der Inspektion der Häuser. Als sie dem ersten Anwohner die Lichterkette wegnehmen wollen, schlägt der mit einem Spanbrettholz nach ihnen. Sie rufen Verstärkung. Im Haus gegenüber ballert plötzlich die Weihnachtsplatte von Wolle Petry aus den Fenstern, Menschen mit Glühweinbechern in der Hand fangen an, auf dem Bürgersteig zu tanzen, während Wolle in genau demselben Tonfall die heilige Nacht verkündet, in welchem er auch erzählt, dass seine Olle ihn in die Hölle geschickt hat. Frank und Pia schütteln den Kopf und knöpfen ihre Mäntel auf, damit man ihre T-Shirts von Deine Lakaien und Paradise Lost besser sehen kann. Hartmut schreibt und schreibt. Ich erahne viel Arbeit.

Einen Sonntag später sind die Vorbereitungen abgeschlossen. Der dritte Advent steht auf dem Plan, und während sich Hartmut, Frank und Pia um das Technische gekümmert haben, habe ich die Pressemitteilungen herausgesendet und mit Fernsehsendern telefoniert. Ich habe dabei aus meinen Bullaugen den ersten Schnee gesehen, bin sogar einmal aufgestanden, um zu sehen, wie sich die Straße langsam weiß färbt, und hätte fast den Redakteur von Kabel1 verpasst, der mittlerweile an den Hörer gekommen war und lauthals »Hallo?« rief. Die Nachbarschaft ist immer noch voll geparkt, die Wattzahl im Rahmen des überhaupt noch Möglichen maximiert worden. Die Katze sitzt schon lang nicht mehr gegenüber im Fenster, es ist ihr zu grell von draußen. Ihr Frauchen hat den kleinen Bogen abgeschaltet und von der Bank genommen, ihre Rollos sind unten. Ich glaube sogar, ich hätte sie neulich morgens wegfahren hören, mit Kofferrollen auf dem Kopfsteinpflaster und irgendwas von wegen »wärmerer Gefilde«. Yannick sitzt auf meinem Bett und macht mir Vorwürfe, weil er durch kein Fenster mehr sehen kann. Ab 20 Uhr hat sich das Fernsehen angemeldet, ich zweifle immer noch daran, dass Hartmuts Plan funktioniert. Er und die anderen haben immer vormittags gearbeitet, als Kirsten aus dem ersten Stock bei der Arbeit war, sie waren leise, selbst Hans-Dieter hinten ahnte nichts.

Jetzt biegen die ersten Kleinbusse um die Ecke, und junge Männer mit kurzen Haaren und exakt beschnittenen Kinnbärtchen steigen aus. Das Fernsehen ist da. Wir öffnen die Tür, und die Männer erklären uns, dass wir Publikum brauchen. Ich sage, dass ich das besorge und sie schon mal aufbauen sollen, und laufe runter zur inoffiziellen Jahrmarktsmeile bei den Bergbauhäusern. Hier ist es immer lauter geworden, zu Wolle Petry ertönen jetzt auch Grönemeyer, André Rieu und die Weihnachtsplatte der Toten Hosen aus den Häusern, die Frau mit den illegalen Beleuchtungsketten ist wieder da, alle Angezeigten haben ihre Lichter wieder aufgehängt, Mandeln und Glühwein kleben und fließen, einer hat seine Beleuchtung mit akustischen Sensoren so eingestellt, dass sie im Rhythmus der Musik zu flimmern beginnt. Es gibt keine Maulwurfshügel mehr um die Bäume herum. Der Apfelbaum verliert zwei Äste. Ich gehe herum und streue das Gerücht, dass mehrere Fernsehteams bloß eine Straße weiter wären und ob sie die etwa wieder weglassen wollten, ohne dass diese Straße gefilmt worden sei? Die stille Post wirkt, die diffuse Masse wird langsam brummend vereint, und schließlich verkündet einer über das Mikrofon an seinem DJ-Pult im Vorgarten, dass eine Straße weiter das Fernsehen sei, und dreht dafür extra die Musik runter. Wie ein Radiomoderator. Dann beginnt die Völkerwanderung, ich renne schnell vor und winke Hartmut, Frank und Pia, die bereits auf dem Dach stehen, und den Fernsehleuten von WDR, Kabel1 und RTL, dass es jetzt gleich losgehen kann, und kaum, dass die ersten hundert Leute die Straße raufstampfen, lassen Hartmut und die anderen die schwarze Folie vom Dach, sie rollt sich flappend über die ganze Front auf, sogar die Aussparung für die Haustür mit dem kaputten Wellblechdach passt sich perfekt an. Das Haus steht im Dunkeln, ist nur noch ein schwarzer Klotz, ein Borgwürfel, Kirsten kommt schreiend aus dem Haus gelaufen, da sich eben ganz überraschend ihre Wohnung verdunkelt hat, und Hans-Dieter schlurft mit DJ aus dem Anbau. Ich bin jetzt doch wieder ein bisschen stolz auf Hartmut. Christo hätte es nicht besser machen können. Die Passanten sind baff und wissen nicht, was sie sagen sollen, die gespenstische Stille passt perfekt zu dem Anblick, nur die beiden Pentagramme auf Fensterhöhe ihrer Wohnung hätten Frank und Pia weglassen können, aber das war wohl ihr Preis für die Mitarbeit an dieser Verpackung. Hartmut weiß auch nicht, wann es genug ist, und seilt sich jetzt in seiner schwarzen Hose und Kapuzenpulli vom Dach ab, um direkt vor dem Mikro der Presse zu landen und zu erklären, was es mit dem Haus auf sich hat. Kirsten hat derweil ihre Kollegen angerufen und verkündet zeternd, dass sie bald eintreffen werden. Ich sage ihr, dass sie dann erst mal durchfahren können, um illegale Lichterketten in der Straße mit den Bergbauhäusern zu beschlagnahmen. Hartmut sagt, dass er mit der Verdunkelung nicht eher aufhören werde, ehe der Lichterwahnsinn der Nachbarsbevölkerung verschwinde, und wenn er das ganze Haus in den Pforten des Nichts wie in einem schwarzen Loch verschwinden lassen müsse, er fände einen Weg. Die wenigen Leute, die sein Interview verstehen, buhen und blöken, nach und nach buhen die anderen mit, weil sie merken, wie hier die Fronten stehen. Glühwein tropft ihnen auf die Finger, sie haben Mandelzucker in den Mundwinkeln. Abschließend steigt Hartmut auf das kleine Treppchen zu unserer Haustür, steht jetzt in der einzig ausgesparten Lücke der schwarzen Verpackung und liest einige Verse aus dem Alten Testament. Die Umstehenden verstehen ihn nicht, ich höre, wie einer fragt: »Watt labert der da?«

»Irgendwas aus *Herr der Ringe*!«, antwortet ein anderer und dreht sich mit seinem Glühwein ab. In dem Moment kommen Kirstens Kollegen mit Blaulicht um die Ecke, das den Farbspielen des Viertels eine glitzernde Pointe hinzufügt. Hartmut geht auf sie zu, bevor Kirsten das tun kann, erklärt ihnen den Sinn seiner Kunstaktion, flüstert ihnen zu, dass er das Hauskondom natürlich wieder abnimmt und nur so tut, als ob, und fragt sie in unausweichlicher Rhetorik, ob ein Stück Kunst denn wirklich so gefährlich sei wie das Verwenden von illegaler Beleuchtungsware mit ungenügender Isolierung, die immer noch in diesem Viertel verkauft und installiert wird. Ein unmöglicher Zustand, wie schließlich auch die Beamten befinden müssen, die eine Chance wittern, ein ganzes Viertel auszuheben. Die quäkende Kirsten nehmen sie einfach mit. »Komm, Kiki«, sagen sie, »wenn das stimmt, was dein Nachbar sagt, können wir hier beim Chef einen guten Eindruck machen. Der braucht eh wieder einen besseren Draht zum Ordnungsamt. Die räumen dann mal hier auf.« Als die Leute verstehen, was die Polizei vorhat, rennen plötzlich viele in ihre Straße zurück, aufgescheucht und scheinkonzentriert wie Flüchtende bei Demos. Ich sehe sie ihre billigen chinesischen Brandgefahrketten aus dem Efeu reißen. Ich lache.

Die Kameraleute packen ein, murmeln, schlagen die Türen ihrer VW-Busse zu. »Gute Sache!«, sagt einer von ihnen und »jetzt könnte ich etwas essen« der andere. Die Leute von Kabel1 und RTL fahren und winken. Frank und Pia kommen endlich vom Dach und schmusen. Wir gehen mit den Leuten vom WDR gegenüber in die Pommesbude. Wir essen Currywürste, Hackbraten, Fritten. Im Fernsehen läuft Helmut Lottis Weihnachtstraum. Das Gasthaus selbst aber ist nicht beschmückt. Die Männer hinter dem Tresen zeigen heute mehr denn je ihre Tätowierungen aus dem Gefangenenlager. Der Fernseher ist Konzession. Für mehr haben sie zu viel erlebt, als dass es bei ihnen noch groß leuchten würde. Ihr Hackbraten ist großartig. Der junge Mann vom WDR sagt: »Spätestens am nächsten Advent bringen wir das in der Lokalzeit.« Er kaut. Ich bestelle Bier für uns alle.

Money Maker

»Da ist der Übeltäter«, sagt Hartmut und kniet vor der Heizung in unserem Keller wie ein Gläubiger vor seinem Gott aus Blech. Neben dem rostigen Gebilde führt ein Rohr über aussortierte Kartons an der niedrigen Decke entlang und tropft kurz vor dem Hobbit-artigen Eingang stoisch in einen alten Eimer. Es ist einer dieser Aspekte, die niemand erklären kann und die man einfach hinnimmt wie ein Bild an der Wand, das man vor lauter Gewohnheit nicht mehr sieht. Als wir einzogen, war es dem winzigen Vermieter nur einen Nebensatz wert. »Sie müssen dann ab und zu den Eimer leeren«, hat er gesagt, »das Heizungsrohr tropft, das muss noch gemacht werden.« Es klang so, wie Vormieter einem einen Defekt erklären und lustlos versichern, dass sich der Hausbesitzer schon noch darum kümmern wird. Nur, dass der Hausbesitzer selbst es war, der da neben der Heizung stand und baldige Ausbesserung gelobte, als wäre jemand anderes dafür verantwortlich.

Es tropfte weiter und das Leeren des schmierigen Eimers, auf dessen Wasseroberfläche einmal die Woche Spinnenleichen und eine pelzige Staubschicht schwammen, wurde zu einem lieb gewonnenen Teil unseres Zusammenlebens. Auf den Gedanken, mal zu überlegen, was das Getropfe bedeuten könnte, kamen wir nie.

Es tropfte.

Die Welt drehte sich.

Man machte Reformen.

So war das eben.

Doch als Hartmut eines Montags mit einem weißen Robert-Smith-Gesicht ins Wohnzimmer kam, auf ein Stück Papier starrte und dann nach und nach ohne Worte sämtliche Heizkörper abdrehte, wusste ich, dass wir das Leck hätten ernst nehmen sollen. Die Stadtwerke brachen uns das Genick, zogen sämtliche vorhandenen und ausstehenden Monatsgehälter von unserem gemeinsamen Konto und warfen uns das erste Mal in den Abgrund absoluter Geldlosigkeit.

»Der elende Übeltäter«, setzt Hartmut nach und schüttelt den Kopf im Staub des Kellers. Es ist warm hier unten, wärmer als in der Wohnung, in der seit Wochen keine Heizung mehr läuft und wir uns in alte Zelt- und LKW-Planen einrollen, die wir vom Schrottplatz geholt haben. Die Fenster- und Mauerritzen sind mit Zeitungen verstopft, die Fenster mit Kartons abgeklebt. Neulich haben wir sogar versucht, im Keller zu schlafen, aber ich bekam einen schrecklichen Alptraum von Kriegseinsätzen in St. Petersburg und Hartmut kroch eine Spinne bis zum Anschlag in die Nase, was eines dieser Dinge ist, die auf jeder Angstbekämpfungshomepage für vollkommen ausgeschlossen erklärt werden.

»Wer weiß, wann wir dich wieder anwerfen«, sagt Hartmut, als würde sich der Heizkörper darum scheren, klopft auf das Blech und nimmt sich die alten Kartons, deretwegen wir runtergegangen sind, um die Fenster noch dichter zu machen. Als wir die schmale, brüchige Treppe hochsteigen, steht Yannick in dem erleuchteten Türrahmen zum Treppenhaus und miaut uns an. Er wirkt wie die Silhouette einer ägyptischen Statue, die Ohren ein majestätischer Schatten, aufgerichtet, königlich lamentierend: »Wo bleibt mein Essen?« Yannick ist der Einzige, an dem wir nicht sparen, Hartmut macht ihm immer noch am Wochenende frisches Putenragout und mir schleckt er weiterhin Sahneschokoladenmandelpudding von den Fingern.

Wir selbst leben nicht mehr so gut. Wir betreten die kalte Wohnung und Yannick springt auf die Küchenablage und erwartet sein Mahl, während ich den Schrank aufmache und nachschaue, was für Hartmut und mich noch übrig bleibt. Ich finde ein paar Fertigsuppen zum Aufgießen und zwei Müsliriegel von Plus. Die Tütensuppen stehen traurig in einer lange nicht benutzten Backform und neben den Riegeln sitzen zwei Fruchtfliegen auf den Restkrümeln ihrer Vorgänger. Die eine klebt mit dem Bein an dem unnahrhaften Sirupüberzug fest und meckert. Daneben findet sich die einzig brauchbare Nahrung, die wir noch haben: Dosenravioli. Wir haben bei einem verfallenen Kleinmarkt in Dahlhausen, der es tatsächlich fertiggebracht hat, Konserven zu führen, die zur Jahrtausendwende bereits in den Handel gegangen sind, einen Rabatt ausgehandelt.

»Darby nahm den ersten winzigen Schluck aus der Flasche«, fängt Hartmut an und ich springe auf, greife mir noch schnell eine Dose und stürme ins Wohnzimmer.

»Moment, Moment!« rufe ich, doch Hartmut sitzt schon mit Yannick auf der Couch, hat das Buch aufgeschlagen und sieht mich vorwurfsvoll an.

»Ja nun, wir haben 20:15 Uhr«, sagt er und hebt wieder an: *»Blickkontakt wurde vermieden. Sie starrte auf den Tisch. ›Bitte, Alice. Laß mich abwarten. Es ist sinnlos, dir etwas zu erzählen, was dich das Leben kosten könnte.‹«*

»Lass mich wenigstens noch eine Gabel holen«, sage ich.

Seit wir auch keinen Strom mehr verbrauchen und der Fernseher aus bleibt, hocken wir uns jeden Abend zur Hauptsendezeit auf die Couch und lesen uns gegenseitig John Grisham vor. Auf der Ablage hinter der Couch steht ein alter Kerzenleuchter und auch sonst besteht unsere Wohnung nur noch aus Wachsresten. Ich haste zurück ins Wohnzimmer und stolpere im Dunkeln über leere Plastikflaschen und klapperndes Weißblech. Es stimmt nicht, dass Geld keine Rolle spielt. Seit wir keines mehr haben, achtet nicht mal mehr Hartmut auf Ordnung. Ich zittere ein wenig, wickele mich auf dem Sessel in die Zeltplanen ein und öffne die kalten Ravioli. Als ich fertig bin und der Deckel beim Zurückschwingen ein paar rote Sprenkel auf mich und die Tapete verteilt, liest Hartmut weiter: *»›Wenn du mir helfen willst, dann geh morgen zum Gedenkgottesdienst. Lass dir nichts entgehen. Lass verlauten, dass ich dich von Denver aus angerufen habe, wo ich bei einer Tante wohne, deren Namen du nicht weißt, und dass ich dieses Semester sausen lasse, aber im Frühjahr zurückkommen werde…‹«* »Warum spielen diese Geschichten eigentlich immer unter Reichen?«

»Tun sie nicht«, sage ich kauend und mit der Gabel auf das Buch deutend. »Lies weiter.« Aber Hartmut setzt ab und klopft mit dem Roman auf seinen Knien herum: »Studentinnen, Juristen, Nachwuchsjournalisten ... weißt du, wie teuer es ist, in Amerika studieren zu gehen?«

»Hartmut, wenn der Roman jetzt als Film auf Pro 7 laufen würde, gäbe es keine soziologischen Kommentare zwischendurch.«

»Ich mein ja nur ...« Hartmut setzt wieder an, ich stecke die Gabel in die Ravioli zurück, doch bevor ich eine Teigware in den Mund stecken kann, lässt er das Buch wieder sinken.

»Aber es ist doch eigentlich wahr. Warum spielen so viele Geschichten unter Leuten, die ganz selbstverständlich etabliert sind. Warum macht keiner eine Geschichte über uns?«

»Die sind nicht etabliert, das sind doch bloß ganz normale Juristen, jetzt lies doch einfach weiter, ich will mein Abendprogramm.«

»Das ist aber das Problem!« springt Hartmut jetzt auf und selbst Yannick zuckt kurz auf dem Tisch zusammen. »Alle wollen bloß ihr Abendprogramm. Gerade jetzt, wo es allen schlechter geht.«

»*Uns* geht es schlechter. Weil wir eine Heizung haben, die das Geld als heißes Wasser in den Kellerboden tropfen lässt.«

»Und was ist mit deiner Lohnkürzung? Meiner Uni? Den ganzen Fusionen? Den Entlassungen?«

Er kommt wieder vom Kleinsten ins Größte. Vielleicht hätten wir Tolkien statt Grisham lesen sollen. Mir ist kalt, selbst unter den Planen.

»Es hat doch niemand mehr Geld. In den großen Firmen gibt es nur noch Praktikanten. Es wundert, dass der Chef noch ein Festangestellter ist.«

Es klingt immer wie ein Fakt, wenn Hartmut so etwas sagt. Es macht mich wütend. Ich denke daran, wie ich bei Plus die

Cookies zurücklege, weil wir nur das Nötigste nehmen, und wie ich das Baden vermisse. Von den 500 CDs im Haus haben wir schon 250 auf eBay verkauft. Doch selbst die Musik verpuffte in der Rechnung, die uns die Stadtwerke ins Haus geschickt hatten. Bücher, Poster, Biergläser, Fahrradteile, Sportartikel und halb volle Parfumflaschen wurden zu Geld gemacht und in die Heizkosten hinein zerstäubt; sogar das Besteck wurde bis auf zwei Teile pro Person ausgedünnt. Nur die Playstation-Spiele blieben unangetastet für die späteren, undenkbaren Zeiten nach der Flaute.

»Du findest immer eine Arbeit, wenn du kein Geld dafür verlangst«, nörgelt Hartmut weiter. John Grisham ist vergessen und ich muss daran denken, was er schon alles versucht hat, um neben seiner eMail-Beratung für Verzweifelte besseres Geld zu verdienen – am besten als Texter. Er hat sich fast überall gemeldet, wo er es verantworten konnte. Das Ergebnis waren fünf Abonnements von den Magazinen, an die er Artikel verkaufen wollte, vier Mitgliedschaften bei Umweltschutzorganisationen, deren PR-Stelle leider schon besetzt war, und 128 Angebote, daheim Tüten, Hefte und Broschüren zusammenzukleben, die zunächst beim Verlag käuflich zu erwerben gewesen wären. Als ich dann darauf aufmerksam machte, dass der Sinn der Jobsuche darin bestünde, Geld zu *verdienen*, stieg Hartmut kurzerhand als Praktikant bei einer Werbeagentur ein, die er zwei Wochen später mit Flüchen verließ, die zu wiederholen ich nicht imstande bin.

Nach einer halben Stunde ließ Hartmut sich beruhigen und las weiter aus der *Akte* vor, bis Yannick und ich im Wohnzimmer eingeschlafen waren, da der Weg ins Bett ohnehin zu kalt gewesen wäre.

Als ich am nächsten Tag von der Arbeit komme, sehe ich Hartmut, wie er vor dem Waschbecken hockt und fasziniert den Kopf schüttelt.

»Sieh dir das an«, sagt er in einer Mischung aus Empörung und komischem Stolz und gibt den Blick frei. Unter der Spüle steht eine leere Raviolidose, die letzte Ravioli klebt neckisch am Rand und hinter ihr stürzen schwarzgrün schimmernde Schimmelkaskaden in den Blechschlund herab, schwammig, korallenartig und mit einem beißenden Geruch gesegnet. Die eingetrockneten Soßenreste bilden einen schwulstigen, orangen Rand, auf dem schwarze Punkte herumspringen, die einen derart ätzenden Gestank absondern, dass ich spüre, wie meine Hirnrinde sich zu lösen beginnt und ich die ersten Namen von Playstation-Spielen und Örtlichkeiten vergesse.

»Heiliger Bimbam«, sagt Hartmut. »Wie kommt so was unter die Spüle?« Ich zucke mit den Schultern. Ich habe wirklich keine Ahnung, wie so was unter die Spüle kommen kann. Überhaupt habe ich keine Ahnung, was mit uns zur Zeit passiert. Ich hätte nicht geglaubt, was Geldnot ausmacht. Ich friere.

»Dieses kleine freche Ding, du …«, murmelt Hartmut und hockt weiter stoisch in den tödlichen Gerüchen. »Haben wir einfach mal dort stehen lassen, als wir in Eile waren. Unter der Spüle … weißt du, was das heißt?« Er dreht sich zu mir um. »Wir müssen so abwesend gewesen sein, dass wir die Spüle mit dem Kühlschrank verwechselt haben.«

»Oder mit dem Mülleimer.«

»Ist das nicht Wahnsinn? Wir werden nur abgelenkt, nur abgelenkt … und das ist das Ergebnis dieser Hektik …«

Hartmut sinkt wieder ein Stück tiefer zur Dose und streichelt sogar ihren Rand.

»Irgendwie faszinierend, oder nicht?« sagt er.

»Hartmut, mach die Tür wieder zu, das Ding stinkt wie ein Fanal.«

»... und es einfach drin stehen lassen, oder was?«

»Das kann ruhig noch ein bisschen ziehen«, sage ich, woraufhin mich Hartmut einen Moment ansieht und wir beide einen Lachkrampf kriegen, über den Hartmut tatsächlich die Schranktür schließt, als gäbe es keine Kammer mit der Höllendose.

Ich gehe ins Wohnzimmer, schäle mich langsam und mit großem Kraftaufwand in die schweren Planen auf der Couch ein und schlafe, weil man in der vereisten Wohnung wenig anderes tun kann.

Mein Schlaf währt nicht lange.

Als ich die Augen aufschlage, sehe ich einen debilen Mann vor mir, der mit einer Küchenrolle ein paar Hundert-Euro-Scheine auswalzt. Der Mann ist auf ein großes Bushaltestellenplakat der Bild-Zeitung gedruckt, das vor mir schwer knistert und hinter dem Hartmuts Stimme zu hören ist: »Sieh dir das an!« Ich sehe es an und stelle mir Fragen. Ich friere. Ich lese die aufdringlichen schwarzen Lettern auf rotem Grund: »Werden Sie der Money Maker!«

»Was ist das?« murmele ich und Eiskristalle fallen mir aus dem Mund.

»Unser Ticket zu Heizung und Warmwasser!«, sagt Hartmut, der plötzlich hinter dem Plakat auftaucht. »Fünf Leute bekommen 1000 € von der Bild-Zeitung. Wer sie in einer Woche am meisten vermehrt, gewinnt das Fünffache.« Hartmut strahlt.

»Hast du extra den Glaskasten an der Bushaltestelle aufgebrochen, um an das Plakat zu kommen?«, frage ich.

Hartmut nickt: »Je weniger Leute es sehen, desto weniger Konkurrenten.«

Ich schäle mich aus der Zeltplane. Es knirscht wie bei arktischen Platten. Meine Haare bringen es fertig, bei 4 Millimetern Länge zerzaust zu sein. Ich habe Rückenschmerzen.

»Und was sagen wir der Bild, mit welcher tollen Strategie wir antreten?«, frage ich.

Hartmut sieht mich leer an.

Stiert in die Luft.

Lässt die Schultern sinken.

Dann das Plakat.

Dann sich.

»Ich weiß es nicht …«

Yannick kommt durch den Perlenschnurvorhang, springt auf meinen Bauch, stübert meine Nase und legt sich mit seinem warmen Bauch auf meine Brust.

Als Hartmut plötzlich laut »Ich weiß es doch!« schreit, fährt der kleine Kater vor Schreck seine Krallen aus und bohrt achtzehn präzise kleine Löcher in meinen Brustkorb.

»Das ist es! Die Dose!«, ruft er, rennt zur Spüle, öffnet die Höllenkammer, aus der ich ein Zischen zu hören glaube, nimmt die Dose vorsichtig in die Hand, achtet darauf, dass die mumifizierte Ravioli am Rand kleben bleibt und stellt sie behutsam auf den Küchentisch. »Das, mein Freund, ist unser Weg zurück ins Leben mit Heizung und Warmwasser«, sagt er. »Heizung und Warmwasser.«

Einen Tag später steht Hartmut auf der zerfallenen Treppe vor unserem Haus und lässt sich grinsend mit der Dose in der Hand von einem Bild-Fotografen ablichten, der tatsächlich mit amerikanischem Akzent »amazing« und »wonderful« sagt, wie man es sich in seinen schlimmsten Vorurteilen nicht vorstellen will. Hartmut hat die Bild-Zeitung angerufen und gesagt, dass er eine Schimmeldose als Kunstobjekt auf eBay verkaufen will. Kaum fünf Minuten später stieg der Fotograf vor unserem Fenster aus seinem Mazda-Sportwagen. Die Jugoslawen stehen drüben in der Tür der Pommesbude und sehen zu uns herüber, als wenn sie sagen wollten: »Ja, wer Fotosessions macht, ist sich wohl zu fein, um noch länger bei uns Pommes zu kaufen.« Ich bekomme ein schlechtes Gewissen. Zwei Tage später startet der Wettbewerb.

Die Konkurrenz besteht aus einem Alkoholiker in Trainingshose, den die Bild-Redaktion den »Profi-Zocker« nennt, und der »schicken Pferde-Lady« aus Stiepel, die das Geld gar nicht nötig hat und auf die Rennbahn geht. Hartmut wird als »verrückter Protestkünstler« angepriesen, der »Müll als Kunst verhökert«. Über den Begriff »verhökern« regt sich Hartmut den ganzen Tag auf. Hartmut stellt die Dose als Top-Angebot auf eBay und schreibt einen irrsinnig langen Text dazu: über Jobsuche und Armut, die Praktikantenwelt und die Hatz nach dem letzten Cent, auf der man sogar das Essen vergisst und stehen lässt, auf dass es zu leben beginnt und blaugrüne Landschaften bildet. Er verkauft unsere Dose als Metapher der Reformgesellschaft; als absolutes Readymade, das ohne Absicht entstand und gerade deshalb zum Sinnbild des großen Zwanges wurde, der uns frieren und nur noch Dosenfraß essen lässt. Er inszeniert die Auktion als Event, schickt Pressemitteilungen herum und ruft sämtliche kulturellen Redaktionen an, bis sie versprechen, über die Versteigerung zu berichten, wenn es ihm gelingen sollte, mit einer verschimmelten Raviolidose alle unsere finanziellen Sorgen aus der Welt zu schaffen.

Allein, es hilft nichts.

Als wir am nächsten Tag die Zeitung aufschlagen und den Zwischenstand sehen, gefriert uns der Atem mehr, als er es in der Wohnung ohnehin schon tut. Wir sehen den Trainingshosenmann auf einem Hocker in der Merkur-Spielothek im Ruhrpark sitzen, gestelzt zur Kamera gedreht, Bierschaumreste in seinem Schnäuzer. »Der Schamane der Spielautomaten geht in Führung«, steht da und weiter heißt es: »Am ersten Spieltag des Money-Maker-Wettbewerbs beweist Wolfgang M. sein Talent am Spielautomat. Der leidenschaftliche Zocker entlockt den blinkenden Automaten Münze um Münze. Die ›normalen‹ Besucher der Spielothek schauen ihm ungläubig zu.«

»Leidenschaftlicher Zocker«, schimpft Hartmut und knüllt die Zeitung zusammen. »Ein Süchtiger ist das, die Jogginghose stinkt doch bis hierher!«

Am zweiten Tag geht die Pferde-Lady in Führung, die Zeitung lichtet sie neben einem winzigen Jockey ab, der ihr sicher den Gewinn einreitet. Wir hängen derweil Minute um Minute am Bildschirm, obwohl wir uns den Strom nicht leisten können, aktualisieren immer wieder die Auktionsseite und sehen Klick für Klick dasselbe: null Gebote. Am dritten Tag führt wieder die Jogginghose, am vierten siegt der Jockey erneut. Die Bilanzkurven der Konkurrenz steigen unablässig, wir trauen uns kaum vor die Tür ob der Blamage; wer weiß, wer von den Nachbarn alles die Bild-Zeitung liest. Als sich die Woche dem Ende zuneigt, wissen wir nicht mehr weiter. Wenn wir das Ding nicht gewinnen, können wir den Ruin anmelden. Wir starren auf die Scheiben unserer Wohnung, die mehr und mehr vereisen. Von innen. Dann sehen wir uns an und wissen ohne Worte, was zu tun ist.

Ich schaffe es gerade pünktlich zur Rennbahn. Ich muss den Jockey aufhalten. Wenn er heute verliert, verliert die Pferde-Lady alles. Sie geht aufs Ganze, so stand's in der Bild. Der Jockey ist gerade auf sein Pferd gestiegen, als ich ihm meinen gefälschten Presseausweis und das Diktiergerät unter die Nase halte. Eigentlich halte ich sie eher auf Höhe seiner Füße. Ich zerre an den Steigbügeln: »Einen exklusiven O-Ton für den WDR bitte, wie fühlen Sie sich so kurz vor dem Start?« Das Pferd wiehert ein wenig und der Mann blickt auf mich herab wie auf eine alte Linoleumfliese.

Hartmut dürfte derweil in der Spielhölle im Ruhrpark angekommen sein, um dort den Strom zu kappen, wie es ihm schon einmal in unserem ganzen Viertel gelungen ist. Wir müssen zu diesen Mitteln greifen, es geht nicht anders, die Wohnung friert zu. Ich zerre wieder an den Steigbügeln wie ein kleiner Junge, der will, dass Vater ihm den Hot-Wheels-Ständer im Rewe leer kauft. »Wenn Sie sich nicht sofort verpissen, rufe ich die Security!« frotzelt mich der Jockey jetzt an und ich wundere mich, dass diese Leute so vulgär sein können. Ich halte hektisch Ausschau nach den Ordnern, zupfe den Mann noch einmal am Stiefel und jammere würdelos: »Können Sie heute nicht einmal nur Zweiter werden? Bitte!!!« Der Mann sieht mich an wie einen Irrsinnigen und winkt die Ordner herbei.

Mein Handy klingelt, als die Ordner gerade dem Wink des Jockeys folgen und in meine Richtung stürmen. Hartmut ist dran und schreit »Die Dose muss siegen!« in mein Ohr. »Ich habe eben die Stromversorgung vom ganzen Ruhrpark erwischt. Das Kino ist dunkel, die ganze Shopping Mall, die Grills bei McDonalds. Sie verfolgen mich. Wenn Sie mich erwischen, gehe ich in den Knast. Sieh zu, dass du den Jockey aufhältst! Rette wenigstens dein Leben!« Dann knackt es und Hartmut ist weg. Ich schaue verdutzt nach oben und muss ein verdammt dummes Gesicht machen. Dann besinne ich mich auf die Situation, sehe die Ordner auf mich zurennen, reiße mit schlechtem Gewissen dem Jockey die Gerte aus der Hand, schlage das Pferd, bis es bockt und sehe noch, wie der Jockey vom Rücken des Pferdes aus in die anstürmenden Ordner geschleudert wird. Dann renne ich.

Als ich das Gelände verlassen habe und mit dreckiger Hose eine Böschung passiere, klingelt wieder mein Telefon. »Ich konnte entwischen!«, brüllt Hartmut, »der Zocker wird verlieren. Wir treffen uns zu Hause!«

Und das tun wir.

Fast zeitgleich kommen wir vor der schiefen Tür an, Hartmut in seinen schwarzen Tarnklamotten und ich als verdreckter rasender Reporter, der den Jockey aufgehalten hat, indem er ihn in die Ordnertruppe schleudern ließ. Wir brechen die Wohnungstür auf, die schon wieder festgefroren ist, streifen kurz die Öhrchen von Yannick, der uns grimmig miauend begrüßt, und werfen den Computer an, um den Fortgang der Auktion zu betrachten. Wenn wir auch nur einen Euro verdienen, haben wir das Spiel gewonnen. Was wir dann jedoch sehen, verschlägt uns den Atem. Mehrere Galerien übertreffen sich in der Bieterliste, wenige Minuten vor dem Ablauf der Aktion steht unsere Schimmeldose bei 1.432 €. Im Radio geben sie einen unerklärlichen Stromausfall im Ruhrpark und die Verletzung des besten Jockeys aus Nordrhein-Westfalen durch einen wahnsinnigen Fan bekannt; als die Nachrichten vorbei sind, endet die Auktion auf knapp 2.000 €. Hartmut und ich liegen uns in den Armen, rennen in den Keller, werfen die Heizung an, holen uns gegenüber Pommes Spezial und betrachten in der Wohnung, wie das Eis zu schmelzen beginnt und auf den Boden tropft.

Ich verstecke mich noch einige Tage, damit niemand mich mit dem Jockey in Verbindung bringen kann, und Hartmut fährt in die Bild-Redaktion, um seinen Gewinn einzustreichen. Wir bezahlen die Heizungsschulden, kaufen die 250 CDs wieder nach und reparieren das Heizungsrohr.

Das kaputte Stück schicken wir unserem Vermieter als Einschreiben. Ich gehe baden.

Ironisch gebrochen

»Ich halt das nicht mehr aus«, sagt Hartmut, schmeißt seinen Rucksack auf die Couch und sieht mich kurz an, damit ich die Playstation auf »Pause« drücke und ihm mein Ohr leihe. Yannick sitzt in meinem Nacken auf der Lehne und miaut. »Diese ständig ironisch Gebrochenen. Ich halt das nicht mehr aus.« Er wirft sich auf die Couch und legt die Füße auf den Wohnzimmertisch. Seine Schuhe zerknittern die Fernsehzeitung. Sie ist in DIN A5 und heißt tatsächlich *TV Piccolo*, was natürlich alles andere als ironisch gebrochen und ganz grauenhaft ist. Hartmut spricht weiter: »Diese elenden Studenten aus der Philosophie, die müssten es doch besser wissen, oder?«

»Was müssten die besser wissen?«, frage ich.

»Dass es den wahren Menschen doch sowieso nicht gibt. Dass wir immer irgendwie Rollen spielen. Das ist doch ganz banal, das weißt du doch. Aber die sitzen da auf den Uni-Fluren vor den Seminarräumen und rauchen schlechte Selbstgedrehte in ihren blauen und roten Joggingjacken, und dann reden sie über Tarantino oder Lynch oder die *Simpsons* oder Schmidt oder warum *Matrix 2* und *3* eine Katastrophe sind, und dann gibt einer von ihnen zu, dass er das doch gemocht hat, aber natürlich nur so aus der Distanz, so ironisch gebrochen, weißt du?«

Ich starre auf den Pausenbildschirm des Spieles, das ich unterbrochen habe. *Metal Gear Solid*. Ironisch ist das nicht.

»Das Schlimme ist, dass Intelligenz die Leute irgendwie versaut. Die gehen in so eine komische Falle. Guck mal, damals bei den Schulfeten in der Schützenhalle, da liefen die alle noch in ihren Biohazard-Pullis rum und meinten das richtig ernst, wenn sie die Bierpullen an der Mauer kaputtgewichst haben. Und irgendwann«, Hartmut steht auf, krabbelt über die Couch zu meiner Sessellehne, vertreibt den fauchenden Yannick und macht mit den Fingern so beschwörende Gesten an meinem Ohr, »ist denen ein Floh eingegeben worden, dass es sich nicht ziemt und uncool ist, wenn man irgendwas wirklich ernst meint und sich entscheidet, und dann haben sie alle angefangen mit der Ironie.«

»Ich hol mir ein Bier, willst du ein Bier?«, frage ich, und Hartmut guckt kurz empört und nickt dann lächelnd. Er folgt mir in die Küche und spricht weiter: »Verstehst du, was ich meine? Die halten sich alle für überlegen gegenüber den BWL-Studis mit ihren guten Klamotten oder den naiven Erstsemestern, die ernsthaft noch mit einer Iron-Maiden-Kutte rumlaufen. Dabei sind sie doch selbst ein Volk von Schlümpfen. Die verbringen doch Stunden auf Trödelmärkten, um möglichst schlechte Sachen zu finden.« Ich zupfe zwei Flaschen Bier aus dem Kühlschrank und reiche sie Hartmut, der beim Öffnen weiterredet. Ich muss daran denken, dass Hartmut in der Oberstufe auch so aussah wie die Leute, über die er sich jetzt beschwert. Stunde für Stunde starrte ich in dem muffigen Kellerraum, der bei uns für den Religionsunterricht reserviert war, auf seinen Rücken und die blau-weiß-roten Streifen seiner Jacke. Es war eine alte Hummel-Weste mit abnehmbaren Ärmeln, gut gepolstert und so verbraucht, als hätte er sie aus einem Keller gestohlen. An der Schulter hing ein Stück der Wasser abweisenden Außenhaut herunter, Woche für Woche wedelte es da auf halbmast und wackelte, wenn Hartmut etwas sagte.

Vor dem Küchenfenster sehe ich Hans-Dieter vorbeischleichen. Er trägt einen Anglerhut. Es schneit. »Die wissen ganz genau, was sie offiziell zu mögen haben und was nicht und wann sie ihren Ironie-Modus einschalten müssen, weil sie eigentlich etwas geil finden und es nicht sagen dürfen!« Hartmut wedelt mit der Flasche herum, als er das »ganz genau« betont, und Bierschaum läuft uns auf die Fliesen.

»Worauf willst du hinaus, Hartmut?«, frage ich, weil Hartmut nie einfach nur so über Missstände lästert. Hartmut kann gar nicht anders, als immer irgendwas zu unternehmen, das liegt in seiner Natur.

»Ich will darauf hinaus«, setzt er an und macht dann ein kurzes, schnappendes Geräusch, als hätte er sich nicht darauf eingestellt, seine Einleitung so schnell beenden und zur Conclusio kommen zu können. Manchmal denkt er immer noch, ich verstünde nicht genau, worüber er redet. Gut, die ironisch Gebrochenen sind auf meinem Arbeitsplatz am Packband nicht gerade weit verbreitet. Aber das heißt ja nicht, dass ich diese Leute nicht kenne. Hartmut bekommt langsam wieder Luft, stößt jetzt Halbsätze aus, und schwingt die Flasche, wie ein Anwalt in Hollywoodfilmen es mit dem Kuli oder der zusammengerollten Akte tut, während er in seinem Büro auf und ab läuft und vor den Augen seines im Sessel sitzenden Partners und Mentors spontan seine Prozess-Strategie entwickelt. »Der kleine Gebrauchthändler in der Gasse, Saga-Platten für 50 Cent, Turniere …«

»Stopp, Hartmut, stopp. Alles der Reihe nach. Saga-Platten?«

»Ja, Saga, kennst du die nicht mehr? So'ne Progressive-Rock-Band aus den 70ern, typische Trödelmarktware, alle wollen Saga loswerden und Jethro Tull und Alan Parsons Project und Genesis und Barclay James Harvest und natürlich auch Maffay und Spandau Ballet und …«

»Und was ist mit den Saga-Platten?«, hake ich nach.

Hartmut wedelt mit den Armen, als sei ich völlig begriffsstutzig. »Na, kann es etwas Unironischeres geben als Saga-Platten?«

Ich schüttele den Kopf und denke an die Cover, die pompöse, handwerksmeisterliche Musik.

»Ein Experiment«, sagt er. »So was wie Familientausch …«

Ich bekomme ein wenig Angst, wie Hartmut das jetzt sagt. Er hat wieder was Aufwändiges vor.

»Ich muss im Moment sowieso mit ein paar solcher ironisch Gebrochenen ein Referat vorbereiten. Irgendwie mögen die mich, ich weiß auch nicht, wieso. Ich könnte sie einladen, wir könnten …« Hartmut fasst sich mit der freien Hand ans Kinn und schaut zur Lampe. »Die Räume«, murmelt er, und dann blickt er ruckartig auf, schreit »Ha!«, rennt in sein Zimmer und ruft von dort zu mir, der ich verdutzt und verwaist mit meinem Bier stehen geblieben bin: »Bin gleich wieder bei dir, muss nur eben meinen Plan notieren!« Zehn Minuten später ist er wieder da und erläutert mir sein Vorhaben. Als ich wieder von dem Blatt aufsehe, ziehen sich meine Mundwinkel nach oben.

Als die ironisch gebrochenen Studenten am Samstag mit Hartmut das Referat vorbereiten, ahnen sie noch nichts davon, welche Art von Fete sie danach erwarten wird. Sie sehen aus, als erwarteten sie so eine Rumstehfeier, wo sich winzige Studierende in Trainingsjacken kennen lernen, die Jungs meist hager und mit sensiblem Blick, die Mädchen mit Handtäschchen aus diesem Stoff, aus dem auch Armeehosen sind. In Wirklichkeit sind die Zimmer schon präpariert, die richtigen Platten liegen bereit, die richtigen Leute sind eingeladen. Es war schwer, sie alle zu bekommen, aber nicht unmöglich. Jeden Moment wird es losgehen. Die Studenten packen ihre Papiere zusammen, die Blätter sind lose und vermischt, und das gewohnheitsmäßig ausweglose Herumsuchen in den Materialien hat in den Gesichtern der ironisch Gebrochenen zu jenem genau abgepassten Quäntchen Weltekel und Müdigkeit beigetragen, das immer noch genug Energie für angenehmes Weiterleben über Milchkaffee und Selbstgedrehten lässt. Die Studenten heißen Kai, Patrick und Ole und tragen in der Tat alle Trödelmarktsachen. Ole sieht ein wenig aus wie Jamiroquai, dieser Acid-Jazz-Dandy, der Weltrettungstexte schreibt und Ferrari fährt. Er trägt einen Viertagebart, eine schreckliche Wollmütze und ein ausgeleiertes, dünnes Hemd in trockenem Rot. Seine Fingernägel sind abgekaut, und er raucht in einem fort, aber anders, als etwa meine Arbeitskollegen rauchen. Er hält die Zigarette irgendwie weiblich und starrt dabei durch den Rauch, als lese er an unserer Tapete eine Geheimschrift. Kai hat kurze Haare und so eine alte, ganz alte Baseballjacke, wie sie früher in amerikanischen Teenie-Serien der 80er getragen wurde. Er redet immer davon, dass die Popliteratur eigentlich ein Verbrechen ist und das alles jungliberale Schnösel seien, und wenn man ihn fragt, was er gern für Musik hört, antwortet er Oma Hans oder Turbostaat, »so intelligenten Deutschpunk« eben ... »intelligenter Deutschpunk« ... das klingt für mich immer wie »echter Sozialismus«. Patrick trägt einen leicht müffelnden Wollpulli mit V-Kragen samt Cordhose, hat Segelohren und spielt studentisches Theater. Er mimt dort einen entfremdeten Hochhausbewohner, der ständig Pornos schaut, es ist wahrscheinlich ein zivilisationskritisches Stück, auf jeden Fall ironisch. Patrick sagt nicht viel, sondern schielt ständig auf das Regal mit den Playstation-Spielen. Ich sehe ihm an, dass er eigentlich die Reihen entlangschreiten und die Titel gucken will.

Die Gäste kommen tatsächlich alle pünktlich. Den Zu-spät-Kommern hatten wir sieben Uhr als Beginn gesagt und den Zu-früh-Kommern neun. So stürmt also um acht Uhr die ganze Besetzung unsere WG, von Hartmut und mir gecastet und aus den letzten Löchern gegraben, zu ihrer und unserer Überraschung. Einige davon hat man absichtlich Jahre nicht angerufen, und ich hatte Hartmut direkt gefragt, ob ihm der Nutzen die Kosten einer Aufwärmung von zig unerwünschten Kontakten wert sei, doch er hat nur genickt und gesagt: »Zwei Semester Ironie sind genug. Wenn sie's schon nicht selbst verstehen, will wenigstens ich einmal über sie lachen.« Und so verteilen sich nun die Gäste auf unsere Räume, gelenkt wie sich gegenseitig anziehende Substanzen im Labor oder wie Fischschwärme.

Damit die Grüppchenbildung nicht so auffällt und die Studenten nicht gleich bemerken, wie Hartmut und ich hier jeden Raum zu einer Art Spezialbühne gemacht haben, drücke ich Kai, Ole und Patrick jeweils eine Bierflasche in die Hand, frage, ob sie mal den Rest der Riesenwohnung sehen wollen, und ziehe sie durch das große Bad in Hartmuts Zimmer. Dort haben sich Uwe, Günther und Elmar versammelt, drei alte Kollegen aus meiner Zeit beim Bund. Sie tragen alle recht langes Haar und sehen sämtlich zehn Jahre älter aus, als sie sind. Ihre

Lederjacken haben sie über den Schreibtisch geworfen, und als sie den Studenten und mir die Hand geben, spürt man die Hornhaut von Jahren der Betätigung als Gitarrist, Bassist und Schlagzeuger. Uwe, Günther und Elmar sind Musiker, Rockmusiker der gehobenen Art. »Wir brauchen ein paar Leute, die Musik handwerklich ernst nehmen, aber keine Jazzer. Jazzer sind einfach zu cool, die würden nicht schocken«, sagte Hartmut. Also griff ich zum Telefon und rief meine alten Soldatenkumpels an. Uwe, Günther und Elmar, die Frickelbrüder des Rock, die zu Jazz wenig Bezug haben, aber bei Konzerten von King Crimson auf die Knie fallen. Uwe, Günther und Elmar, die Ohrringe tragen, soeben die erste alte Saga-Platte auflegen und von Ironie noch nie was gehört haben. Elmar dreht die Musik lauter, prostet allen zu und grinst. Uwe fällt ein gelber Brocken aus dem Ohr, als er anfängt, Luftschlagzeug zu spielen. Die Studenten stehen in der Mitte des Raumes, als suchten sie nach Haltegriffen. Der Abend kann beginnen.

Nach einer halben Stunde haben sich unsere Progressive Rocker von Saga über Spock's Beard zu Dream Theater vorgearbeitet. Elmar steht auf Hartmuts Bett und spielt in höchster Konzentration die Gitarrenläufe nach, Uwe trommelt weiter in der Luft und nickt zwischendurch Günther zu, der ständig Kommentare zu Taktwechseln und Produktion abgibt und mit größtem Ernst die Diskussion über die zehn wichtigsten Rockplatten der Geschichte wieder aufnimmt, die ich damals in der Kaserne losgetreten hatte, als ich mich zu irgendwelchen unfähigen Grungern bekannte. Die Studenten sehen sich derweil an und tuscheln miteinander. Dabei betrachten sie die trommelnden und Luftgitarre spielenden Exponate auf Hartmuts Bett wie drei merkwürdige Gefährten aus dem Ausland, die ihre

Sprache noch nie gesprochen haben. Der Song endet, und Uwe sagt plötzlich in die Stille herein: »Ja, Jungs, datt is noch wirklicher, ehrlicher Rock mit Schweiß inne Achseln!« Patrick muss husten, Ole macht einen Blick, der viel mit Mitleid zu tun hat, und sagt: »Ja, genau, das sind noch echte Männer mit Eiern!« Er meint es natürlich ironisch. Uwe hält einen Moment inne, sieht ihn an, vergrößert dann seine Augen und strahlt: »Ja, du hast es erkannt, Junge!« Ole ist sprachlos. Kai fällt das Bier aus der Hand. Ich denke, es ist Zeit, sie in einen anderen Raum zu führen.

Im Lagerraum haben sich mein Arbeitskollege Martin und seine Freunde eingefunden. Aus einem Ghettoblaster knallt uns New York Hardcore und Crossover-Mucke entgegen. Madball, Biohazard, Ryker's, Hatebreed, Breakdown. Wir haben den Raum extra mit Eierkartons abgeklebt, damit das Progrock-Zimmer davon ungestört bleibt. In einer Ecke wird gewürfelt, und die jungen Männer mit ausnahmslos muskulösen Armen und sehnigen Körpern in Basketball-Leibchen und halblangen Hosen beugen sich zu ihren Gewinnen nieder wie die Mexikaner im Fernsehghetto. Ab und zu schubst einer den anderen aus Spaß, und es entsteht in Windeseile ein spontaner Pogo zur Musik. Als gerade mal niemand durch den Raum geworfen wird, umarme ich Martin zur Begrüßung, was sich die ironisch gebrochenen Studenten mit einem kaum zu versteckenden Sozialarbeiter-Blick ansehen. »Martin, das sind Kai, Patrick und Ole, Studikollegen von Hartmut; Leute, das ist Martin, mein Arbeitskollege, der erste Mann, der es geschafft hat, 55 Pakete in der Minute zu erreichen«, sage ich, und Martin drückt allen dreien so fest die Hand, dass ihnen die Luft in der Nase stecken bleibt. Martin hat seinen Bürstenschnitt-Iro gut gepflegt und trägt ein ärmelloses T-Shirt von Merauder. »Was arbeitest du denn?«, fragt mich jetzt Kai, als Martin sich gerade umdreht, um eine Flasche aus dem Kasten zu holen und mit den Zähnen zu öffnen. »Packer. UPS«, sage ich, und Kai sieht mich ironisch gebrochen an. »Nee, jetzt mal im Ernst.«

»Natürlich im Ernst«, sage ich und füge hinzu: »Wir haben doch alle die Wahl, oder?«

Martin ist wieder unter uns und reicht Kai eine Flasche, die er gerade aufgebissen hat. Plötzlich schreit jemand von hinten »Circle Pit!!!«, als »My Life« von Sick Of It All ertönt, und reißt uns in das wüste, schubsende Im-Kreis-Rennen. Die Studenten springen noch gerade rechtzeitig zurück und drücken sich ängstlich mit dem Rücken an die Wand, als Martin, ich und die ganze weitere Horde in halb gebückter Haltung wie vom Stier getrieben im Kreis rennen und zwischendurch beim »Refrain« die Arme in die Luft reißen, um mit dem Finger in die Luft zeigend mitzubrüllen: »All my life people tell what to say, this is my life live it my own way!« Das Stück dauert 45 Sekunden. Drei Flaschen, ein Zahn und eine Topfpflanze gehen zu Bruch. Dann macht es »klick«, die Kassette ist zu Ende, und die Mexikaner gehen wieder würfeln. Martin und ich bleiben noch einen Moment hechelnd stehen und sehen uns mit einem verbündeten, grimmigen Blick an, als wollten wir gemeinsam gegen die Welt demonstrieren. »Don't the fuck tell me what to say!«, sagt Martin jetzt noch einmal und rotzt dabei auf den Boden. »Yeah!«, sage ich, und dann schlagen wir ein. Die Tattoos auf seinem Bizeps glänzen. Das war maximal unironisch. Ich gehe wieder zu den Studenten, nehme sie von der Wand und gehe mit ihnen ins Wohnzimmer rüber.

Im Wohnzimmer haben sich vier Jungs samt Hartmut zum

Playstation-Spielen versammelt. Die Wand mit den Postkarten hinter der Couch ist mit alten Plakaten überklebt, deren weiße Rückseiten sie zum Erstellen von Turnierlisten benutzt haben. Ein kompliziertes Punktesystem ist dort eingezeichnet, und die Titel verschiedener Spiele prangen in den Spalten. Fußball, Kampfsport, Snowboard, Geschicklichkeit. Der Raum ist bloß dämmrig beleuchtet, und die Spieler tragen merkwürdige T-Shirts von *Akte X* oder *Star Trek*. Zwei von ihnen sind so klein und schmächtig, dass sie kaum über den Couchtisch gucken können, die anderen beiden sind stämmig und groß und ihre Ziegenbärte wirken wie kleine Aufsätze. Yannick sitzt begeistert auf dem Wohnzimmertisch und verfolgt die bunten Bilder auf dem Fernsehschirm. Hartmut hat die Chips und Flips in große, gläserne Schalen geschüttet, wie es sonst nur Großtanten tun, und als wir den Raum betreten, macht er »pssst«, damit der gerade Spielende nicht in seiner Konzentration gestört wird. Der Wagen surrt präzise und elegant durch die engsten Kurven, und die Studenten in meinem Schlepptau scheinen ein wenig aufzuatmen. Ein Zimmer voller Videospiel-Nerds scheint ihnen angenehmer zu sein als diese Irren mit ihrem Hardcore-Ghetto und die Mucker auf Hartmuts Bett, denen beim Trommeln der Sud aus den Ohren fällt.

»2:24 Minuten!«, sagt der Spielende jetzt, als er das Ziel erreicht hat, und einer der Riesen rechnet die Zeit auf einer kleinen Tabelle in Punkte um. »25 Punkte, trag mal ein!«, sagt er, und der andere Winzling steigt auf die Couchlehne und malt das Ergebnis in feinen Strichen aufs Plakat.

»Können wir auch mal?«, fragt Patrick jetzt, der ja vorhin schon heimlich das Spieleregal beobachtet hatte. »Also ich mach das schon lange nicht mehr«, sagt Kai, und Ole zündet sich erst mal eine neue Selbstgedrehte an. »Nein, entschuldigt, aber das ist im Moment unmöglich. Wenn wir den Turnierablauf jetzt unterbrechen, haben wir eine unterschiedliche zeitliche Verteilung der Pausen. Das ist Wettbewerbsverzerrung«, sagt Hartmut, und Patrick sieht ihn skeptisch an. Dann lacht er: »Jaja, Hartmut, gib schon her!« Kaum, dass er nach dem Joypad greift, stößt der Winzling die Hand dazwischen und sieht ihn streng an: »Das war jetzt kein Scherz von Hartmut, wir machen hier ein ernsthaftes Turnier!« Er hat große Augen und fledermausartige Ohren und sieht Patrick von unten herauf an. »Leute, es ist Samstagabend, ihr spielt ein wenig, was ist denn hier los?«

»Das ist ein Ligaspiel, mein Freund«, sagt jetzt der Riese auf der Couch, und sein kleiner Ziegenbart wackelt dabei. »Wir haben diese Pläne da an der Wand nicht gemalt, damit ein Amateur uns dabei unterbricht. Wenn wir fertig sind, könnt ihr gerne auf den Platz und selber spielen.«

»Hartmut???«, japst Patrick jetzt, und Ole dreht sich um und setzt sich mit seiner Zigarette kopfschüttelnd in die Küche. »Ach komm, das meinen die doch bloß ironisch«, knufft Kai ihm jetzt an die Schulter, aber Hartmut schüttelt den Kopf. »Durchaus nicht«, sagt er. »Holt euch bitte noch ein Bier und wartet.« Wir haben übrigens teures Bier gekauft, Krombacher und Hasseröder, nicht so ironisches Fuselbier für fünf Euro den Kasten, was diese Studenten sonst wahrscheinlich trinken. Patrick kann nichts mehr sagen und fällt mir fast rückwärts in die Arme. Ich setze ihn erst mal in die Küche. Dann beuge ich mich zu Hartmut und deute auf mein Zimmer: »Sind die Spezialgäste schon da?«, frage ich flüsternd, und Hartmut nickt. Sie müssen wohl später gekommen sein, als ich mir im Hardcore-Raum mit Martin die Zähne eingerammt habe. »Hey, Leute, kommt, gehen wir in mein Zimmer!«, sage ich, und Patrick, Ole und Kai folgen widerwillig, fast schon darauf dressiert, die nächste schlimme Prüfung zu erwarten. Umso mehr strahlen sie, als sie sehen, was sie wirklich erwartet. Auf meinem Hochbett und meiner kleinen Couch sitzen drei Mädchen aus Hartmuts Uni. Sie tragen Trainingsjacken oder leichte Pullis, haben zurückgebundene Rastas, völlig kaputte Chuck's oder alte Sportschuhe in winzigen Größen und stecken in bunten, ironisch gemeinten Werbeshirts, auf denen Ahoi Brause oder Pril steht. Im Hintergrund läuft Pavement, und sie singen leise mit, während sie schrecklich billiges Bier aus kleinen Einwegflaschen trinken. Eine Flasche Rotwein steht auf dem Schreibtisch. Es riecht ganz leicht nach Dope. Kai, Ole und Patrick machen ein Gesicht, als wären sie nach zwölf Tagen aus der Gefangenschaft befreit worden, und lassen sich von mir vorstellen. Wir setzen uns, und eines der Mädchen fragt mich, ob ich für alle eine Tüte drehen kann. Ich nicke und mache mich an die Arbeit, während Tocotronic »So jung kommen wir nicht mehr zusammen« anstimmen. Die Mixkassette haben Hartmut und ich extra für diesen Abend und diesen Raum erstellt. Sie wiegen sich ein wenig in der Musik, und ich nicke mit im Rhythmus, als ich die Tüte baue und ziemlich große Krümel untermische. »Ganz schöne Freaks hier im Haus, was?«, sage ich plötzlich, und die Studenten sehen mich an, als würde ihnen ein riesiger Stein vom Herzen fallen. »In der Tat!«, sagt Kai, und Patrick und Ole lachen erleichtert. »Wie kommt ihr an solche Leute?«, fragt Patrick, und ich antworte: »Weißt du, die hängen einem so an. Alte Kumpels, die man nicht wirklich abwimmeln kann, und deshalb sammeln wir sie alle einmal im

Jahr für eine Fete zusammen und haben dann sozusagen unsere Pflicht getan.«

»Clever, sehr clever«, sagt Ole und raucht seine Selbstgedrehte zu Ende, damit er gleich an dem Joint ziehen kann.

»Dann arbeitest du also doch nicht bei UPS mit diesem Hardcore-Typen, oder?«

»Ach was«, sage ich, »ich wollte euch bloß foppen. War alles ironisch gemeint. Den Martin kenne ich von früher. Ich studiere auch, SoWi und Philo, aber in Essen. Hat sich so ergeben.«

Wieder höre ich einen Stein von ihren Herzen plumpsen.

Beiläufig lecke ich den Joint fertig, gebe ihn Kai zum Anzünden, ziehe meinen Pulli aus und offenbare ein altes T-Shirt von Astra Bier, auch so ein Kult-Teil, so was Ironisches.

Wenn das so weitergeht mit den Steinen, die ich plumpsen höre, brechen wir hier bald zum Keller durch. Wir fangen an, den Joint zu rauchen, und die Mixkassette spielt jetzt Postrock. »Hm, erste Platte von Tortoise, sehr schön«, sagt Ole.

»Das tut mal gut nach diesen ganzen Rockisten da im Westflügel, was?«, sage ich, und die Studenten strahlen mich an, weil ich ihnen so treffend aus dem Herzen spreche.

»Echter Männerschweiß, Musik mit Eiern!«, macht Kai jetzt Uwe nach und stellt dafür seine Stimme tief, und alle lachen. »Wart ihr denn noch nicht in den anderen Zimmern?«, fragt Ole jetzt die Mädchen, und die kichern und schütteln die Köpfe. »Nach dem, was ihr erzählt, war das wohl eine gute Entscheidung, was?«

Die Jungs lächeln und nicken eifrig.

»Völlig wahnsinnig, alle! Wie ernst die sich nehmen! Und diese Prolls hinten im Lagerraum. Versteh mich nicht falsch, aber …«

Ich winke ab und sage, dass es okay ist.

»Und dann die Typen hier nebenan mit ihrem Playstation-Turnier. Meine Güte! ... Ach, hör mal: Console! Die habe ich mal in Köln in diesem schnieken Elektronik-Club gesehen. Fand ich irgendwie etwas zu nobel da, viele Yuppies und so. Das passt nicht da hin, die müssen in die kleinen Zentren irgendwie ...«

Und so kiffen wir, trinken ironisches Bier und ergehen uns in Geplauder über Bands und Clubs, während die drei Jungs und Mädels ganz langsam einander näher kommen wie sich zur Sonne neigende Blüten. Eines der Mädchen hat kleine Glöckchen in die Schuhriemen gebunden und erzählt Patrick davon, dass sie letzten Sommer ein Praktikum bei L'Arge d'Or gemacht hat, dem Plattenlabel, dass die hippe neue Indie-Szene und elektronische Musik verlegt. Der Joint kommt bei ihnen an, und Patrick lässt ihn fast fallen und verbrennt sich leicht, da er den Blick nicht mehr von ihr lassen kann. Sie lächelt, streift sich mit einer leichten Geste ein Strähnchen aus dem Gesicht und hilft Patrick mit der Tüte. Kai und das Mädchen mit den Rastas tauschen derweil ihre Erfahrungen mit alternativen Clubs und kleinen Konzerten aus. Sie reden über Büchertische und Betreiberkollektive und Ortsgruppen und lachen, wenn sie merken, dass sie sich beide an den Geruch in irgendeinem autonomen Zentrum erinnern, wo das Wasser seit Jahren ungewechselt im Klo steht. Als das Mädchen sagt, dass sie es lieber so ein bisschen eklig hat, wenn dafür alles schön unkommerziell und herzlich sei, spielt Kai ihr plötzlich mit glasigen Augen an einer Rastalocke herum und fängt an zu schweben, weil sie es einfach geschehen lässt. Ole und seine Auserwählte stöbern derweil in dem Karton mit CDs, den Hartmut und ich zum Teil von Fremden herbeigeschafft haben. Eine völlig reinblütige Sammlung ironisch gebrochener oder postmodern durchreflektierter Musik von schlunzigem Indiepop bis experimenteller Elektronik. Schlager sind natürlich auch dabei und der Soundtrack von *Pulp Fiction*, und so findet unsere Kassette bald ein Ende, und Ole führt zu Nino de Angelo einen ironisch gebrochenen Tanz mit Luftmikro auf meiner Beistellcouch auf, an dessen Ende er seiner Angebeteten, deren zerfledderter Pulli die kleinen BH-Träger freigibt, auf Knien entgegenrutscht und nach den letzten Zeilen vor ihr zusammenbricht. Dann hören wir diese akustische *Mutations*-Platte von Beck.

Nach einiger Zeit betritt Uwe den Raum und lächelt uns an. »Na, watt geht denn hier für 'ne Party? Oh, wie riecht datt? Darf man mitkiffen?« Ehe die anderen abwinken können, nicke ich und biete Uwe den Platz neben mir an, schließlich ist es mein Zimmer. Ich beauftrage Uwe mit dem Drehen, und er schnipselt eine so große Tüte zusammen, wie man sie sonst nur in billigen Sketchen von Dieter Hallervorden sieht. Dann horcht er auf und sagt: »Watt läuft denn hier für schreckliche Musik?« Er spricht das Wort wie »Musick« aus, mit kurzem »u« und hartem »k«.

»Willst wohl lieber harten Rock für Männer mit Eiern, was?«, sagt Kai jetzt mutig, und Uwe blickt zu ihm auf wie John Wayne zu einem winzigen Hilfssheriff. »Watt will der denn?«, fragt mich Uwe und dreht weiter an der Tüte. »Nix für ungut«, sagt Kai und grinst ironisch. Als Uwe die Tüte fertig hat und das gute Stück rumgeht, ergehen sich die Mädchen in einer Diskussion über alternative Kultur an der Uni und wie schade es wäre, dass bei den Newcomer-Konzerten immer nur so bierernste Fleißjüngchen mit ihren trendigen Poppunk- und New-Metal-Bands spielen würden und selten mal was wirklich Interessantes, Witziges, Ironisches. Kai, Patrick und Ole sehen die Mädchen bei diesen Ausführungen an, als würde jedes Wort ihr Herz mehr umranken und ihnen die Fähigkeit zum Sprechen und Denken für die nächsten Tage rauben. Uwe sagt plötzlich: »Ich weiß gar nicht, was ihr habt, et kommt doch nur auf die Mucke an, oder?« Wieder fällt ihm ein kleiner Brocken aus dem Ohr und bleibt in den Haaren hängen. »Nein, eben nicht!«, sagt Kai jetzt ärgerlich und setzt zu einem kleinen Vortrag an, bis Uwe abwinkt und sagt: »Wisst ihr was, ich glaube, ihr nehmt das alles viel zu ernst!« Dann steht er auf und tapst wieder in den Westflügel. Als er die Tür kurz öffnet, schwappt das Gepiepse und Gebounce von Hartmuts Playstation-Turnier in den Raum.

»Soll ich uns mal in der Küche meinen Spezialdrink mixen?«, fragt jetzt eines der Mädchen und macht strahlend große Augen, die den drei Jungs in perfekter Synchronie ein »Au jaaaa!« aus dem Mund ziehen. Als sie den Raum verlässt, rutscht ihr T-Shirt hoch, und man kann ein klein wenig ihre Unterwäsche sehen. »Hilfst du mir?«, fragt sie mich, und ich spüre ein paar männliche Pfeile in meinem Nacken, als ich sie in die Küche begleite. Im fahlen Licht über der Spüle lächeln wir uns an, lächeln uns wirklich an, wie sich nur zwei Menschen anlächeln können, die jetzt ihr mitgebrachtes Spezialpulver in eine der beiden Flaschen Whisky-Cola verteilen und wissen, dass es heute noch spaßig wird. »Wann setzt die Wirkung ein?«, flüstere ich, und sie sagt: »In etwa einer Stunde.« Ihre Rastas irritieren mich immer noch. Wir markieren die saubere Flasche und gehen ins Zimmer zurück.

Als wir musikalisch in den 70ern angekommen sind und uns mit einem ironischen Augenzwinkern den alten Islamistenbruder Cat Stevens zu Gemüte führen, macht Patrick gerade Männchen, als die Kleine mit den Glöckchen in den Schuhen ihm einen Flips hinhält und ihn damit neckt, ihm das Maisgebäck immer wieder wie einem Hündchen vor der Nase wegzuziehen. Das Mädchen mit den Rastas erzählt Kai derweil in ausführlichen Skizzen von ihrem frisch in den Wind geschossenen Exfreund und macht dabei diesen niedlichen, grimmigen Blick mit gerümpfter Nase, der Kais Ohren immer roter und seine Gedanken hinter den Augäpfeln rasen lässt. Die Süße mit dem Fledderpulli und den BH-Trägerchen ist derweil unmerklich immer ein Stück weiter in meine Richtung gerutscht, wenn Ole ihr bzw. ihren Trägerchenschultern mittels scheinbar zufällig eingestielter Bewegungsabläufe und extra dafür ausgedachter Spontansketche in Theaterlänge näher zu kommen suchte. Die Mädchen haben zwischenzeitlich offenbart, dass sie auch zusammen in einer WG wohnen. Ich weiß, wie die Jungs sich gerade fühlen. Ich weiß, dass sie für die Mädchen nach draußen gehen und mit ihren Zungen den Dreck aus dem Profil von amerikanischen Hummer-Jeeps und Toyota Pajeras mit Allrad-Antrieb schlecken würden, wenn auch nur der Hauch einer Chance bestünde, dass diese glöckchenbehängten Trödelmädchen sie heute Nacht mit zu sich nach Hause nähmen und sie sich nicht auf ihre Secondhand verlassen müssten.

Gegen zwei Uhr stehen die Mädchen auf, seufzen ein wenig und schütteln sich die Glieder. Es läuft Radiohead. Mein Zimmer riecht nach Muff, Dope und diesem dezenten Duschgelduft, den die Mädchen unter ihren Trödelsachen haben. »Wo wollt ihr hin?«, fragt Ole, versucht dabei aufzustehen und wird wie von einem unsichtbaren Gewicht zurückgezogen. Er guckt verdattert. Blut scheint ihm in den Kopf zu schießen. Es beginnt zu wirken. »Wir gehen nur eben mal ins Bad, uns ein bisschen frisch machen. Dann kommen wir wieder. Vielleicht haben wir ja noch bei uns daheim einen Tee für euch, wenn ihr brav seid«, sagt das Glöckchen, und ich kann die Beschleunigung des Pulsschlages im Raum förmlich hören. Als die Mädchen den Raum verlassen haben, stehe ich beiläufig auf, verschütte ein Glas Wein und gehe in die Küche, um einen Eimer mit ganz klein wenig Putzwasser zu holen. Auf dem Rückweg zwinkere ich Hartmut zu, und er kommt mit mir in mein Zimmer. Just als wir eintreten, würgt Patrick bereits und reißt mir den Eimer aus der Hand, den ich ihm hinhalte. Kurz darauf übergeben sich auch Ole und Kai in das runde Plastik. Es geht kaum was daneben. Die Studenten kleben am Rand des Eimers wie Betende um einen Gral. Von draußen spähen die Riesen und Winzlinge vom Playstation-Turnier in den Raum, auch Martin und Uwe stehen interessiert im Hintergrund. Dann öffnen sie eine kleine Schneise, und die drei Mädchen stolzieren hindurch, entledigt aller Trödelmarktklamotten, Glöckchen und Rasta-Perücken. Sie tragen Anzüge, dezente Freizeitkleidung und Blazer. »So, da sind wir wieder«, sagt die Frau, die endlich wieder ihre echten Haare zeigt, so, wie ich sie kenne. »Wir haben uns mal ein wenig der Verkleidung entledigt. Wenn ich vorstellen darf, das ist Annika, sie studiert Jura und steht auf Eros Ramazzotti. Zu meiner Linken seht ihr Sarah, Wirtschaftswissenschaften mit Diplom, soeben als Young Professional bei Bertelsmann eingestiegen. Und mein Name ist Claudia, Geigerin. Wenn ihr übrigens Lust habt, morgen spielen wir Händel und Vivaldi im Audimax und nächste Woche Bach und

Mozart im Dom zu Köln. Eine WG haben wir übrigens nicht, sondern ein Haus, aber wir sind eh kaum daheim. Dennoch: »Wenn ihr immer noch vorbeikommen und uns näher kennen lernen wollt ... oder ist das jetzt nicht mehr so gut?« Kai, Ole und Patrick blicken von ihrem Eimer auf, die Hände am Rand festgeklammert wie an der letzten Reling, die sie noch hält. Kai würgt noch mal nach und ächzt einen gelben Klumpen in das Wasser. »Es geht ihnen doch nicht gut«, sagt Hartmut jetzt, »sie haben doch gebrochen!«

»Wahrscheinlich ironisch«, sagt Sarah und faltet ihr oranges Ahoi-Brause-Shirt zusammen.

Wir lachen.

Wenig später verschwinden alle Gäste.

Die Mexikaner, die Nerds, die Progrocker, die Frauen. Sie gehen ohne die Jungs. Als die stillschweigend und schwankend ihre Rucksäcke nehmen und sich die letzten Bröckchen von den Lippen wischen, öffne ich die Tür und setze ganz langsam meine UPS-Mütze auf.

Sie gehen ohne ein Wort.

Hartmut und ich machen Putzwasser, räumen die Wohnung auf und hören dabei Saga und Bach.

Wir pfeifen mit.

Ganz im Ernst.

Plüschhandschellen

»Siehst du, damit fängt es an«, sagt Hartmut und deutet auf die Auslagen und Ständer des bunten Allerlei-Ladens, dessen Licht orangeblaugelb in die belebte Fußgängerzone quillt. Erst im zweiten Moment sehe ich, was er meint. Hartmut geht zu einem Ständer, an dem Handschellen mit Plüschumhüllung hängen. Schwarz, weiß, rosa und getigert ist ihr Fell, unter dem der leichte Stahl in den Abend blitzt. »Erst kaufen sich die jungen Pärchen dieses süße Spielzeug hier. Sieht sexy aus, fühlt sich gut an und lässt sich auch ohne Schlüssel öffnen. Mit den Häkchen hier, siehst du?« Ich sehe und bemerke, dass zwei Mädchen, die interessiert ihre Nasen in einen Ständer mit Halstüchern gesteckt haben, Hartmuts Vortrag zu lauschen beginnen. »Irgendwann reichen die Fesselspielchen mit den Plüschhandschellen nicht mehr. Sie kaufen richtige, ohne Plüsch. Sie fangen an, Bondage zu machen. Knebel kommen ins Haus.« Die Mädchen kichern leise in dem Wald aus Halstüchern, und ich werde ein wenig rot und frage mich, ob Hartmut vorhin im Supermarkt nicht doch lieber ein Bier in der Plastikpulle statt eines Fläschchens Prosecco hätte trinken sollen. Hartmut macht weiter: »Sie werden kreativ, erfinden Rollenspiele, sie gibbeln noch dabei und benehmen sich natürlich sehr liebevoll, aber so langsam glauben sie, dass sie tatsächlich SM mögen, und dann geht das Ganze erst richtig los.« Hartmut tippt noch einmal mit der Fingerspitze an eine getigerte Plüschhandschelle und wendet sich zum Gehen. Ich folge ihm wie ein Magnet, während er die Hand hebt, was bedeutet, dass er seinen Vortrag fortsetzen wird. Ich schaue mich kurz um. Die Mädchen bleiben bei den Tüchern. »Irgendwann reicht das übliche Spielzeug nicht mehr, und man beginnt, seine Grenzen zu erweitern. Strammeres Fesseln mit richtigem Geschirr. Fußketten. Und einfache Handschellen werden dann schon längst als langweilig empfunden. Man besorgt sich besonders starke oder diese ohne Kette oder gleich moderne Pranger für Hals und Füße, alles aus Stahl. Und weißt du, warum?«

Ich schüttele den Kopf, ziehe ein Bier aus dem Rucksack, reiche ihm eines, das er beim Laufen beiläufig öffnet, und würde ihn viel lieber fragen, warum er sich mit alldem so gut auskennt, aber da geht es auch schon weiter: »Weil man auf *diesem* Weg nie ans Ziel kommen kann.« Das ist einer dieser Sätze, bei dem Hartmut stehen bleibt, einem genau in die Augen sieht, einen Moment schweigt und dann eine Art Untertitel nachsetzt. Und in der Tat. Er schweigt, sieht mich an, wartet und sagt dann mit dramatisch-rhythmischer Betonung: »I can't get no satisfaction! *Das* ist das Problem unserer Zeit, mein Freund!« Wir passieren den Burger King, aus dem Teenager in übergroßen Klamotten herauspurzeln. Ein kleiner Typ mit Baseballmütze verliert seinen Doppelwhopper, als er sich im Kabel seines Discmans verheddert. Ein Türke mit fettigem Haar prallt vor einen Rentner, den Blick auf sein Handydisplay fixiert. »SM ist da nur ein Beispiel. Hier, mit Drogen geht es weiter!«, sagt Hartmut und hält seine Bierdose hoch. »Wann hast du jemals genug davon? Ich meine jetzt nicht an einem Tag oder Abend, sondern generell? Oder Musik. Wird immer lauter, immer härter, immer krasser. Warten wir nicht ständig auf etwas? Auf den Moment, wo wir sagen können: Ja, jetzt bin ich wirklich zufrieden? Wie vielen Frauen rennen wir hinterher, und kaum sind ein paar Wochen vorbei, denken wir doch wieder nur an Sex mit einer anderen. ›Einem anderen Typ.‹ Und die Frauen doch auch. Haben sie einmal einen Hartmut gehabt, wollen sie danach das Gegenteil von einem Hartmut. Oder? Ist es nicht so?« Ich halte Hartmut an der Jacke fest, der beinahe weiterredend über die rote Ampel und in den Verkehr auf den Stadtring gestolpert wäre. Ich verkleckere mein Bier. Hartmut vereint Erschrecken, Verstehen und Bedanken in einer kurzen Geste und spricht dann weiter: »Hier, denk mal an meine Filmsucht damals. Oder an Leute, die alles im Casino verzocken. Und warum? Weil du nicht aufhörst, wenn du einmal gewonnen hast. Du willst mehr. Du hörst nicht auf. Du nicht, ich nicht.« Die Ampel wird grün, doch plötzlich dreht sich Hartmut um und geht auf dieser Seite des Bürgersteigs weiter Richtung Bahnhof, als wäre es niemals anders geplant gewesen und wir hätten nur so an der Ampel gestanden. Ich hole die zwei Schritte Vorsprung auf, nehme einen Schluck Bier und frage ihn, worauf er eigentlich hinauswill. Er hält wieder an, und wir stehen uns im Strom der Menschen gegenüber wie Meeresfelsen in Reisekatalogen. Im Augenwinkel sehe ich, wie der junge Türke auf sein Handy starrend auf die Straße läuft. Die Ampel ist wieder rot. Reifen quietschen. Autos husten Beschimpfungen aus ihren Fenstern. Hartmuts Stimme holt mich wieder zurück. »Ich rede von Liebe, mein geschätzter Mitbewohner. Von Einkehr. Von innerer Ruhe. Von dem Gefühl, das du hast, wenn du irgendwo am Strand sitzt und eben nichts weiter brauchst und willst. Von Sex mit jemandem, der nicht bloß eine Dekoration für die Plüschhandschellen ist. Oder den Wohnzimmerkäfig.« Ich wippe unruhig hin und her, trinke an meinem Bier und vermeide den Blickkontakt. Ich hatte mich darauf eingestellt, mit Hartmut in Ruhe ein paar Filme aus der Videothek holen zu gehen, wobei ›in Ruhe‹ bedeutet, dass wir einen langsamen Umweg durch die City machen und uns dabei so viele Bier reindrehen, dass die Auswahl des Heimkinoprogramms schon mit deutlich mehr Enthusiasmus vorgenommen werden kann; mit jener Art von Enthusiasmus, der auch in Filmen wie van Dammes *In Hell* oder dem neuen Steven-Seagal-Streifen ernsthafte Auswahlkandidaten zu sehen imstande ist. Auf derart ernste Gespräche war ich nicht vorbereitet. Und alles nur wegen der Plüschhandschellen. »Oder ist Sex mit irgendjemandem etwa besser als mit einer Frau, die du liebst? Hä? Ja, für den Augenblick vielleicht, aber woran denkst du, wenn du am nächsten Morgen aufwachst, na? Frühstück machen für die Liebste? Diese Fremde in deinem Bett? Woran denkst du dann? Na? Woran?« Ich weiß, dass Hartmut es mir nicht übel nimmt, wenn ich hier keine Antwort gebe, weil es mir ja genau aus jenen Gründen an Erfahrung fehlt, die Hartmut mir hier glaubt erklären zu müssen. Ich bin kein Schnellpopper. Nur, mit dem langsamen Weg klappt es bei mir auch nicht so recht. Hartmut hat zwar das langsame Ideal, befolgt aber seit geraumer Zeit das Gegenteil. Ich befolge gar nichts. Ich spiele Playstation und kraule Yannick. Wenigstens einer, der lieber mit mir als mit Hartmut kuschelt. Ich werde unruhig. Ich trinke Bier. »Also *ich* denke nach solchem Sex entweder an Pizza oder an Reclam-Bändchen«, sagt Hartmut jetzt, um die Stille zu durchbrechen. Ich verschlucke mich und muss fast lachen. »An Reclam-Bändchen!!??«

»Ja«, lacht Hartmut. »Außer eben …«

»Außer eben, du liebst die Frau«, führe ich den Satz zu Ende.

Hartmut nickt wie ein zufriedener Lehrer. Der Verkehr rauscht an uns vorbei. Vereinzelt wird gehupt.

Hartmut fällt wieder was ein. »Oder nimm diese Dschungelshow im Fernsehen und diese ganzen Prüfungen mit Spinnen und Schlangen und Aalschleim. Du hast dich doch immer wieder gefragt, was am nächsten Tag noch Schlimmeres kommen kann, oder? Und was machen die Leute, denen selbst das zu harmlos ist?«

Ich schüttele den Kopf. Es nervt mich, wenn Hartmut so didaktisch wird. Ich gehe einen Schritt schneller. »Sie holen sich Snuff-Filme aus der Videothek! Echte Tode. Hardcore-Reality-TV. Weil sie nie genug bekommen! I can't get no …« Hartmut macht wieder den Mick Jagger, als ich ihn unterbreche: »Und was heißt das jetzt konkret für uns?«, frage ich.

»Was es für dich heißt, weiß ich nicht, aber mir ist jetzt klar, was ich zu tun habe«, sagt er. »Ich konzentriere mich auf das Wesentliche!« Sagt's, wirft seine Bierdose in eine Mülltonne und zieht mich in die Videothek. An diesem Abend gibt's keinen Steven Seagal. Stattdessen sehen wir einen immens ästhetischen chinesischen Kampfkunstfilm. »Das Ziel ist die Einheit von Gedanke und Tat. Und nichts mehr zu wollen, loszulassen«, sagt Hartmut am Ende des Films und wünscht mir eine gute Nacht. Dann geht er in sein Zimmer, und ich höre leise Meditationsmusik erklingen. Ich mache mir noch einen Tee und sehe mir mit Yannick das Making of an.

Am nächsten Tag stopft Hartmut im Flur Sachen in eine Kiste, die er aus dem Keller geholt hat. Er wirkt dabei ernst und entschlossen. Seine Bewegungen sind schnell, als handele es sich um eine Sache von größter Dringlichkeit.

»Was packst du denn da weg?«, frage ich, soeben frisch von der Arbeit in meine Hausklamotten gestiegen und eine Tasse Kakao in der Hand.

Hartmut macht einen Schritt zur Seite, auf dass ich einen Blick in die Kiste werfen kann. »Pornos, Actionfilme für den PC, CD-Rohlinge …«

»CD-Rohlinge?«

»Ja, die liegen nur da und wollen mit irgendwas voll gebrannt werden, was du eh nicht brauchst. Also weg damit.«

Ich nicke skeptisch.

»Ich modifiziere auch meinen PC«, erklärt Hartmut. »Nur noch Mails von meinen Kunden. Und sollte ich dieser Tage fernsehen wollen, halt mich davon ab!«

»Meinst du nicht, dass du übertreibst?«

»Übertreibst!?«, ruft Hartmut empört. »Übertreiben? Was tun wir denn den ganzen Tag, wenn wir nicht aufpassen? Was rate ich denn den Leuten, wenn sie mir per Mail schreiben, dass sie sich allgemein scheiße fühlen? Wir lassen uns ablenken! Wir lassen uns immer nur ablenken! Kaum dass wir mal eine Sekunde nicht aufpassen, sind wir schon wieder abgelenkt worden, und dann fahren wir den ganzen Tag auf der falschen Spur und wundern uns, dass wir so matt werden. Und warum? Weil wir glauben, irgendwann etwas zu finden, das uns final befriedigen kann. Erlösung. Und das fängt im Kleinsten an. Denk an die Plüschhandschellen!«

Aus Hartmuts Zimmer ertönt eine Computerfanfare. »Ah, die Formatierung ist fertig.«

»Formatierung?«

»Nur noch das Nötigste!«, sagt Hartmut. »Nur noch das Nötigste.«

Nachdem Hartmut seine Klamotten samt der Kiste in den Keller verfrachtet hat, kommt sein Zimmer dran. Nach zwei Tagen sieht es dort aus wie im Wartezimmer einer Aloe-Vera-Praxis. Nur noch freie Flächen, ein perfekt gesaugter Boden, wenige Pflanzen, keinerlei Firlefanz. Hartmut hat alles in die Schränke verfrachtet oder gleich in den Keller getragen. Er meditiert jetzt wieder. Er macht sich Vollwertkost in der Küche, Teller voller Getreide und Obst. Man hört ihn atmen. Er steht um fünf Uhr morgens auf und geht weit vor zehn ins Bett. Er duscht kalt, und da er es mittlerweile morgens noch vor mir tut, erschrecke ich mich jedes Mal zu Tode, wenn meine müden Füße die Eisfläche der Duschwanne berühren. Er bewegt sich langsamer und hat nach einiger Zeit diesen gleichmütigen Blick aufgesetzt. Ich fange an, ihn zu bewundern, auch wenn ich mir wieder Sorgen mache. Auch ich esse häufig Vollwertkost und gehe hin und wieder zum Yoga. Auch ich dusche manchmal kalt, wenn das Anti-Hangover-Duschgel alle ist und ich wach werden muss. Aber eben nur manchmal. Hartmut kennt kein Manchmal mehr. Und ich ahne, dass die einfachen Tage sich bald dem Ende zuneigen werden.

Nach wenigen Wochen, der Frühling hat gerade mal zaghaft seine Augen geöffnet und ich komme am Mittag von der Arbeit zurück, finde ich Hartmut gekrümmt am Küchentisch sitzen und mich mit glasigen Augen empfangen.

»Ich hab's nicht geschafft!«, sagt er und jammert über einem Teller Fertigmüsli aus der Tüte, während die Kaffeemaschine läuft, seine nackten Beine aus der Unterhose gucken und Yannick vom Küchenschrank auf ihn herabsieht, als wolle er das

Köpfchen schütteln. Ich sehe ihn fragend an. »Ich konnte einfach nicht aufstehen. Ich habe nicht meditiert. Ich esse Fertigmüsli. Ich mache Kaffee!« Er steigert seine Aufzählung klagend und stützt dann wieder den Kopf in die Hände. Ich weiß nicht, was ich sagen soll, und sage: »Deine Kiste steht immerhin noch unten im Keller.« Er sieht mich an, als würde ich gar nichts verstehen, und geht in sein Zimmer.

Am nächsten Nachmittag – ich hangele mich gerade durch den Urwald von *Flashback* – schleicht er ins Wohnzimmer, setzt sich auf die Couch, lässt seinen Blick ungebührlich lange von dem Geschehen auf dem Bildschirm fesseln, wartet, bis ich den Level beendet habe, und sagt: »Das mit der Kiste gestern hättest du nicht sagen sollen.«

Ich brauche einen Moment, um zu verstehen.

»Ich hatte sie schon fast vergessen. Du hättest mich nicht erinnern dürfen.«

Ich schlucke, stehe auf, lasse das Häufchen Elend auf der Couch sitzen und gehe in sein Zimmer. Die Kiste steht dort geöffnet in der Mitte. Videohüllen, Pornohefte und Krimskrams liegen überall verteilt. Der PC surrt. Das Programm brennt irgendwelche Dateien aus dem Netz. Es riecht nach Schweiß, Fisch und Elektronik. Ich gehe zurück ins Wohnzimmer und sehe ihn an: »Wie lange hast du …?«, frage ich.

»Seit gestern Abend«, schluchzt Hartmut. »Seit du im Bett warst.«

Ich schalte meine tröstende Stimme ein. »Ist doch nicht schlimm«, sage ich. »Wir sind doch alle keine Übermenschen.«

»Es ist wohl schlimm!«, schreit er jetzt, und Yannick versteckt sich erschrocken hinter der Couch. Hartmut reißt sich von der Couch hoch und zeigt funkelnd auf den Fernseher:

»Wir können uns jeden Tag mit einer Millionen Eindrücken voll stopfen, aber mit wenig kommen wir nicht aus? Ertrinken und dabei weiterleben fällt uns leichter, als einfach mal aus dem Wasser zu steigen? Nein, nein, nein!« Er geht aus dem Wohnzimmer, ich höre es rumpeln, und zehn Minuten später sehe ich, wie er den Inhalt seiner Kellerkiste draußen in die Mülltonne entleert. Danach geht die Dusche an.

Hartmut macht weiter. Die Möbel seines Zimmers wandern nach nebenan in den Lagerraum. PC, Stereoanlage, Platten, alles.

Widerwillig helfe ich ihm dabei. Sein Zimmer besteht jetzt nur noch aus einer Matratze auf dem Boden, einem Meditationskissen, einer Matte, einem kleinen Tisch und einer Pflanze. Er mailt seinen Kunden nicht mehr. Er steht um vier Uhr morgens auf und geht weit vor neun Uhr abends ins Bett. Meine Füße frieren morgens am Duschwannenboden fest. Ich sehe ihn kaum noch im gemeinsamen Teil der Wohnung. Es ist sehr still geworden. »Reinheit«, sagt er immer, wenn er überhaupt was sagt. »Es geht um das Reine, das Ewige, das wirklich Wichtige.« Dann verlässt er wieder die Küche, und ich gehe ins Wohnzimmer, um Trash-Fernsehen zu gucken. Es macht keinen Spaß ohne Hartmut.

Schließlich hört er ganz auf zu essen. Er trinkt nur noch Wasser und nimmt ein wenig Reis zu sich, er ist blass geworden, und der Gleichmut, der zwischenzeitlich in seinen Augen gestanden hatte, ist erloschen. Er lässt nicht mit sich reden. Er schließt die Tür ab. Ich stehe davor und sage, dass ich einen Arzt rufen und ihn holen lassen werde, wenn er nicht wenigstens wieder isst, aber Hartmut lacht nur und weiß, dass ich es eh nicht mache. Den Lagerraum mit seinen abgestellten Möbeln hat er abgeschlossen und mir den Schlüssel gegeben. Ins

Wohnzimmer kommt er gar nicht mehr. Ich muss etwas tun. Und ich weiß auch schon, was.

Am Samstag lade ich Hanno, Jörgen, Steven und Martin ein. Meinem Befehl, so viel und so geruchsintensives Gras wie möglich mitzubringen, sind sie gefolgt. Auch die Hip-Hop-Platten sind am Start und der vulgärste Dicke-Hose-Metal der westlichen Hemisphäre. Actionfilme werden über die Anlage abgespielt, und während wir zu einem Mischmasch aus Schießerei-Gepolter und Gittarengebretter kistenweise Bierflaschen köpfen und drei Bongs gleichzeitig qualmen, dekorieren wir die Küche mit Tarnnetzen, sündigen Pin-ups und einer glitzernden Discokugel. Die Jungs werfen sich mächtig ins Zeug für Hartmut, auch wenn Martin Hartmuts Verhalten nicht wirklich verstehen kann. Alle wissen: Heute geht's ums Ganze. Was allerdings keiner weiß: Ich habe eine Geheimwaffe in der Hinterhand. Einen Joker! Die Sache heute wird hart. Das Gegenteil eines Entzugs muss nicht unbedingt leichter sein. Das Gewissen ist ein grausamer Richter. Doch nach einer guten Stunde – ich hole gerade ein Bier aus dem Kühlschrank – sehe ich, wie Hartmut seinen Kopf zaghaft aus dem großen Badezimmer in den Flur schiebt. Seinem Blick kann ich kaum standhalten. Er sieht mich an wie ein katholischer Bischof, dem sein bester Freund so lange mit einem *Playboy* unter der Nase herumwedelt, bis er seines Lebenssinns abtrünnig wird. Ich sehe, wie Hartmut sich langsam aus dem Zimmer schiebt, wie er sich durch den Flur vorarbeitet, als müsse er ganze Schichten von Watte und Schlamm durchdringen, und wie er dann mit einer Art Hechtsprung zu mir hastet, mir das Bier aus der Hand reißt, die halbe Flasche in einem Zug wegtrinkt und sich den Jungs zuwendet mit einem Blick, der so wirkt, als hätte er sein Schicksal endgültig besiegelt. Nach einer Stunde, in der Hartmut zwei Bongs geraucht, acht Bier getrunken und zwei Stühle beim Küchenpogo zertrümmert hat, sinkt er mit dem Rücken an der Spüle nieder zum Boden und beginnt, hemmungslos zu weinen. Ich bedeute den Jungs, dass sie im Wohnzimmer bleiben sollen, und hocke mich neben ihn. Ich schweige erst mal, und so sitzen wir da, der Küchenboden eine dreckige Mischung aus Bier, Siff und Chipskrümeln.

Hartmut sagt: »Ich bin doch total krank, oder?«

Ich lächle und nicke kollegial. »Machst halt immer alles ganz oder gar nicht«, sage ich.

Er schnieft und schluckt. Dann sagt er: »I can't get no satisfaction.«

»Auf die eine oder die andere Weise«, nicke ich. »Aber weißt du was?«, fahre ich fort und springe auf: »Ich habe eine Überraschung für dich!«

Hartmut sieht mich verblüfft an. Er scheint mit einem Schlag nüchtern zu sein. Ich schaue auf die Uhr. »Müsste jeden Moment eintreffen«, sage ich, und in der Tat geht in dem Augenblick die Klingel. Ich verdränge den Stolz über meine logistischen Fähigkeiten, atme einmal tief durch, gehe zur Tür, öffne sie, lächele und höre, wie meine Überraschung sagt: »Puh, das ist aber eine ganz üble Luft bei euch, heute!« Ich lache und flüstere: »War einmal nötig, um ihn aus seinem Bau zu locken …« Die Überraschung sagt: »Ist er …?« und deutet mit dem Kopf zur Küche. Ich nicke. Dann sage ich: »Hartmut, komm mal her!«, und er schleicht vorsichtig in den Flur. Das Glitzerlicht der Discokugel schimmert herüber, und als ich die Tür ganz öffne, steht da Hartmuts alte Liebe Susanne, die er damals verstoßen hat, weil sie ihm all das riet, was er heute seinen Kunden über eMail schreibt und was er so gut zu leben versteht, wenn er mal gerade nicht vom Weg abgekommen ist. Er hat sich nie getraut, sie mal wieder anzurufen. Also hab ich es getan. Susanne war beeindruckt, dass sich ein Mann so verändern kann. Und sie war neugierig. »Bring ihn zurück«, bat ich sie. »Bring ihn zurück, und du wirst deine Freude mit ihm haben.« Hartmut steht im Flur und starrt Susanne an wie eine Fata Morgana. Er zittert leise. Er weiß nicht, was er sagen soll. »Hallo!«, sagt Susanne, und ich sage: »Es geht um das wirklich Wichtige, Hartmut. Um Liebe und so.« Dann zieht Susanne wie geplant ein Paar getigerte Plüschhandschellen aus der Tasche und hält sie wie einen Köder in die Wohnung. Ihr Lächeln ist zauberhaft. Ich könnte neidisch werden. »Kann ich reinkommen, Hartmut?«, fragt sie. Ich bin stolz auf mich.

Am nächsten Morgen stehe ich in der Küche, höre R.E.M. und befreie den Boden gerade von der dritten Schmutzschicht. Fünf leere Kisten Bier stehen im Flur gestapelt, und zwei Müllsäcke habe ich zusammengebunden. Yannick spielt mit den Zotteln des Wischmopps, und ich pfeife »Losing my religion« mit, als ich noch mehr Wasserblumenputzmittel verteile und Hartmut und Susanne Händchen haltend aus dem Ostflügel der Wohnung kommen.

»Ihr seid spät dran«, sage ich lächelnd und blicke auf die Uhr. Es ist elf.

»Na ja, man sollte das Leben halt nicht so eng sehen«, sagt Hartmut, küsst Susanne und holt Geschirr aus dem Schrank. Wenig später sitzen wir am Frühstückstisch und essen frisch zubereitete Vollwertkost samt fertigem Schokoladenkuchen aus der Tüte. Susanne hat die Plüschhandschellen neckisch an der Hose hängen. Hartmut schielt herüber. Es ist ein guter Tag.

Danksagung

Mein Erdbeercrêpe!

Ohne Dich hätte es dieses Buch nie gegeben.
Du bist großartig und das Beste, was mir jemals passiert ist!

Yannick schnurrt auf den Terrakottafliesen …
… und freut sich auf alles, was da kommt.

Wolfgang Hars

Schicken ist fön

Ein Aufklärungsbuch für Männer

Band 15887

Nicht grübeln, Männer! Lesen!

Machen Muskeln Frauen scharf? Ist eine Glatze erotisch? Gehen Frauen weniger fremd? Harte Fakten statt emotionaler Intelligenz – vom Bestsellerautor Wolfgang Hars erfahren Männer, was sie schon immer wissen wollten.

»Kräftig rosa eingebunden, wie es sich für männliche Kinder gehört, bietet es die perfekte Alternative zum Stammtisch.«
Süddeutsche Zeitung

»Macht Männer schlauer.«
Für Sie

Fischer Taschenbuch Verlag

fi 15887 / 1

Bunzel & Gaw
Alice@Wonderland
Roman
Band 16440

Alice ist Single. Alice lebt unter Date-Idioten, Fitness-Versagern, überforderten Karrierefrauen, gemeinen Müttern und anderen Wahnsinnigen. Und keiner versteht sie. Bis sie im Internet Alex kennen lernt. Von dem kauft sie gebraucht ein Single-Kochbuch. Damit das nicht so peinlich ist, schreibt sie in die Bestellung: »Ist nicht für mich!« Daraufhin setzt ein reger Mailverkehr ein, der Alices Universum tatsächlich zum Kochen bringt ...

Von den Autoren von »Ladykracher«.

Fischer Taschenbuch Verlag

fi 16440 / 1